師任堂《サイムダン》、色の日記

上

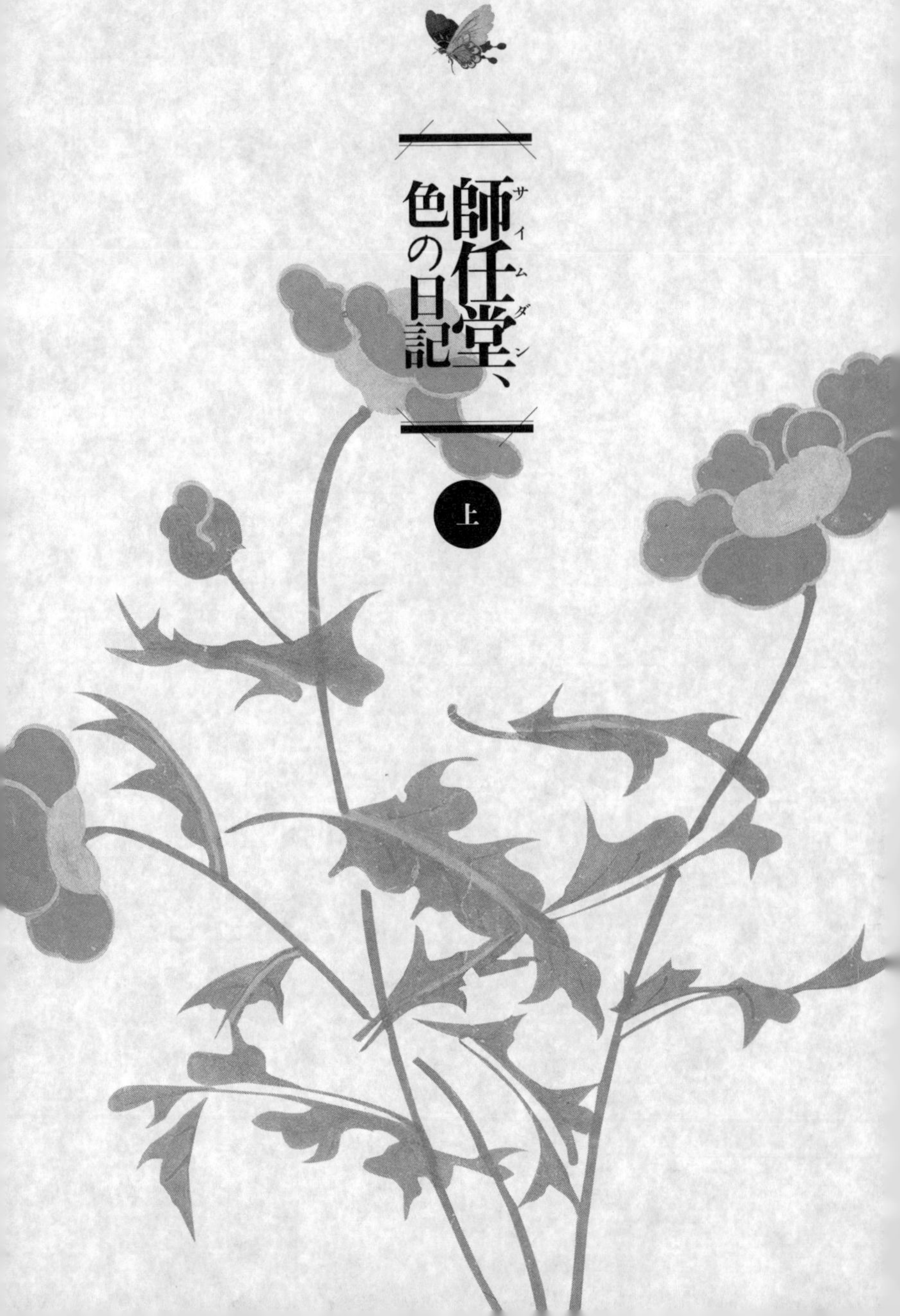

師任堂《サイムダン》、色の日記

上

もくじ

下巻につづく

Saimdang, Light's Diary 1
By PARK, EUN-RYUNG

First published in Korea in 2017 by VICHE, an Imprint of Gimm-Young Publishers, Inc.
Japanese translation rights arranged with VICHE, an Imprint of Gimm-Young Publishers, Inc.
through Shinwon Agency Co.

師任堂《サイムダン》、色の日記

上

PROLOGUE

イタリア、トスカーナの湖のほとりにある大邸宅

一五四二年、冬

すべてを捨ててきた。生まれ育った祖国を捨て、仕えてきた君主を捨て、縁もゆかりもない異国の地で今日もただ生きながらえている。生きてくれと、どうか生きる道を選んでくれというあの女人《ひと》の最後の言葉を命綱のように手繰り寄せて朝鮮を逃れてきた。身に纏《まと》った天翼《チョルリク》と乱れた髷《サントウ》の他は、何もかも馴染みのないものばかりだ。俺は、異邦人だ。天に届きそうなほど高い天井や華やかに彩られた壁、明《ミン》でも見たことのない人々、伽耶琴《カヤグム》より物悲し気な楽器の音色……。肌の色の違う人々から向けられる好奇と同情が入り交じった視線に眩暈がして、思わず目を閉じた。するとあの女人《と》が現れた。ほの暗く、深い影に覆われた記憶の中に差す一筋の光のように、女人は立っている。白く滑らかな額も、漆の色のような黒く潤んだ瞳も、彫刻のような鼻筋も、やわらかな微笑みを湛えた杏子《あんず》色の唇も、耳元に響く透き通った声も何もかも、この身に刻まれている。もう一度、今度はもっと鮮明にその姿を思い浮かべてみる。邪魔するものは何もない。俺は目を開けた。

描こう――。記憶の中の姿を画幅に残そう。突き上げるような作画への欲求が、消えかけていた

命の灯に再び火をつけた。

筆を下ろし、鉛のように重い体をようやく起こした。全身の節々が痛む。どれくらい経っただろうか。月が三回ほど表情を変えたのを見ると、優に三月《みつき》は過ぎただろう。窓を遮る分厚い布を捲ると、真っ暗な部屋の中に月明かりが淡く広がった。虚ろな目で辺りを見渡す。燃え尽きた蝋燭の下に、画材が散らばっている。愛用の筆の先には、完璧なまでに描かれた女人の姿。小さく震える手で衣服を整え、絵の前に立つ。

画幅の中の女人は、品の良い灰色の裳《チマ》と撫子《なでしこ》の花で染め上げたような淡い紫色の上衣《チョゴリ》を着ていた。笑っているのか、泣いているのかわからない表情を浮かべてこちらを見つめるその姿は、まるで生きているかのようだ。深い淵の底から、再び熱いものが込み上げてきた。この絵は、俺のすべてだ。言えなかった言葉も、伝えられなかった想いも、胸に押し込めてきた愛しさも。そして後悔もすべて筆先から放った今、俺に残るものは何もない。だがそれでいい。俺の全部があの女人になったのだから。これでいい。

第一部
発見

一

ジユンは「金剛山図《クムガンサンド》」の前に立っている。「金剛山図《クムガンサンド》」の論文の執筆を任せるとミン教授に言われ、ちょうど教授の研究室に駆け込んできたところだった。これまで話に聞くだけだった安堅《アンギョン》の幻の作品。その実物をこの目で見られる日が来るなんて！　呼吸が乱れるほどの感激はしかし、ものの十分で萎んでしまった。何かがおかしかった。筆先を擦るように描かれた力強い岩石や、繊細に墨を重ねた木々、山の中腹に巻きつく霧は安堅《アンギョン》特有の画法を駆使しているが、どこか釈然としない。他のことはさておき、ジユンの美術品を見る目だけは確かだった。名作の真作と贋作を見分けるその審美眼は、名立たる美術学会の権威たちをも唸らせるほどだ。誰が相手でも悪いものを良いとは言えない性分なのだが、今度ばかりは訳が違う。幼い頃、偶然目にした絵に圧倒されて以来、いつか韓国美術史を大きく変える人になろうと心に誓った。生まれ持った鋭い感性と情熱的な研究心で、大学までずっと秀才と呼ばれる者たちと肩を並べてきたジユンは、自分は将来、若くして学会をあっと言わせる論文を発表し、やがて教授になって優秀な弟子を育てるのだと信じていた。だが現実は非常勤講師である。教授になりたいと渇望するも、その度に挫折を繰り返すうち、大事なのは絵画を見極める目より世渡りの術であることを学んだ。美術学会に君臨するミン・ジョンハクを指導教授に選び、彼の身の回りの世話から研究室の雑用まで一手に引き受けてきたのもそのためだった。すべては教授になるため。その苦労が今ようやく実を結ぼうとしている。「金剛山図《クムガンサンド》」は単なる美術作品ではない。五百年も前に描かれた安堅《アンギョン》作「金剛山図《クムガンサンド》」の発見、そしてこの作品が本物であると証明することはつまり、ミン教授が名実ともに美術界に君臨するための足場固め、ひいては政界進出に向けた土台作りに他ならない。それほどの意味を持つ「金剛山図《クムガンサンド》」の論文を任せられたということは、言い換えればジユンの将来が保障されたということだ。

ジユンはスイッチをオンにて、鼻先にずり落ちた眼鏡をかけ直し、絵に集中した。ことがことだけに、鑑定は慎重に、慎重に、慎重に……。だが、やはり同じだった。何度気を取り直して見ても、目の前の絵からは何も感じられない。そればかりか、縁を彩る紅葉の模様は安堅《アンギョン》の時代のものではなく、見れば見るほど違和感が募る。ジユンは眼鏡を外し、顔にかかった髪をかき分けたところで携帯が鳴った。ミン・ジョンハク教授からだ。

「はい、教授！」

ジユンは努めて明るい声で電話に出た。

「例の論文の題名だが、『安堅《アンギョン》の〈金剛山図《クムガンサンド》〉の発見と美術的意義』に変えよう」

「さすが……ぐっと良くなりましたね！」

「そうだろう？　ではご苦労」

ミン教授は得意気な笑い声を残して電話を切った。ジユンは携帯電話をポケットに入れ、教授の机に近づいた。机の上には研究資料が無造作に積まれている。「安堅《アンギョン》の真作『金剛山図《クムガンサンド》』研究」とメモが貼られた資料の束が一際目立っていた。メモの筆跡からも自信のほどがうかがえる。教授に言われた題名をメモしながら、ジユンは短い溜息を吐いた。胸にもやもやしたものが残った。


辺りが薄暗くなった夕暮れ時、ジユンは自宅マンションのエントランスに到着した。ラグジュアリーな照明がエレベーター前のロビーを華やかに照らしている。エレベーターに乗り込み、鏡を見ながら服を整える。時計の針は七時を過ぎようとしていた。姑のジョンヒからの電話で慌てて家路に就いたものの、帰宅ラッシュの都心を抜け出すのは容易ではない。

四十坪以上の広いマンションに引っ越してから、ジョンヒは頻繁に親戚を招くようになった。理由は一つ。昔、まだ貧しかった頃、ジョンヒたちの生活が苦しいのを知りながら、身内は誰も手を差し伸べてくれなかった。だから余計に成功した今の暮らしぶりを見せつけたいのである。ソウル大学を卒業し、億単位の年収を稼ぎ出すファンドマネージャーとして出世街道をひた走る息子のミンソク、頭が良いばかりか天才の片鱗まで見せる孫のウンス、さらに教授就任を控えた嫁のジユンまで、息子家族はジョンヒの自慢であり、プライドそのものだった。

「今度のテストは訳が違うのよ。だって数学で全国一位でしょう？　将来の特待生、エリートコースが約束されたようなものですから」

「それはすごい！」

しきりに調子を合わせながら、鶏のモモ肉をつまむ義弟を見て、ジョンヒはご満悦の様子でほほほ、と笑って言った。

「最近ではお会いしたこともない奥様方まで、うちの子も一緒に勉強させてくれって、それはもう大騒ぎなの。聞けばお金持ちの奥様方の間でもう噂になってるって言うじゃない」

ジョンヒは知っていた。一人息子のミンソクをソウル大学に進学させようと、雀の涙ほどの生活費をさらに削って学費を捻出していた自分を、夫方の親兄弟や親戚たちがどういう目で見ていたか。身の程知らずだの、勘違いだの、ああいう母親が息子をダメにするだの……。馬鹿にし見下げていたその口は今、ジョンヒが振舞う豪勢な料理を頬張り、賞賛を惜しまない。

「息子は投資会社を立ててどんどん偉くなって、ソウルの一等地にこんなに立派な億ションまで買って、嫁は頭がいい上に教育なら教育、仕事なら仕事！　何でも完璧にこなす良妻賢母だ。その上、数学の全国共通テストで一番の孫まで！　義姉さん、苦労した甲斐がありましたねぇ。晩年にこんな幸せが待っていたなんてねぇ」

そう言って義弟はウェットティッシュで口元の脂を拭き、コップに半分ほど残ったビールを飲み干した。空いたグラスにビールを注ぎながら、ジョンヒが満面に笑顔を浮かべた時、ちょうど玄関を開けてジユンが入ってきた。顔を上気させているのを見ると、急いで走ってきたのだろう。

「叔父様、皆さん、遅くなって申し訳ありません。お食事はもう？」

ジユンは申し訳なさそうに何度も頭を下げた。頭が半分ほど後退した従兄弟たちが、よく響く声で笑いながらジユンの方を向いた。

「甥っ子の嫁が教授とはなぁ」

「今もそうですけど、もうすぐ完全に教授になるんです。そうよね？」

そう言って目を細めるジョンヒに、ジユンはぎこちない笑顔を返して言った。

「はい、もう少しです。そうだお菓子、小麦粉を使わずに穀類だけで作った伝統の」

「あらやだ、私ったら。せっかく用意したのに」

「私がお出しします」

ジユンは急いでキッチンに向かった。背中越しにジョンヒの声が聞こえてくる。

「あの子の忙しさは普通じゃないんですよ。この間の経済新聞のインタビュー、ご覧になりませんでした？　全国で十本の指に入るファンドマネージャーですって、うちのミンソクが！　独立して投資顧問会社を設立した途端、お客が投資資金をこんなに抱えて押し寄せて来たって言うじゃありませんか！」

ジョンヒは相変わらず、息子自慢に余念がない。お菓子を皿に移しながら、ジユンは溜息が出た。還暦を優に過ぎたジョンヒの唯一の楽しみは、息子自慢だ。一人息子に人生のすべてを賭けてきたのだから、理解できない訳ではない。結婚する前、ミンソクはそれこそ完璧な条件を揃えた男だったが、常に何かに追われているようなところがあった。ジユンはミンソクの母、ジョンヒに会って初めて、彼の不安の理由はこれかと納得した。息子がすべての母親。ミンソクはそんな母を負担に思っていたが、ジユンは悪くないと思った。教授になりたいという嫁をフルサポートし、孫の面倒まで買って出てくれる姑がこの世の中にどれくらいいるだろうか。だが、そんなジユンの考えも時間とともに少しずつ変わっていった。ジョンヒのあまりの教育熱心さに、まだ八つのウンスが疲れてしまわないかと心配になるし、当のジユン自身も、早く教授にならなくてはという強迫観念に苛《さいな》まれるようになっていた。何はともあれ、ジユンは今度こそジョンヒが望む教授になると覚悟を決めた。そのためにはミン・ジョンハク教授から与えられたチャンス、安堅《アンギョン》作「金剛山図《クムガンサンド》」の研究論文を立派に仕上げなくては。

叔父たちが帰ってずいぶん経ったが、ミンソクは帰って来なかった。ジユンはリビングのソファに座った。きれいに片づけられたリビングが、今夜はやけに静かに感じる。客たちに疲れたのか、ジョンヒとウンスはいつもより早く寝てしまった。ジユンは立ち上がり、がらんとしたリビングを抜けて子ども部屋に向かった。本を読みながら寝入ったのであろうその顔は、安らかそのものだ。布団をかけ直してやり、部屋を出ようとしたところで携帯が鳴った。ウンスを起こさないよう、慌ててリビングに戻り電話に出た。

「もしもし」

電話口から、見知らぬ男の事務的な声がした。

「チョン・ミンソクさんのお宅ですか?」

「そうですが」

「ミンソクさんはいらっしゃいますか?」

ジユンは壁の時計に目をやった。このところ、ミンソクの帰宅が遅い日が続いている。

「まだ戻っておりませんが、どちら様ですか？」

「銀行です。電話があった旨、お伝えください」

電話を切ったジユンは、胸騒ぎを覚えた。得体の知れない嫌な予感がした。私ったら考えすぎよね……。ジユンは不安を払うように頭を振った。

＊

秋の月明りがマンションの駐車場を明るく照らしている。ミンソクはエンジンを切ったまま、運転席から月を見上げていた。明日はいい天気になりそうだ。夜空を見上げて明日の天気を予想するのは、長年の習慣だ。それは同時に、ミンソクの中に唯一残る人間的な一面でもあった。ファンドマネージャーになってから、気がつけば何でも数値に換算するようになっていた。クリックひとつで数千億の損失を出しかねない張り詰めた緊張感の中に身を置くうち、いつの間にか身についた癖である。数値の世界は冷酷無比だ。自分はこの世界で生きていくタイプの人間だと、心からそう思っていた。友人とともに個人向け投資会社を設立したのもそのためだ。自分自身に対する確信と、嘘をつかない数字への信頼。しかし、その時はまだわかっていなかった。マネーの世界が野生より過酷で、情け容赦のないことを。一歩でも踏み間違えれば、その先はもう断崖絶壁だ。それでもミンソクは、誰の助けも求めなかった。母はもちろん、生涯をともにすると誓った妻にさえ助けを求めたことはない。ミンソクはリビングの明かりが消えたのを確かめてから車を降りた。

暗証番号を入力し、玄関を開けて中に入ると、自動センサーの明かりがついた。暗いリビングへと光の筋が伸びる。ジユンはその光の先に立っていた。ミンソクはぼんやりとジユンを見つめた。すると、顔にかかった髪をかき上げながらジユンが近づいてきた。疲れた顔をしている。きっとジユンの目にも、自分はそう映っているのだろう、とミンソクは思った。いつからか二人の間に会話がなくなり、互いに感じられるのは、お互いがこの生活に疲れているということだけだった。

*

浴室からシャワーの音が聞こえる。ミンソクは三十分以上も浴室に鍵をかけたまま出てこない。ジユンはベッドに腰かけ、いつまでも開かないドアを見つめていた。ドアが、固く閉ざされた夫の口元のように見えてきた。今日は何でもいいから話をしようと思ったその時、浴室のドアが開いた。

「すごい絵が見つかったの。安堅《アンギョン》の『金剛山図《クムガンサンド》』。ミン教授のお墨付きで、ソンジングループのギャラリーに所蔵されるんだって」

タオルで濡れた髪を拭く夫に、ジユンは矢継ぎ早に話しかけた。

「でも全然ピンとこないのよね。何ていうか、筆のタッチとか、線を描く時の筆遣いが滑らかではないというか……。表具の紅葉の柄もどこか釈然としなくて。もっと優雅で堂々とした印象を与える画家なのに、どうもその感じがなくて」

「下剋上でも狙うつもりか？　指導教授を相手に」

顔にローションを塗り終えたミンソクが、ベッドに入りながら鼻で笑うように言った。

「そういうことじゃ……」

「馬鹿なこと言ってないで、自分が損をしない方法を考えろ。ゴリアテに礫《つぶて》打ちでもするつもりか？」

この男はいつからこんな辛辣なことを言うようになったのだろう。ジユンは夫の背中が他人のように感じられた。

「そうだ、さっき銀行から電話が来たわよ。あなたはいるかって」

一瞬、ミンソクの背中がぴくりとなった。だがそれだけで、返事はない。ジユンは浅いため息を吐き、ベッドに横になった。しんとした寝室に、スタンドだけが明るい。

「学会に行ってくる。水曜日の朝九時の飛行機よ」

テーブルの本をめくりながら、返事を求めることもなくジユンは言った。

「……どこに？」

ミンソクはスタンドが眩しいのか、手の甲で目を遮りながら聞いた。

「ボローニャ」

ジユンが短く返すと、ミンソクは不満げにぶつぶつ言いながら、またくるりと背中を向けて寝てしまった。石膏像のように動かない夫の背中を見て、ジユンは苛立った表情でスタンドのスイッチを切った。暗くなった部屋の中には、冷たい沈黙だけが漂っていた。

＊

秋が目に見える季節になった。韓国大学の月曜の朝は、学生たちの若さとやる気で一層活気を帯びる。正門を過ぎ、図書館へ、講義室へと向かう学生たちの中を、サンヒョンは足早にある場所に向かっていた。本館の前、抗議隊の集合場所に差しかかると、「解雇は殺人だ」「講師の不当解雇を即刻撤回せよ」「非民主的な大学行政は直ちに中断しろ」「大学は企業ではない」「教育の公共性を守ろう」などとスローガンが書かれた横断幕が風にはためいていた。解雇された元講師たちが、早朝からテントの下に集まって座っている。サンヒョンが近づくと、先に到着していた講師たちがこちらを向いた。そのうちの何人かに挨拶をして、サンヒョンはテントの中に加わった。元講師たちの間に座ると、サンヒョンの容姿は余計に映えた。二十代後半のサンヒョンは、美術史の講義を担当していたが、ひと月ほど経ったある日、正当な理由も告げられずに突然外されてしまった。抗議に参加する人々の事情も皆、似通っていた。他の学科の元講師も一部にはいたが、ほとんどが美術史学に関係のある人たちである。原因はミン・ジョンハク教授の横暴である。難攻不落、教授の背後に聳《そび》える権力が大学の垣根を越えて久しい。

「解雇は殺人だ！　講師の不当な解雇を即刻撤回せよ！」

鉢巻をした元講師たちが叫び始めた。三十、四十代の男たちの力強い声が、キャンパス内に響き渡る。だが校内に、彼らの声に耳を傾ける者はなかった。

その時、両腕でファイルを抱えた女性が足早に通り過ぎて行った。ジユンである。抗議中の元講師の大半は、ジユンの研究仲間でもあった。今もミン教授の下にいる身としては、顔を合わせたくない者たちである。いつもはわざわざ遠回りをしてこのルートを避けていたが、今日は荷物が多い上に時間もなかった。小走りで本館の前を通り過ぎていくジユンに、サンヒョンが気づいた。最近までミン教授の下で学び、ともに研究に明け暮れていた二人である。ジユンはサンヒョンより二学年先輩だった。隣で見てきたジユンはとにかく頑張り屋で、雨に降られ風に吹かれても健気に咲き続ける野花のような女性だった。コンクリートの壁を突き破って芽を伸ばし、かいだこともない香で人を酔わせるたんぽぽのような。いつしかそんなジユンに心を惹かれ、研究が手に着かない時期もあった。だが彼女には立派な夫と子どもがいる。淡い片思いは、静かに終わりを告げた。

そんなことを思い出し、遠ざかるジユンの後ろ姿を見つめていたサンヒョンだったが、ふと今日の学会でミン教授の論文発表があることに気がついた。礫《つぶて》を打つくらいでは巨人のゴリアテを倒すことはできないが、少なくともゴリアテが礫《つぶて》を食らったという事実を広めることはできる。一個人に対する仕返しなどではない。研究者として問われるべき良心の問題だ。ミン教授が発見したという安堅《アンギョン》の「金剛山図《クムガンサンド》」は、本物と言われる割に疑わしい点が山ほどあった。ミン教授を相手に問題を提起するのは、自ら火の中に飛び込むようなものだ。だが、必ず誰かはしなければならないことだとしたら、その役目を買えるのは自分しかいない。サンヒョンは額の鉢巻を解いて仲間に預け、急いで会場に向かった。

会場の前は、詰めかけた報道陣や関係者で大変な混みようだった。見るからに立派な建物の前に

「朝鮮の学者が夢見た桃源郷を求めて～安堅《アンギョン》作『金剛山図《クムガンサンド》』の発見と美術学的意義～」と記されたパネルがかけられていた。

サンヒョンはこれから使う礫《つぶて》を吟味するような神妙な面持ちでパネルを睨み、会場の中へ入った。会場内も国内外の学生や著名人で埋め尽くされていた。サンヒョンは隅の方に空いた席を見つけて座った。最前列には、仕立ての良いイタリア製のスーツに身を包んだミン教授と外国人の学長を含む教授たち、ソンジングループの会長夫人でもあるソンギャラリーの館長、それに記者たちが座っていた。マイクテストを行う声が聞こえ、ジユンが壇上に現れた。一礼すると、会場は水を打ったように静かになった。続いて大型のスクリーンに絵が映し出された。

「ご存知の通り、これまでに発見された安堅《アンギョン》の作品は『夢遊桃源郷』の一点のみでした。しかしその一点でさえ、日本にある大学の付属図書館に所蔵されています。ところがこのほど、『金剛山図《クムガンサンド》』が五百年の時を経て、奇跡的に私たちの前に姿を現しました」

スクリーン上に「金剛山図《クムガンサンド》」が映し出された。客席からどよめきが起こり、壇上に向かって波のように押し寄せ、そして引いていった。静かになったところで、再びジユンの落ち着いた声が響いた。

「ここで、安堅《アンギョン》研究の権威である韓国大学人文学部、ミン・ジョンハク学部長より、安堅《アンギョン》の『金《クム》剛山図《ガンサンド》』を発見するに至った経緯と、その意義について発表していただきます」

大きな拍手が鳴り響く中、ミン教授が壇上に近づいて行く。ジユンは自分のマイクのスイッチを切り、息を整えようとした。こういう場には慣れているし、あがり症なわけでもない。それなのに、今日はどういうわけかひどく緊張していた。手の平まで汗でびっしょりだ。たとえようのない嫌な予感がして、ジユンは呼吸が浅くなった。一方のミン教授は、いかにも教授然とした表情と話しぶりで、客席の視線を一身に浴びている。

「『金剛山図《クムガンサンド》』の発見は、今世紀の韓国美術史学界が成し遂げた輝かしい快挙であり、世紀の発見です」

教授が額に青筋を立てながら熱弁を振るうと、割れんばかりの拍手が鳴った。だがその時、客席から勢いよく立ち上がる者がいた。サンヒョンだ。喝采が止み、会場はしんとなった。

「質問があります」

突然の行動に、ミン教授の目つきが鋭くなった。駄目、言っちゃ駄目！　ジユンは動悸が激しくなった。まるで、これからサンヒョンが言おうとしていることや、その後に待ち受ける出来事を見越しているかのように。ジユンは顔を歪めた。

「その『金剛山図《クムガンサンド》』には、筆遣いは似ていますが安堅《アンギョン》ならではの筆法である短線点皴がありません！　また、表具に使われた絹には紅葉の模様が入っています。これは日本の江戸時代によく用いられていた模様で、安堅《アンギョン》の時代とは大きな開きがあります。その絵、『金剛山図《クムガンサンド》』は本当に安堅《アンギョン》の作品ですか？　エール大学で安堅《アンギョン》研究を行い、博士号を取得したミン・ジョンハク教授の見立てであればすべて正しく、真実になるのかと聞いているんです！」

サンヒョンはさながら正義のために戦う戦士のように堂々と言った。それは質問というより、宣誓に近かった。すぐに教授の助手たちがつかみかかり、そのまま外に引きずり出そうとしたが、サンヒョンは必死に抗いながら再び叫んだ。

「反対意見を言う自由もない大学は、死んだも同然です！　ソ・ジユン先生にうかがいます！」

ジユンは自分の顔から血の気が引いていくのがわかった。だがサンヒョンは、激しく鼓動を刻むジユンの心臓に向かって、容赦なく弓を引いた。

「ミン教授に師事する者としてではなく！　学者としての良心を賭けて答えてください！　一点の疑いもなく、安堅《アンギョン》の作品であると断言できますか？」

学者としての良心。放たれた言葉の矢が、ジユンの胸に突き刺さった。ぎゅっと握られた拳から力が抜けていく。額からは嫌な汗が流れた。ミン教授の冷ややかな視線が感じられ、唇が小刻みに震えてきた。

「よく……わかりません」

ジユンの答えを聞くや、学長や教授陣は一斉にミン教授の方を向いた。ミン教授は努めて毅然とした態度でその視線を受け止めた。野次馬と化した一部の学生らが携帯電話で動画を取り始め、会場のあちこちから報道陣のフラッシュが飛んだ。ジユンはようやく、ことの重大さに気づいた。

「さ、先ほど表具についておっしゃいましたが、紅葉の柄は確かに江戸時代の織物にのみ見られるものではあります。しかし、後になって表具だけ変える場合も多く、材料学的な切り口だけで作品の真偽を……判断することはできません。画風や筆法の特徴から真偽を見極めるべきであり、それが不可能な場合は炭素測定で判断しなければなりません。その判断を下すのも、鑑定をした人です。安堅《アンギョン》研究に三十年もの時間を費やしてこられたミン教授に対して、その筆遣いを云々すること自体、的外れだと思われますが。テレビの鑑定番組の見すぎのようですね」

ジユンは零れた水を早く元に戻そうと、勢いよく捲し立ててミン教授の顔色をうかがった。教授の顔は大理石のように冷たく固まっている。手の平に、再び汗がにじんだ。

＊

会場を出たミン教授は怒り心頭だった。廊下を歩くその足取りからも怒りが伝わってくる。後ろから、ジユンが血相を変えてついてくるのがわかったが、教授は気づいていないふりをした。先ほどの光景を浮かべ、苦々しい思いで奥歯を噛み締めた。記者も学生も学長もどうでもいい。気がかりなのはただ一人、ソンジングループの会長夫人であり、グループが運営するソンギャラリーの館長だ。将来の政治的な後ろ盾となる館長の前で大事な発表を台なしにされたことが、教授には我慢ならなかった。しかも、発表を潰したその相手は、あろうことか自分が教えてきたあの二人だ。八つ裂きにしたところで、この腹の虫は収まらない。そもそもサンヒョンを追い出す時、目障りな奴らを一遍に片付けておくべきだったのだ。キャンパス内に集会場を設け、座り込みの抗議を始めた時に手を打たなかったことが悔やまれる。世が世なら、二度と目につかないよう島流しにしてやるところだ。今は島流しとはいかないが、少なくともこの業界で金輪際、名前を出せないよう捻り潰してやる。そう決めたところで、教授はようやく気持ちが落ち着いてきた。腹は決まった。

教授が不意に立ち止まると、ジユンも足を止め、少し後退りしてから声をかけた。

「教授……」

ジユンは土下座でもしそうな顔をして、許しを請おうとしている。ミン教授は慈悲深い笑顔を作り、振り向いた。その笑顔からも内面の厭らしさがうかがえる。死ねと言えば死ぬ真似までするような教え子だった。教授になりたい一心で自宅に家族の世話までしに来るのが哀れで、研究室に置いてやった。だが、そんな学生はジユン一人ではなかった。美術史学界でミン教授に取り入ろうとする学生は大勢いるのだ。自身の持つ力の大きさに考えが至ると、教授は急に気が大きくなった。

「いい宣伝になったじゃないか。あの程度の見識もない若造など私の相手ではない。改めて記事も出るだろうし、心配することはない」

予想外の教授の反応に、ジユンは戸惑った。何も言えずにいると、教授は晴れやかな声で言った。

「ボローニャでの学会の準備、しっかり頼むぞ」

ミン教授はジユンの肩をぽんと叩いて研究室に向かって行った。

「完璧にやっておきます！」

ジユンはミン教授の背中に向かって大きな声で言った。その声を背中で聞きながら、ミン教授は唇をわずかに歪ませた。こいつはまだ使える。捨てるにしても、しゃぶれるものが残っている限りは置いておこう。少なくとも、ボローニャの学会が終わるまでは。

＊

予想外の出来事は他にも起きた。機内から見える雨雲を眺めながら、ジユンは昨夜の出来事を思い返していた。考えるだけで汗がにじむ。

学会の準備に荷造りに、忙しくしていた時だった。姑のジョンヒはいつも通り孫の宿題を見てやっていた。今夜もミンソクの帰宅は零時を回るだろう。いつもと変わらぬ一日が過ぎようとしていた。ところが突然玄関のベルが鳴り、状況は一変した。五、六人の男たちが、蜂の群れのように家の中に雪崩れ込み、手当たり次第に「差し押え」と書かれた赤い札を家財道具に貼っていく。家中が赤い札だらけになり、目の前で何が起きているのか理解する間もないまま、男たちの怒号が飛び交った。チョン・ミンソクを出せと怒鳴り暴言を吐いた男たちは、自分たちは債権者だと言った。ウンスは持っていた鉛筆を落として身を震わせ、ジョンヒは悲鳴を上げた。男たちは荷造りの途中だったジユンのスーツケースまでひっくり返した。何が起きているのかわからなかった。それは明け方まで続いたが、やがて男たちは疲れた様子で帰って行った。男たちの血走った目に一晩中睨まれ、恐怖で眠れないというジョンヒに精神安定剤を飲ませてから、ジユンはようやくウンスを寝かしつけた。青くひんやりした明け方の光が、荒らされたリビングの中に無遠慮に入り込んできた頃、携帯に一通のメールが届いた。一晩中連絡のつかなかった夫のミンソクからである。

「しばらく帰れない。ウンスと母さんを連れて、どこかに身を隠していてくれ。また連絡する」

それだけだった。無責任どころの話ではない。怒りを通り越して呆れた。返信もできないアドレスで、体から一気に力が抜けた。そうして地獄のような夜を過ごし、ジユンはボローニャ行きの便に乗り込んだのだった。

客室乗務員がエコノミー・クラスの狭い通路を通ってジユンの前で立ち止まった。

「ソ・ジユンさんですね？」

「そうですが」

「ミン・ジョンハク様がお呼びです」

「はい！」

　ジユンは我に返った。過ぎたことを悔やんでも仕方がない。何があっても人生は続いていくし、引き返せないのなら前に進むしかない。ジユンは家のことはひとまず忘れて、今は学会に集中しようと自分に言い聞かせて席を立った。服の裾を整え、ミン教授のいるビジネスクラスに向かった。

　教授はノートパソコンを開き、ジユンがまとめたプレゼンテーション用の資料に目を通していた。気に入らないのか、眉間にたっぷり皺が寄っている。

「この色とデザインは何かね？

　刺すような言い方だった。

「それは……先日ご確認いただいたもので……」

　教授のノートパソコンの画面に視線を向けたまま、ジユンは困った顔をして答えた。

「それで？」

　そんなジユンに、教授は冷ややかな視線を向けた。

「直します」

　ジユンにはわかっていた。学会での出来事を怒っていて、わざと難癖をつけているのだ。指導教授の鑑定を疑う質問に、「わからない」と同調するかのような返事をした私を、教授は許してなどいないのだ。それでも、予定通りボローニャに連れて行くということは、まだ挽回のチャンスが残っているということだろう。死ねと言われたら死んだふりでもするし、靴の底を舐めろと言われれば舐めたっていい。それで教授になれるなら安いものよ！　席に戻ったジユンは、唇をぎゅっと結んだ。

*

レセプションは六時からだ。まだ時間がある。ミン教授は会場に向かいながら、ジユンをいたぶる方法を考えていた。疲れた。首の後ろが強張り熱を持っている。ストレスに違いない。教授は、ホテルに着いたらまず、ベッドに身を投げて手足を伸ばして休もうと考えた。だが、それは叶わなかった。空港に到着した矢先、それより前に到着していた同僚の教授に会い、面白くないニュースを聞かされたためだ。同僚は自分の携帯電話で動画投稿サイトに投稿された映像を見せてきた。安《アン》堅《ギョン》の「金剛山図《クムガンサンド》」の発表会場の映像だった。最初は大したことではないと余裕の表情で見ていたミン教授だったが、次第に怒りが込み上げ、顔が真っ赤になり、そして青ざめていった。映像の中のジユンは、信念を持って自分の意見を述べる正義の人、ミン教授は横暴な権力者と揶揄されていた。ソンギャラリーやソンジングループまで巻き込み、「利権にまみれた文化大臣」という批判で炎上している。映像は瞬く間に広がり、ついにはソン館長の耳にも届いた。ホテルに到着したミン教授は、真っ先に館長に国際電話をかけ、一時間以上も冷や汗をかきながら謝罪する羽目になった。届辱的な時間が長引くにつれ、ジユンへの怒りもどんどん大きくなっていった。

教授はそんな感情を笑顔の下に隠してレセプション会場を訪れた。集まっていたのは馴染みの面々だった。

かねてより親睦を深めたいと思っていたエール大学のピーター教授の姿もあった。その隣では、金髪の教授が携帯電話で会場の様子を撮影している。ミン教授が関係者と笑顔で挨拶を交わしていると、そこへ黒いワンピース姿のジユンが現れた。髪を後ろで結び、耳元にかかる遅れ毛が黒いワンピースに映えて実にエレガントだ。その無垢な美しさが、余計に教授の気に障った。

「教授」

ジユンがミン教授を見つけて呼び止めた。

「歯ブラシと靴下を買ってきなさい」

冷たく、低い声で教授が言った。

「はい？」

「聞こえなかったか？　歯ブラシ！　靴下！　フィリップスの電動歯ブラシ、六九二三モデルだ」

「今、すぐ……ですか？」

「そうだ、今すぐだ！」

「……わかりました」

ジユンは教授に一礼して歯ブラシと靴下を買いに出た。その背中に向けられた教授の軽蔑の視線には気づかなかった。仕掛けた罠にのこのこと自分の足で近づいてくる姿が、ミン教授の目にはこの上なく無価値なものに思えた。だが、ミン教授もまた気づいていなかった。今この一部始終を見つめる視線があることに。

二

模型のような建物が立ち並ぶ。まるで人工都市みたいだ。名もない窓、カフェに座る見知らぬ人々、路地裏、小さな石を敷き詰めた道。ここはボローニャ中央駅だ。

足首まで隠れる黒いワンピースを着たジユンは、大きなスーツケースを引きずりながら、魂を吸い取られたように街を彷徨っていた。異国の地で一人投げ出された惨めさと孤独さに、息が詰まりそうだった。

「うせろ！」

ミン教授は確かにそう言った。形容しようのない冷たい声だった。

「今すぐ目の前から消えろと言っているんだ。家に帰って大人しく主婦業でもしてろ！」

出し抜けにそう怒鳴りつけ、教授は靴下と電動歯ブラシを受け取りもしなかった。

「今のうちに専攻も変えるんだ。そして二度と私の前に現れるな。美術界に近づくことも許さん。いっそ近づけないよう、徹底的に踏み潰してやる」

脂ぎった顔を近寄せ、耳元で脅迫めいたことを囁かれた時には、背筋に悪寒が走ったほどだ。その挙句、ジユンはレセプション会場から、宿泊先のホテルから締め出された。抜け殻のような顔でボローニャの大聖堂を通り過ぎ、あてもなく市街を歩き続けた。足に錘がついているような感覚で、一歩一歩がずっしりと重い。考えるべきことは山ほどあるのに、頭の中に浮かぶのは、何もかも水の泡になってしまったということだけ。頼れる者は誰もいない。急に逃亡者となった夫にも、ショックで気が動転しているであろうジョンヒにも、とても連絡できる状況ではない。

と、その時、不意に携帯が鳴った。大学時代からの親友、ヘジョンからだ。ジユンは適当に座る場所を見つけて腰を下ろし、電話に出た。

「一体何がどうなってるの？　研究員はクビ、講師契約も打ち切りだって。掲示板に臨時講師募集の告知まで出てるわよ！」

空が音を立てて崩れ落ちてくるようだった。地面が揺れ、ジユンは倒れそうになる身体をようやく支えた。唇は乾いて声も出なかった。ヘジョンの話は続いた。

「そっちで何があったの？　学会に出席せずにお酒を飲んでショッピングをして、挙句の果てには勝手にホテルをチェックアウトしてしまったって、ミン教授がものすごい剣幕で電話してきたんだって。国の恥だから今すぐ辞めさせるべきだって」

「そんな……」

声からもジユンの様子がうかがえて、ヘジョンの声は一層高くなった。

「あの男、最初からそのつもりだったのよ。例の『金剛山図《クムガンサンド》』が原因なんでしょ？　そうでしょ？もう反吐が出る！　どこまでずるくて汚い人間なの？　自分の教え子たちを餌食にして、甘い汁を吸い取るだけ吸い取って。そのくせ要らなくなったら捨てる最低な男よ、アレは！　あいつが本物だって言い張ってる『金剛山図《クムガンサンド》』が偽物だって証拠をつかまない限り、この闘いは終わらないわ。

こっちがやられるだけよ」

ヘジョンは鼻息荒く捲くし立てた。嘘、そんなの嘘よ。とうに切れた携帯を握り締め、ジユンはその場に崩れた。膝にぶつかったスーツケースが倒れた。古いベルトが外れ、中の荷物が勢いよく辺りに散らばった。紙パックの焼酎に紙の皿、レトルトのご飯、ミン教授の著作と「金剛山図《クムガンサンド》」関連の資料が散らかっている。不意に、腹の底から怒りが突き上げてきた。これまで押し殺してきた言葉が、頭の中を字幕のように流れていく。卑怯で下劣なクソじじい！　どんな面倒を押しつけられても、教授の都合で五年間も博士号をくれなかった時も、私は一度だって文句を言わなかった。機嫌を取り何でも言う通りにしてきた！　バッグを拾う手に、ミン教授の著書が触れた。この本だって全部私が書いたじゃない！　資料集めから校正まで、何もかも私の、この手でやったのよ！

ジユンは渾身の力を込めて本を地面に叩きつけた。すると、教授を目指して奔走してきた日々が、本と一緒に飛んで行った気がした。紙パックの焼酎を拾って一気に飲み干したら、喉が焼けそうになった。涙が止まらなかった。道端に座り込んだまま、ジユンは人目もはばからず泣きじゃくった。東洋人が大泣きしているという通行人の冷やかしも、今はどうでもよかった。

気がつくと辺りは暗くなり始め、街頭には明かりが灯り始めていた。不幸の真っ只中に突き落とされ、ジユンは暮れなずむ異国の街を再びあてもなく歩き始めた。歩き続けていると、やがて古書店が並ぶ通りに出た。店じまいの時間帯らしく、店の人たちが店先に並べた本の片付けをしていた。いつもなら時間を割いてでも来たであろう古本通り。だが今のジユンの目には何も映らなかった。通りの向こうから酒に酔った三、四人の男たちが、我が物顔で通りを闊歩しながらジユンに近づいてきた。泣き腫らした目と、赤いルージュのはみ出た唇。誰が見ても悲惨な出で立ちで大きな荷物を引きずるジユンに、イタリア男たちは口笛を吹きながら絡んできた。面倒そうに男たちを避けようとして、ジユンは足をくじいてしまった。とっさに踏み止まったが、その弾みで店先にあった本の箱をひっくり返してしまった。男たちは一瞬、驚いた顔をしたが、すぐに腹を抱えて笑い出し、そのまま去って行ってしまった。店の奥から店主が出てきた。

「I'm so sorry...」

ジユンは溜息交じりに謝り、散らかった本を急いで箱に戻した。店主は人のいい笑顔で大丈夫だよ、と言ってくれた。不幸というのはドミノ倒しのようだとジユンは思った。落ちた本を拾い、埃を払おうとして、ジユンは見慣れた文字に目を留めた。漢字だ。ワインの染みがついた古い本で、あちこちが破れて穴が開いている。ばらばらになる寸前で、後半部だけがかろうじて残っている。箱に戻そうとして、ジユンは再び目を留めた。金剛……山図。「金剛山図《クムガンサンド》」って「金剛山図《クムガンサンド》」？　誰の？　謙齋《ギョムジェ》、檀園《ダンウォン》？　それともまさか、安堅《アンギョン》？　ジユンは目を大きく見開いた。

「シエスタ・ディ・ルナ」

古書店の店主が言った。ジユンが振り向くと、店主は本の表紙に押された印章を指さして、その小さな文字はイタリアの家紋だと教えてくれた。ジユンはぼんやりと店主の指先がなぞる通りに文字を読んだ。すると突然、文字がくっきりと浮かび上がってきた。まるで見えない力に引き寄せられるような、不思議な感覚に襲われた。

月の昼寝、「シエスタ・ディ・ルナ」……。ジユンは十ユーロを払ってその本を買った。店主はジユンの手の甲にキスをして、イタリア語で囁いた。
「笑って、お嬢さん《シニョリーナ》。ここはイタリア。あっと驚く幸運が、あなたを待っているかも知れないよ」

＊

翌日、ジユンはトスカーナの古い邸宅の前に立っていた。「シエスタ・ディ・ルナ」だ。引き寄せられた――。古書に刻まれた文字を頼りに、ボローニャからトスカーナに飛んできた理由を説明できる言葉はそれしかない。濃い霧を纏《まと》った邸宅はまるで、青々とした草原に聳《そび》える島のようだ。「シエスタ・ディ・ルナ」という古い表札が、草で半分ほど隠れている。長い間、人が住んでいないのだろう。

しばらく迷った末に、ジユンは古めかしいドアノックをつかんでドアを叩いた。人の気配がない。もう一度ドアノックを叩いた時、後ろから白髪の老人が焚き木を抱えて近づいてきた。老人はこの邸宅の管理人だと言った。ジユンは持ってきた古書を見せ、ここを訪ねてきた訳を打ち明けた。管理人は、ここは観光地ではないと首を振ったが、粘り強い説得に根負けし、最後には鍵を開けてくれた。

邸宅の中は想像以上に広くて立派な作りだった。王宮に来たみたいだ。ドーム型の高い天井には、パイプオルガンを演奏する天使たちと様々な宗教画が描かれていて、壁には何世紀にも渡ってこの邸宅を治めてきた代々の主の肖像画がかけられている。まるで、天上界の時間を剥製にして収めたみたいだとジュンは思った。風に揺らめくカーテン、サロンにたっぷりと降り注ぐトスカーナの日差し、大理石の床の残るハープシコードの跡には、目に見えない歴史が刻まれているようだった。

引き込まれていく――。

深い記憶の底で、抗えない強烈な何かがジュンを捕えた。そして導かれるように階段を上がると、長い廊下が現れた。廊下の先の壁に窓があり、そこから日差しが伸びてジュンの前に道を作った。その光の道をゆっくりと進んで行く。二階には廊下を挟んで両側に部屋があり、どのドアも固く閉ざされている。ある部屋の前まで来た時、ひとりでにドアが開いた。まるでジュンが来るのを待ちうけていたかのようだ。ジュンは誰かの手に導かれるように部屋の中へと入っていった。

家具一つない、壁に大きな鏡がかけられているだけの部屋。先ほどとはまた別の世界、別の過去が漂っている。ジュンはがらんとした部屋を見渡した。何もないはずなのに、何かあるように感じられる。こんな感覚は初めてだ。後ろからついてきた管理人が、何か探しているのかと聞いたその時だった。この部屋のどこに隠れていたのか、一羽の鳩が飛んできた。次の瞬間、壁の鏡が床に落ち、大きな音を立てて割れた。鏡が外れた壁は崩れて穴が開き、そこから淡い光が漏れ出した。

「見て！」

驚いたジュンは、その淡い光を辿り、恐る恐る穴の中を覗き込んだ。管理人も不思議そうに近づき、穴の中を覗いた。興奮して、ジュンには聞き取れない言葉をしきりに発していた管理人が、ちょっと待っててと言い残し部屋を出て行った。しばらくして戻ってきた彼の手には、ハンマーが握られていた。管理人がほんの数回叩いただけで、壁はもろくも崩れ落ちた。まるで崩してくれるのを待っていたかのように。数百年もの間に積もりに積もった埃が舞った。そして信じられないことに、中から一枚の美人図と古いトランクが現れた。

絵の中の女性は、グレーの裳《チマ》に薄紫の上衣《チョゴリ》を纏い、撫子《なでしこ》の刺繍が施された靴を履いていた。時間も、今いる場所も忘れ、ジユンは物憂げな美しさを湛えるその女性の絵に見入った。飛行機で韓国から十二時間もかけて訪れたイタリアで、まさか数百年前の、朝鮮時代の絵に出会うとは。目の前に絵があるのに信じられなかった。管理人も信じられないという表情をして、絵の中の女性とジユンの顔を交互に見た。見れば見るほど、絵の中の女性と目の前にいるジユンが同じ人物のように思えてくるのだ。

「この絵、私に売ってください」

ジユンは夢から覚めたようにはっきりした声で言った。

「それは私には決められません」

管理人は困った顔で首を振った。

「私にはとても大事なことなの。お願いします、私に譲ってください！」

「私はこの家の管理を任されているだけで、この家の持ち主ではありません。私が決められることではないのです」

「じゃあ、その家の持ち主という方はどこにいるんです？」

管理人は答える代わりに人差し指を立てて天井を指した。天井の上、空の上にいるということらしい。ジユンは途方に暮れた。と、その時、先ほどの鳩が現れ、ジユンの肩に糞を落として再びどこかへ飛んで行った。ジユンが半泣きで肩の汚れを拭っていると、どこからか一匹のてんとう虫が飛んできて、もう片方の肩にとまった。花も緑もないこの部屋の、一体どこにいたのだろう。

すると、その様子を見ていた管理人が青い瞳と口を大きく開けて、大騒ぎを始めた。状況を飲み込めずにきょとんとしているジユンの肩を抱き寄せ、興奮冷めやらぬ管理人は頬にキスまでして壁の中から絵を取り出した。

「この絵はあなたのものだ。これは運命だよ！」

管理人は石のように立ち尽くすジユンに絵を渡しながら言った。イタリアでは、鳩に糞を落とされた人には幸運が訪れると信じられている。言うなれば神様の思し召しだ。

ジユンは何度も礼を言うと、管理人は古いトランクの方もジユンに渡してくれた。中を開けると、そこに入っていたのは例の古書店で購入した古い本の残りの部分と、撫子《なでしこ》の刺繍が施された、色褪せた絹の巾着《チュモニ》だった。

管理人の祝福と甘い別れの挨拶をもらって古い邸宅を後にしたジユンは、まるで不思議の国に迷い込んだアリスになった気分だった。兎の穴で不思議な体験をした後の、夢から覚めたような気分になってからようやく振り向くと、邸宅はもう遠く小さな点になっていた。

＊

現実は一気に押し寄せた。仁川《インチョン》空港に到着したジユンを出迎えたのは、大学の教務課からの講師交代を知らせるメールだった。ご親切に懲罰委員会の開催日時まで伝えてくれている。体は鉛のように重かったが、このまま家に帰る訳にはいかない。こんな状態では姑のジョンヒに合わせる顔がなかった。ただでさえ息子のミンソクのことで大きなショックを受けている姑だ。本当はすぐにでも帰って一人息子のウンスに会いたかったが、ジユンは大学に向けてタクシーを走らせた。

「講師交代ってどういうことですか！　話が違うじゃないですか！　まだ学期の途中ですよ？　契約期間もずっと先まで残っているのに、こんな一方的なやり方がありますか！」

ジユンが訴えると、教務課の職員たちがちらちらとこちらを見てきた。短髪にそばかすの職員は、うんざりした様子でボールペンの先を机に打ちつけた。

「ですから、先ほどからお話ししているように、こちらからお話しできることはありません。明日、懲罰委員会が行われますので、そこで直接……」

「ソ・ジユン先生」

低い声でジユンを呼んだのは、教務課長だった。ジユンは頭を下げて挨拶をしたが、教務課長は会釈もせず、苛立ちを露にして捲し立てた。

「元講師たちが座り込みの抗議を始めたおかげで、こちらはてんてこ舞いなんですよ。どうしてあなた方の科は次から次へと問題ばかり持ち込むんですか？　文句があるならここじゃなくて、そちらの学科に直接言ってください！」

ジユンは、職員たちのひそひそ声に追われるように教務課を出た。

美術史学科の事務室には誰もいなかった。准教授に電話をしてみたが出ない。どういうことか察しがついた。ミン教授がサンヒョンを追い出した時と同じことが起きているのだ。サンヒョンだけではない。これまで何人もの研究員が経験してきたであろうことが、今度は自分の身に降りかかってきたというだけのことだ。大学の権力の中枢に君臨するミン教授がどうやって人を動かし、そして切り捨てるのか、ジユンは嫌というほど見てきた。

何の収穫もないまま教務課を出て、ふらふらと本館の前を歩いていたジユンの目に、今日も抗議集会を行う元講師たちの姿が留まった。私がされていることを、あの人たちもやられてきたんだ。本当はわかっていた。隣で何が起きているのかを。教授の下で生き残るためには見て見ぬふりをするしかなかった。今、その時の罰を受けているのだろうか。と、その時、テントの中からサンヒョンが勢いよく飛び出してきた。その顔を見た途端、ジユンの思考回路はフリーズした。

「先輩！」

ジユンは見なかったことにして背を向け、早足に歩き出した。サンヒョンは慌ててジユンの腕をつかんだ。

「放して！」

ジユンは乱暴にその手を払い、サンヒョンを攻め立てた。

「何よ！　一緒にスローガンを叫べばいいの？　これがあなたたちの言う民主主義で、公共性を保つことなの？」

「そうじゃなくて！　俺のせいでもあるかなって……ただ謝りたくて」

「謝る？　人を殺しておいて謝るですって？　謝って済むことなの、これが？」

ジユンの剣幕に、サンヒョンは顔を赤らめた。

「人を殺しておいてって、ずいぶん大袈裟だな。とにかく、先輩まで巻き込むような形になってしまったのは謝ります。すみませんでした。でも先輩だって少しは同調したじゃないですか、よくわからないって。この際だから言わせてもらいますけど、先輩は講師の仕事がなくても十分食べていけるじゃないですか。生活に困る訳でも……」

「勝手なことを言わないでよ！」

ジユンはサンヒョンの話を遮り怒鳴りつけた。

「あなたたちには仕事で、私にとっては趣味だとでも言いたいの？　あなたに何がわかるの？　私がこれまでどうやって生きてきたか、あなたにわかる？」

ジユンの握った拳が震えている。サンヒョンは返す言葉が見つからなかった。ジユンが顔をそむけて勢いよく立ち去ろうとした時、サンヒョンはとっさにその肩をつかみ、自分に向き直らせた。と、次の瞬間、ジユンはバッグを振り回して激しく抵抗し、サンヒョンの顔に強烈なパンチを浴びせた。

「わっ！」

あまりの痛さに、サンヒョンは両手で顔を覆った。

「二度と私の前に現れないで！」

ジユンは冷たく言い放ち、今度こそ本当に行ってしまった。サンヒョンは顔に手を当てたまま、複雑な思いでジユンの後ろ姿を見送った。ジユンに迷惑をかけるつもりは毛頭なかったが、こんなことになってしまい、申し訳ない気持ちでいっぱいだった。一方で、だからこそ、元凶であるミン教授が余計に許せないし、そういう人間がのうのうと生きていられるこの社会に怒りを覚えていた。

＊

絶望の中にあっても、時間は等しく過ぎていく。債権者たちの目を避けるため、ミンソクが動くのは暗くなった夜だけだ。暗闇の中を縫うように転々と居場所を変え、昼はホームレスの中に身を潜めた。目はくぼんで精気を失い、髭は伸び放題で清潔感もない。光も影も存在しない世界にいるような毎日。自分はこのまま、どん底に向かって転がり落ちて行くだけなのかとさえ思えてくる。そ
投資会社の共同経営者だった戦友は自ら首を吊り、あれほど周りにいた人々は電話にも出ない。それまでよく家に遊びに来ていた親戚たちも、当たり前のように背を向けた。だが、いつまでもこんな生活を続けるわけにはいかないとミンソクは思った。守るべき家族がいる限り、自分が一家の大黒柱であることに変わりはない。

そこでミンソクは、できる限りのことをして金を掻き集めた。用意できたのは数百万ウォン。つい先日まで数千万、数億を動かしていたことを思うと笑えてくるが、今はこれが精一杯だ。

ミンソクは人目を避け、地下鉄のコインロッカーへと急いだ。コインロッカーに着くなり、内ポケットから出した封筒を中に入れた。そこにはミンソクの全財産が入っている。ドアを閉めようとして、不意に手を止めたミンソクは、身に着けていた腕時計を外して封筒の中に入れた。ロレックスだから、売れば町外れに部屋を借りるくらいにはなるはずだ。暗証番号を設定してドアを閉める

と、鍵がかかった。あとはジユンを待つだけだ。ミンソクは帽子を目深に被り、人気の少ない場所に移った。

どれくらい経っただろうか。ジユンが地下鉄の構内に駆け込んで来て、必死で辺りを見回している。ミンソクから連絡を受けて飛んできたのだ。手にはボローニャから持ち帰った古いバッグが握られている。

ミンソクは柱の陰に隠れてジユンの姿を見つめた。すぐにでも駆け寄りたかったが、それはできなかった。自分を狙う者たちがどこから見ているかわからない。遠目にもジユンが疲れ切った顔をしているのがわかった。抱き締めてやりたかった。怖い思いをさせてすまないと、ウンスと母さんは元気かと、声をかけたかった。だがミンソクは、胸の中で繰り返すだけだった。今、もしジユンが目の前にいたとしても、優しい言葉をかけることはできないだろう。そういう男なのだ。

ミンソクはジユンに駆け寄る代わりに、携帯電話からメールを送った。足跡のつかない他人名義の携帯電話だ。

――八番のコインロッカー。暗証番号は君の誕生日だ。

人波に目を凝らして夫の姿を捜していたジユンが、携帯電話が鳴ったのに気づいた。そして、メールを見るなり急いで通話ボタンを押す。ミンソクはジユンの番号を映して振動する携帯電話の電源を切った。

「あなた！　お父さん！」

ジユンのすがるような声が駅構内に響いた。その時、ホームへと上がる階段から、人がどっと降りてきた。ミンソクは人混みに飲み込まれていくジユンの姿を最後にもう一度見届けて、再び暗闇の中に溶けていった。

＊

数日後、大学の懲罰委員会が開かれた。ミン教授はその直前にボローニャから帰国したばかりだった。長時間のフライトで疲れてはいたが、自分の影響力を見せつける好機を逃す手はない。懲戒委員会という場において、教授は権力の頂点に立つ捕食者、ジユンは被食者である。

委員たちの机は大きな円を描いて並べられた。そのちょうど真ん中、まるで離れ孤島のように椅子が一脚、ぽつんと置かれている。ジユンはそこに座り、反論資料を読み込んでいた。向かい側ではミン教授と、その息のかかった委員たちが互いに挨拶を交わしていた。他の者は入ることすら許されない、独特な空気が漂っている。周りの挨拶に受け答えしながら、ミン教授は横目でちらとジユンの様子をうかがった。ジユンは口を真一文字に結んで神妙な顔をしている。無様なものだ、とミン教授は鼻で笑った。

「ボローニャでの学会で、なぜ身勝手な行動をしたんです？　帰国の日も別になっていますね。先に帰国しなければならない理由でもあったんですか？」

ドイツ留学の経験を持つ教授がジユンに尋ねた。ジユンはミン教授を一度見てから答えた。

「ミン教授との間で些細な誤解がありました。学会の最中だったので、その誤解を解く時間がありませんでした。また、先に帰国した理由は、教授がそう指示なさったからです」

「誤解というのは？」

そう聞かれると、ジユンは下唇を噛んでミン教授を睨みつけた。ショッピングだなんて冗談じゃない！　買いに行かせたのはあなたよ！　どうして嘘を吐くの！　と目で訴えるように。

だが、ミン教授はその視線を避けなかった。それどころか上唇をわずかに反らせて嘲笑うような表情をしている。ジユンは唇が渇いていくのを感じた。

「私も教えていただきたいです。なぜ、あのような誤解をなさったのか」

ジユンは立ち上がり、用意した資料を委員たちに配り始めた。

「これは、私の行動が独断によるものではなかったことを立証する資料です。学会があった日の私の状況をよく知る知人にも、ここへ来てもらいました。外で待っているので、必要なら証言を……」

と、その時、プロジェクターが起動し、壁に設置されたスクリーンに一枚の写真が映し出された。ボローニャの学会で撮影された集合写真だ。ミン教授を中心に各国の教授や関係者が並んでいる。その写真を見たジユンは、凍りついた。写真の片隅に、デパートの紙袋を提げた自分の姿が写っていたからだ。会議室がにわかに騒がしくなった。これは罠だと大声で言いたかった。できることなら、写真の中に移るデパートの紙袋の中身を見せてやりたいくらいだ。だが今、手元にあるのは、もはや何の役にも立たない反論資料だけである。

「学会を抜け出してショッピングに興じる。一体何を考えているんですか？」

ジユンはまるで宇宙人を見るような委員たちの視線を、一つ一つ見返した。プロジェクターのファンの音がやけに大きく響いた。続いてスーツケースを引きずり、ボローニャの市街を歩くジユンの姿が今度は映像として流された。ジユンの手から、資料が落ちた。指先が震えてくる。広場にしゃがみ込み、スーツケースの中にあった本や紙パックの焼酎、タッパーを投げる様子も収められていた。ご親切に「The crazy korean woman」というテロップまでつけられている。膝から力が抜け、ジユンはその場にしゃがみ込んだ。

「指導教授として、私も責任を痛感しています。我が校の名に傷をつけないよう、学期の途中でやむを得ず契約解除に踏み切るしかなかった事情を、これでご理解いただけたと思います」

ミン教授の言葉に、ざわめきが起きた。あちこちから彼女を非難する声が聞こえてくる。殺気立った目で睨むジユンに、教授は金歯を見せてにやりと笑った。委員長がまとめに入った。

「教職員賞罰規定第七条二項、大学の名誉を著しく傷つける行為がなされた場合、教授や講師の同意がなくても解任できる。ソ・ジユン先生、異議があればどうぞ」

委員長の発言に、ジユンは言葉を失った。

「本校の教職員賞罰規定第八条四項に基づき、ソ・ジユン講師の契約を解除するものとします！」

委員長が言い終えるや、委員たちは当然だと言わんばかりに頷いた。ミン教授はそこにいた一人一人を見回した。すべて思い通りにことは運んだ。旅の疲れが一気に吹き飛ぶようだった。委員たちが一人、二人と席を立ち、会議室にはジユンとミン教授だけが残った。泣く気力もなく、ジユンはしゃがみ込んだまま死んだように動かない。その様子をしばらく眺めていたミン教授が、ゆっくりと席を立った。椅子の足が床を擦る嫌な音が響いた。ジユンは不意に立ち上がり、教授に詰め寄った。あまりの勢いに、教授は思わず後退りをした。ジユンはその足元に跪いた。

「申し訳ありませんでした」

突然、謝罪をし始めたジユンを、教授は虫けらを見るように見下ろして言った。

「さっきまでの堂々とした君はどこへ行った？」

「お許しください。私が間違っていました」

「切ってくれと伸ばした首を切らないのは、失礼というものだ。せっかくだから一番血が流れ、苦痛に悶えるやり方で刈り取ってあげよう」

ミン教授はジユンの小さな肩を軽く叩き、悠然と会議室を出て行った。一人残されたジユンは、肩を震わせ、大粒の涙を流した。これで、何もかも終わった。

＊

懲罰委員会を終えたミン教授は、意気揚々とソンギャラリーの館長の元を訪ねた。まるで狩りを終えたような気分だ。

館長室は広くて心地よい雰囲気が漂っている。フェミニンで隅々まで趣向を凝らしたインテリアが、壁にかけられたギャラリー所蔵の絵画を際立たせている。

赤系のブランド物のスーツを纏《まと》った館長がソファを指さすと、ミン教授は促されるままソファに座った。まるでよく飼い馴らされたペットのようだ。電話を終え、館長がソファの上座に座ると、ミン教授は折り目正しく膝を揃えた。

「ソ・ジユンは終わりです。美術界には二度と戻れないでしょう。ハン・サンヒョンも同様、これで邪魔なものはすべて片付きました」

「そう?」

「はい、海外の学界にも手を回してあります。論文発表の際の映像がユーチューブに投稿されたのは少々痛手でしたが、あれはあの二人が指導教授への劣等感から起こしたものだと説明しておきました。あの時のハン・サンヒョンの態度が無礼だったこともあり、学者たちもそれで納得しているようです」

教授は言ったが、館長は反応がない。表情からも意中を読み取れず、ミン教授は内心はらはらした。

「これで安心して大々的に『金剛山図《クムガンサンド》』を展示していただけます」

「ご苦労だったわね」

おもむろに館長が言うと、ミン教授は息を吹き返したかのような笑顔を見せた。

「なんて、労ってもらえるとでも思ったのかしら?」

短い間を置いて、館長は刺すように言った。

「『金剛山図《クムガンサンド》』は我がソンギャラリーが、ひいてはソンジングループが進める一大プロジェクトです。メディアも注目していて、どんな些細な問題でも騒がれる余地は十分にあった。それなのに、どうしてこれほど静かに幕を引けたか? まさか、ミン教授のお力で?」

館長は射抜くようにミン教授を見据えた。

「グループの広報部が総力を挙げて事態の収拾に動きました。有力なメディアやポータルサイトはマンツーマンでマークして」

「申し訳ございませんでした」

ミン教授は身を縮め、頭を下げた。

「あの二人、学部長の教え子だったそうですね。教え子への教育がなってないわね」

ミン教授の背中に汗が伝った。

「面目次第もございません」

「今のまま、定年まで過ごせれば満足というのなら、そうなさい」

館長は席を立った。ミン教授も立ち上がり、館長に向かって深々と頭を下げた。

「もう二度と、このような失敗はいたしません。信じてください」

「以上よ」

「お時間をいただき、ありがとうございました。またうかがいます、館長」

館長はミン教授には目もくれず、デスクに向かった。その後ろ姿にもう一度頭を下げ、ミン教授は館長室を後にした。外では季節外れのにわか雨が降っていた。

＊

雨降って地固まる、か。色褪せた壁紙に生えたカビを呆然と眺めていた姑のジョンヒが、不意にふっと笑った。都心の一等地に建つ高級マンションから一転、町外れの古い集合住宅に引っ越す羽目になったというのに、こんなどうでもいいことを思い出すなんて。時間が逆戻りして、一夜にして世界が変わってしまったようだ。自分の人生に、こんなことがあっていいはずがない。どんな思いで築いた財産だと思ってるの？　どんな思いで育てた息子だと思ってるの？　死に物狂いで生きてきた六十年の人生が、一瞬でふいにされてしまった。後ろから、人生という名の大きな杖を振り下ろされたみたいだ。

「お義母さん……」

引っ越しの荷物の片付けをしていたジユンが、ジョンヒを呼んだ。だが、ジョンヒは振り向かなかった。ジユンの声を聞くのが嫌だった。顔も見たくなかった。いけない、そんなことを思っては駄目だと自分自身に言い聞かすのだが、どうしても憎らしい気持ちが湧いてくる。家中に赤札を貼られた翌日に、学会があるからと家族を置いてイタリアへ行った嫁の気が知れない。死にそうな顔で帰ってくるなり、ミンソクが部屋を借りるお金を用意してくれたと言って札束を出してきたのも気に障る。そのお金で借りたという部屋がこれだ。キッチンには戸棚もなく、蛇口からは血が混ざったような茶色い水が出た。

「お義母さん……」

ジユンは湿った声でもう一度ジョンヒを呼んだ。目に涙を溜めているだろうとジョンヒは思った。だが、それも見たくなかった。心がどんどん意地悪になっていく。こんな気持ちで嫁に接したくない。蛇口を閉め、ジョンヒは浴室に向かった。後ろ手に強くドアを締めたと同時に、どっと涙があふれた。涙を拭うことも忘れ、ジョンヒはその場に座り込み、息を殺して泣いた。嫁にないがしろにされた気がして寂しかった。憎らしかった。憎らしいと思うことを申し訳ないと思いつつ、誰かを恨みでもしないと自分を支えていられなかった。何より、一人息子の安否が心配でならない。ご飯は食べているのか、夜はどこで寝ているのか、体は大丈夫なのか。そこまで考えて、ジョンヒは我に返った。しっかりしてジョンヒ。あなたは母親なのよ！　ジョンヒは自らを奮い立たせ、水垢のこびりついた鏡を見ながら涙を拭いた。

浴室のドアを開けると、台所を片付けていたジユンが振り向いた。ジョンヒはジユンとは目を合わさず、孫のウンスを捜した。ウンスは荷物の山の中で本を読んでいた。ジョンヒはあえて明るく笑い、ウンスに近づいた。

「虎に噛まれても、どうするの？」

「慌てず、気持ちを強く持ちます」

目を本に落としたまま、ウンスが答えた。

「そう！　どこにいても、自分の気持ちさえしっかりしていれば、生きる道は開けるものよ。わかったわね？」

ジョンヒは自分に言い聞かせるように、大きな声で言った。そして愛おしそうに孫のお尻を撫でながら、ウンスが読んでいる本を見た。

「あら、漢文じゃない？」

「金、剛、山、図……？」

ウンスは小さな指で漢字を一文字一文字差しながら、はきはきとした声で読んだ。

「そう、『金剛山図《クムガンサンド》』！　ウンスは漢字もすらすら上手に読めるのね！」

ジョンヒはウンスを抱き締めた。目の中に入れても痛くないとはこのことだ。すると、片付けかけの皿を置いて、ジユンが慌てて駆けよってきた。

「ウンス、それちょうだい」

ジユンはウンスの手から奪うように本を取り上げた。

「どうしたの、お母さん？」

「何よ、急に」

ウンスとジョンヒが驚いてジユンを見た。

「ちょっと出かけてきます」

ジョンヒが止める間もなく、ジユンはバッグと古い本を持ってどこかへ出かけてしまった。ウンスは目を丸くして祖母のジョンヒを見上げている。幼い目にも、母親の行動がいつもと違うのがわかるのだろう。いつまでこんな状況が続くのか。ジョンヒは深くて重い溜息を吐いた。

三

ジユンが急いで向かった先は国立中央博物館だった。親友のヘジョンに会うためだ。ヘジョンは修復師として博物館の保存科学室に勤務している。ボローニャから帰って以来、ジユンは目まぐるしい日々を送ってきた。大学の懲罰委員会で受けたショックが覚めやらぬ中、マンションは競売にかけられ、わずかな支度金で借りられる部屋を探さなければならなかった。姑のジョンヒとの仲は相変わらずぎくしゃくしたままだし、わがまま一つ言わずに我慢してばかりの幼い息子を見ているのも辛い。連絡のつかない夫のことも心配で、片時も気が休まらなかった。目の前にやるべきことが多すぎて、トスカーナから持ち帰った美人図や古い本のことはすっかり忘れていた。

だが、「金剛山図《クムガンサンド》」と読むウンスの声を聞いた瞬間、まるで記憶の扉が開いて光が差し込んだような気がした。この本に記された「金剛山図《クムガンサンド》」が、もし本当に安堅《アンギョン》の「金剛山図《クムガンサンド》」だとしたら、この状況を覆す手がかりになるかも知れない。それを確かめるためにも、本の修復を急ぎたかった。

「引っ越しは落ち着いた？」

白いガウンを羽織ったヘジョンが、心配そうな顔で駆け寄った。ジユンの事情を誰よりもよく知り、思ってくれる親友だ。

「この本」

ジユンはバッグから例の古い本を取り出し手渡した。訝しそうに本を受け取るヘジョンに、ジユンは要件を切り出した。

「修復できる？」

「どうかな……何百年も経っているように見えるけど」

上下左右から本の状態を確かめながらヘジョンが呟いた。ジユンが本を手に入れた経緯について説明すると、ヘジョンは場所を移そうと言って保存科学室へ向かった。

ちょうど昼時で、保存科学室からは人が出払っていた。ジユンを椅子に座らせ、ヘジョンはさっそく仕事に取りかかった。白い手袋をはめ、顕微鏡のレンズの下に本を置く。その様子を、ジユンは背後から固唾を呑んで見守った。時間の流れが、音になって聞こえてくるようだった。三十分ほど過ぎ、ヘジョンが振り向いた。

「かなり時間がかかるわね。まず埃を取り除いて、くっついている部分は湿気を調節して離して、染みを消して破れた箇所を埋めて……とにかく状態が良くないわ。解読できる部分が少なすぎる」

「できるだけ急いでもらいたいの。修復できた所から、一枚ずつでもいい」

ヘジョンは頷き、再び顕微鏡を覗き込んだ。

「金剛山図《クムガンサンド》……金剛山図《クムガンサンド》ってまさか、あの？　安堅《アンギョン》の『金剛山図《クムガンサンド》』？」

ヘジョンはぱっと顔を上げて聞いた。

「まだわからないけど、もし安堅《アンギョン》の『金剛山図《クムガンサンド》』だとしたら、真作を見つける手がかりになるかも知れない。ミン教授が鑑定した絵が贋作であることを証明する、確かな証拠になるわ」

ジユンの声は落ち着いていた。思っていたことを言葉にしたら、やるべきことがはっきり見てきた。

「証拠があれば、ジユンの名誉は回復、大学にも戻れるわ！　そうなれば、あの男は終わりよ！」

「今の私には、これが唯一の希望なの」

「俄然、燃えてきたわよ！　急いでやってみる！」

ヘジョンはジユンを励ますように力強くそう言った。

「お願い」

「黄ばみがひどい上に紙が貼りついてしまっているから何とも言えないけど、最初の一枚目から数枚はそんなに時間がかからないと思う。隅の方を剥がすだけだから」

ヘジョンはピンセットを手に取り、慎重に慎重に紙をめくった。ジユンは息を呑んでその様子を見守った。

＊＊＊

中宗《チュンジョン》十四（一五一九）年八月。

万物がそうであるように、海も季節によってその表情を変えていく。

八月の海は紺碧だ。空と海が重なり合う所から銀色に輝く鱗が波に導かれ、陸に近づくにつれて徐々にその幅を広げていく。十四になった少女、師任堂《サイムダン》は深い青の海に降り注ぐ銀色の光に心を奪われていた。あの凄然とした海の色が欲しい。自然の眩いあるがままの色を、あるがままに表現したい。自然のものから作られた顔料も、人の手が触れた途端、その色は自然本来の輝きを失ってしまう。

師任堂《サイムダン》の色へのこだわりは、江陵《カンヌン》の北坪村《プクピョンチョン》では知らない人がいない。その目に映る世界は数百、数千の総天然色にあふれているが、巷で売られている絵具はどれも何かが足りない。そのため師任堂《サイムダン》は、両班《ヤンバン》の家に生まれ、絹の服を纏う身でありながら、色を求めては木に登り、山へ、川へ、野へと走り回った。

一度は西瓜の色を作ろうと江陵《カンヌン》の村々を彷徨い続けたことがあった。自分の背丈よりもずっと高い梔子《クチナシ》の木に登ってその実を採り、煮て乾かして黄色の染料を作った。あらかじめ用意しておいた藍色に、その黄色い染料を混ぜ、最後に墨を一滴、慎重に落とした後、ひたすら色ができるのを待った。野山を駆け回る時は大変なお転婆娘だが、色が本来の輝きを放つのを待つ間は、修行僧も顔負けの忍耐力を発揮する。藍色に無色の時が混ざり、ようやく求めていた彩度の緑が現れた。その緑を目にした瞬間は、まるで世界を手に入れたような気分だった。色を混ぜるのは人間だが、求める色が出るかは天の采配。師任堂《サイムダン》は天の恵みともいうべきその色で、夏の間中ずっと未完のままになっていた西瓜の絵を仕上げたのだった。

一方、絵となると寝食を忘れるほど夢中になる師任堂《サイムダン》は、母、龍仁李氏《ヨンインイシ》にとって大きな悩みの種だった。その日も龍仁李氏《ヨンインイシ》は門の前に立ち、師任堂《サイムダン》の帰りを待っていた。今日だけは家にいるようにとあれほどきつく言っておいたのに、そのわずかな時間さえじっとしていられず、今日も色を探しに行ってしまった。遠く、小道を曲がって下男が駆けて来るのが見えた。その後ろに、白い礼服姿の申命和《シンミョンファ》の姿が見える。遠目にもやつれているのがわかった。龍仁李氏《ヨンインイシ》の目に涙がにじんだ。それを手拭いで素早く拭い、龍仁李氏《ヨンインイシ》は努めて明るい笑顔を作った。多くの儒臣が犠牲となった己卯士禍《キミョサファ》に巻き込まれ、四日も投獄されていた夫を、涙で迎えるわけにはいかなかった。

ところが、帰ってきたのは申命和《シンミョンファ》一人ではなかった。どこで合流したのか、師任堂《サイムダン》も一緒である。手をしっかりと握って仲睦まじく並んで歩く父娘の姿に、龍仁李氏《ヨンインイシ》はほっと胸を撫で下ろした。


真夏の昼の静寂は、軒轅庄《ホンウォンジャン》の中庭にも漂っていた。裏山の木の葉に身を隠した蝉たちが、全身を震わせて鳴いている。一陣の風が木の枝を揺らして通り過ぎる中、どこからか声変わりを迎える前の少年の清らかな声が聞こえてきた。

「子曰く、里は仁《じん》なるを美しと為す。択んで仁に処《お》らずんば、焉《いずく》んぞ知《ち》なるを得ん。子曰く、不仁《ふじん》者《しゃ》は以て久しく約に処る可からず。以て長らく楽に処る可からず。仁者は仁に安んじ、知者《ちしゃ》は仁を利す……」

廊下を歩いていた中年の女人が、部屋の前で足を止めた。中から聞こえてくる甥、イ・ギョムが本を読む声を聞きながら、嬉しそうに頷いている。窓格子のない牢に閉じ込められたわけでもないのに、目を離すとすぐに屋敷を抜け出そうとする子どもだったが、最近やっとここでの生活に順応してきたようだ。女人は遠く山を眺めながら、ギョムがこの屋敷にやってきた日のことを思い浮かべた。

二年前、初めてこの屋敷の門を潜った日のギョムは、下人たちも目を張るほどみすぼらしい身なりをしていた。ただ、澄み切った目は紛れもなく王孫の裔《すえ》だった。時代に恵まれないとはこのことだろう。亀城《クソン》君の孫であり、世宗《セジョン》大王の四男、臨瀛《イムヨン》大君《デグン》の曽孫に当たるギョムは、物心ついた時にはすでに家も身寄りもなく、あちこちを転々としながら育った。そんなギョムを不憫に思い、引き取ったのがこの女人である。女人はギョムの大おばに当たる、この家の一切を取り仕切る当主である。躾の利かない野生動物のように落ち着きがなく、じっと座っていることもできなかった甥が、今ではどこの名家の子息にも負けない気品と威厳を醸し出すまでに成長した。大おばの目に、そんな甥の姿はたいそう殊勝に見えた。

おやつでも差し入れようと戸を開けた女人の顔が、みるみる引きつっていった。勉強しているものとばかり思っていたギョムは、念仏を唱えるように口をぱくぱくさせながら、貴重な書物に落書きをしているではないか。床には足の踏み場もないほど、犬に猫に兎に、ありとあらゆる動物の絵があふれている。

「な……お、おま、おま……お前という子は！」

「大おば様！」

座ったまま思わず飛び上がったギョムは、持っていた細筆を落とした。

「ここへ直れ！」

大おばの鞭をすり抜けるギョムの逃げっぷりは見事なものだった。追いかける大おばに逃げ回る甥、その息の合った攻防は、一度や二度でなせる技ではなさそうである。一瞬の隙をついて、風のように、矢のように部屋を抜け出し、ギョムは軽々と塀を飛び越えた。庭の掃き掃除をしていた年老いた下男が、とっさに箒《ほうき》を投げ出しギョムを追いかける。息の上がった大おばは、主のいない部屋にどすんと座り込むと、散らかった落書きの数々を見渡した。一目にも十人並みでないことがわかる。まだ若いが、物事を見る観察力や洞察力は驚くべきものがある。

＊＊＊

その頃、柳のようなしなやかさで、師任堂《サイムダン》は丘の上の木に登っていた。木の上からは軒轅庄《ホンウォンジャン》が一目で見下ろせる。

「お気をつけください、お嬢様！」

下女のダムはおろおろしながら師任堂《サイムダン》を見上げている。昨日今日のことでもないが、師任堂《サイムダン》が無茶をする度、ダムは心臓が半分に押し潰される思いだった。

「あの屋敷に、安堅《アンギョン》先生の『金剛山図《クムガンサンド》』があるのね」

師任堂《サイムダン》はそんなダムの心配などどこ吹く風で、好奇心に満ちた目で屋敷の塀の中を覗いている。頭の中は「金剛山図《クムガンサンド》」のことでいっぱいだった。師任堂《サイムダン》は木の上から飛び下りた。

「行こう！」

「どこへです？　まさか、お屋敷に？」

ダムはあんぐりして師任堂《サイムダン》を見返した。

「だって、あの中に安堅《アンギョン》先生の絵があるのよ？　どうしてもこの目で見たいの！」

そう言って、師任堂《サイムダン》は屋敷に向かおうとした。

「絶対になりません！」

ダムは両腕を伸ばして師任堂《サイムダン》の前に立ちはだかり、首を振った。

「絶対にならないことなんて、絶対にないの！」

案の定、師任堂《サイムダン》は聞き入れなかった。

「お嬢様どうか！　漢陽《ハニャン》の都で大変なご苦労をなさり、やっとお帰りになったばかりの旦那様のこともお考えください！　今お嬢様が騒ぎを起こしたら、世間に何を言われるか」

「だからぁ、ばれなきゃいいんじゃない！」

師任堂《サイムダン》はあっけらかんとそう言って、丘を駆け下りてしまった。

ダムはぎょっとして慌てて後を追い、再び師任堂《サイムダン》の前を阻むと、今度は大の字になって地面に横たわった。

「いけません！　どうしてもとおっしゃるなら、私を踏んでお行きください」

だが師任堂《サイムダン》はその上をひょいと飛び越え、屋敷の塀を目がけて一目散に走って行く。ダムは仕方なく起き上がり、土を払って師任堂《サイムダン》を追いかけた。

師任堂《サイムダン》はダムを踏み台にして、その豊満な背中の上に乗った。塀に手をかけ、腕に力を入れたが、体が持ち上がらない。足に纏わりつく裳《チマ》も邪魔だ。師任堂《サイムダン》はダムの背中から飛び下りた。

「だから無理だと言ったじゃありませんか」

ダムは手についた土を払いながら起き上がった。言わんこっちゃないと呆れた顔で師任堂《サイムダン》を見たダムはぎょっとして目を剝いた。師任堂《サイムダン》は裳《チマ》を脱いでいたのだ。

「何をなさいます！　人様に見られたらどうするおつもりですか！　早くお召しください、私が奥様に叱られます！」

ダムは慌てて周囲を見渡し、恰幅の良い体で師任堂《サイムダン》を抱え込んだ。

「裳《チマ》が邪魔で登れないの」

師任堂《サイムダン》はダムの腕をするりと抜け出し、唇を尖らせた。

「ですから、どうして塀を飛び越えようとするんですか、塀を！　そもそも塀は、外から人が入って来られないようにするために作られているんですよ！」

「私が向こう側に行ったら投げ入れて、ね？」

師任堂《サイムダン》は悪戯っぽく笑い、ダムの手に裳《チマ》を握らせた。天真爛漫な顔で、早く踏み台になれと催促している。ダムは下着姿の師任堂《サイムダン》と、握らされた裳《チマ》を代わる代わる見ていたが、観念したように再び四つん這いになった。師任堂《サイムダン》はダムの背に踏み乗ると、今度は軽々と塀を超えた。木の上から見えた屋敷の塀の中である。この屋敷のどこかに、安堅《アンギョン》先生の「金剛山図《クムガンサンド》」がある。師任堂《サイムダン》はうきうきした気持ちで起き上がり、塀の向こうに向けて声を潜めて叫んだ。

「投げて！」

すると、師任堂《サイムダン》の裳《チマ》が塀の向こうから投げ入れられた。青い空の下に広がる裳《チマ》はまるで、空を舞う赤い花弁のように見えた。裳《チマ》は風に乗り、腕を伸ばして受け取ろうとする師任堂《サイムダン》の頭上を通り過ぎてしまった。あっ！　と振り向いた師任堂《サイムダン》が、驚いて目を見開いた。見知らぬ少年が裳《チマ》をつかんで立っていた。突然のことに驚いた師任堂《サイムダン》は、その場にしゃがみ込んで膝を抱えた。

「その恰好はどうした？　明《ミン》で流行しているという色目人の装いか？」

裳《チマ》をつかんだ少年はギョムだった。ギョムは師任堂《サイムダン》をからかうように見ながら言った。

「お返しください！」

しゃがんだまま、きっと睨んで師任堂《サイムダン》が言った。

「そなたのか？」

ギョムは師任堂《サイムダン》に近寄って聞いた。師任堂《サイムダン》は立つこともできず、裳《チマ》を取り返そうと兎のように飛び跳ねた。面白くなり、ギョムはさらに高く腕を伸ばした。

「お返しくださいってば！」

「ん？　今何と申した？」

ギョムは耳に手を寄せ、聞こえないふりをして聞き返した。

「お返しくださいと言いました！」

そう言って取り返そうとする師任堂《サイムダン》の手を、ギョムはひょいひょいかわしてしまう。わかり易い意地悪をするその顔は、何だか楽しそうだ。もう我慢ならないと、師任堂《サイムダン》はしかめっ面で立ち上がった。こうなったらどうにでもなれだ。師任堂《サイムダン》は思い切ってギョムを追いかけ始めた。師任堂《サイムダン》が裳《チマ》をつかもうと飛び跳ねる度、ギョムはつま先立ちまでしてその手をかわす。あちらに跳び、こちらに跳びを繰り返し、とうとう堪忍袋の緒が切れた師任堂《サイムダン》が息巻いた。

「身分の高いお家のお坊ちゃまのくせに、悪戯がすぎます！」

「他所の家の塀を勝手に飛び越えて侵入してきた女が言うこととは思えないな」

「返してください、私の裳《チマ》！」

「風に飛ばされてきたとはいえ、塀の中に入ってきたのだから、これは俺の物だ。どれどれ、大おば様が着るにはちと明るすぎるな。よし、俺が着てみよう！」

ギョムは裳《チマ》を自分の体に巻きつけ、これ見よがしに不敵な笑みを浮かべた。その時、一瞬の隙を突いた師任堂《サイムダン》が、裳《チマ》を奪い返し、そのまま全速力で逃げ出した。赤くなった顔を、さらに赤い裳《チマ》で隠して走る後ろ姿が可笑しくて、ギョムは声を出して笑った。腹の底から笑いが込み上げる。女の子と触れ合うことも、興味を持ったこともなかったギョムにとって、こんな感覚は初めてだった。人目をはばからずに裳《チマ》を脱いでまで他人の家の塀を飛び越えてきた女の子。どうしてこれほどまでに胸が晴れ渡り、愉快な気持ちになるのか不思議だった。楽しかった余韻がまだ続いている。少女が落として行った物はないかと辺りを見渡した時、塀の下に画帳が落ちているのが見えた。

何気なくその画帳を開いたギョムは、思わず目を見張った。花鳥に草虫、それに水牛まで、実に細やかで絶妙な筆遣い。花の絵に至っては香り立つほど鮮やかで、傍に描かれた蝶や蜂は今にも動き出しそうである。画帳を捲る度、ギョムの胸も高鳴った。画帳を閉じ、ギョムは母屋に向かって走り出した。戻ってきたギョムに安堵の表情を浮かべる爺やの顔を見るなり、ギョムは先ほどの少女について尋ねた。すると爺やはすぐに誰のことかわかったようで、何度も頷きながら答えた。

「とても有名なお方です。人を困らす天才としても、お転婆娘としても知られています。あれは七つの頃でしたか。確か安堅《アンギョン》？ 安堅《アンギョン》だったと思いますが、かの絵をそっくりそのまま描き写したことでも知られています。とにかく、この村で知らぬ者はおりません。とても有名なお嬢様です。門ではない所から上手に出たり入ったりするお嬢様としても知られ……」

年老いた爺やはがらがらの声でそう言うと、ほほ、と笑った。

「ではこの画帳も、その娘の物なのだな？」

「間違いありません。これほどの絵を描ける方は、あちらの嬢様しかいないと、誰が見てもわかります。門ではない所から入ってきたのなら尚更……」

「わかったぞ！『金剛山図《クムガンサンド》』が見たかったのだ！」

ギョムはようやく合点がいった。類は友を呼ぶとはこのことだ。絵の好きなギョムには、少女の気持ちが手に取るようにわかった。絵を見たい一心で他人の家の塀を超えた少女が、いじらしくさえ思える。赤い裳《チマ》をつかんだあの瞬間すでに、ギョムの心も赤く染め上げられていたのである。

＊＊＊

次の日の午後。影もできないほど晴れ渡った空の下、烏竹軒《オジュクホン》の庭先では鳥のさえずりと幼い子どもたちの声が響いていた。己卯士禍《キミョサファ》に関わった疑いで一度は投獄されたものの、その後罪を解かれて帰郷した申命和《シンミョンファ》は、ここ烏竹軒《オジュクホン》に寺子屋を開いた。元々、欲や野心とは無縁の清廉な人柄で、都では常日頃から、民の暮らしを良くすることより私利私欲に目を眩ませる為政者たちに辟易していた。そんな折に起きた己卯《キミョ》の一件を機に、出世への未練をきれいさっぱり断ち切って、寺子屋に通いに来る子どもたちを教えたり、写し絵をしたりして過ごすことにしたのである。

この日も命和《ミョンファ》は「撫子の花《なでしこ》」の詩を書き写していた。音読していた子どもたちの声が不意に止んだ。先生の筆遣いに心を奪われたのである。幼い学童の目にも不思議に映ったようだ。書き写しとはいえ、一画一画、手元に置かれた手本そのままだ。いやむしろ、元の字より達筆だった。子どもたちが課題の本を読まずに、自分の筆先に見入っているのに気づいた命和《ミョンファ》が、不意に顔を上げた。

「世愛牧丹紅、栽培満院中！」

出し抜けに命和《ミョンファ》が言うと、子どもたちははっとして目の前の本に顔を戻した。

「世愛牧丹紅、栽培満院中！」

子どもたちは再び音読を始めた。その声はまるで、鶯《うぐいす》が合唱しているようだ。ところが、師任堂《サイムダン》だけは心ここにあらずで、ただ口をぱくぱくさせている。命和《ミョンファ》はそんな娘の態度が目についた。先ほどから何度も目で注意しているのに気づきもせず、自分の世界に入ってしまっている。

「人々は紅《あか》い牡丹を好んで庭中に植えようとするが、誰も気づかぬ、荒野にも名花一輪が咲いているのを」

詩の意味を解く申命和《シンミョンファ》の声は、落ち着いていて穏やかだ。子どもたちはその声にじっと耳を傾けている。だがやはり、師任堂《サイムダン》は考えに耽っている。

「続きを解いてみなさい」

命和《ミョンファ》は師任堂《サイムダン》に向けて厳しい声で言った。

「その色は村の蓮池に漂う月明りにも褪せず、木の丘へと香を届けるが、遠く離れたこの土地を訪ねる若き子《し》は少なく、麗しいその姿を知るは老いた村人だけなり」

師任堂《サイムダン》は本を見もせず、すらすらと空で意味を解いた。心は遥か遠くに向けながらも、耳はこちらに向いていたようだ。内心ではそんな娘を誇らしく思っていたが、悪い癖を治す良い機会と考え、命和《ミョンファ》はあえて厳しい口調で誰の詩だと聞いた。

「高麗末頃の、鄭夢周《チョンモンジュ》の先祖である鄭襲明《チョンスプミョン》先生の『撫子の花《なでしこ》』です。人は己の才能にはなかなか気づけないものだと嘆く詩です」

何を聞いても正しい答えを返してくる。小さい頃から一を言えば十を理解する子だった。

「ではお前は今、何を考えている？」

「金剛山《クムガンサン》に行ってみたいと考えていました」

師任堂《サイムダン》は授業の間中、悶々と思っていたことを吐き出すように、大きな声で言った。命和《ミョンファ》は眉間を歪めた。また金剛山《クムガンサン》の話だ。

「女だからって、金剛山《クムガンサン》に行けなくするのは不公平です！」

またこれだ。この類の話になると、師任堂《サイムダン》は最後まで食い下がる。これは長くなりそうだと思った命和《ミョンファ》は、娘から視線を離し、他の子どもたちに向かって言った。

「今日はここまで。宿題は覚えているかな？」

子どもたちがはい、と返事をすると、ではまた明日と言って命和《ミョンファ》は立ち上がった。その時、軒轅《ホン》庄《ウォンジャン》の爺やが駆け寄ってきた。

「旦那様、当方のお坊ちゃまがお会いしたいと申しております」

「ご子息が？」

はて、何用かと思い、命和《ミョンファ》は聞き返した。本をしまっていた学童たちが、にわかに色めき立った。あの屋敷のお坊ちゃまだと、好奇心に満ちた視線を交わしている。息を呑むほど端正な顔立ちをしているると、もっぱらの噂だ。その中で唯一人、師任堂《サイムダン》だけは眉間に皺を寄せて父の顔色をうかがった。先日の一件を父に告げ口に来たのではと気が気でなかった。

＊＊＊

淡い茶の香りを漂わせ、奥の間に申命和《シンミョンファ》とイ・ギョムが向かい合って座っている。年若いが王族特有の高貴な気品を感じさせるギョムを、命和《ミョンファ》はじっと見つめた。どことなく中宗《チュンジョン》に似ているような気がする。すっと通った鼻筋、筆で描いたような艶やかな唇、整った額からは真っ直ぐな人柄がうかがえる。まだ体の線は細いが、それが逆に少年らしい生命力を感じさせる。

「寒松亭《ハンソンジョン》の水で沸かした茶にございます。お口に合うかわかりませんが、まずは香をお楽しみくださ い」

ギョムをもてなす命和《ミョンファ》の所作は、非の打ちどころなく極めて丁寧である。

「とても良い香がいたします」

落ち着いて、腰を真っ直ぐ伸ばして座り、ギョムは湯呑を近づけて茶の香を味わった。申命和《シンミョンファ》の優しい眼差しが感じられる。その眼差しに胸が暖められていくようだった。ギョムは湯呑を置いて、命和《ミョンファ》の様子をうかがいながら言った。

「この茶の香ほど素晴らしい、安堅《アンギョン》先生の貴重な絵があり、近所に暮らす者として、ご挨拶も兼ね兼ね参りました。お約束もせずにうかがいましたご無礼を、お許しください」

「あえて約束をせず、気の向くままに人と会うというのもまた、風流を解する士人《ソンビ》の楽しみ。無礼など、とんでもないことでございます」

「そう言っていただけると、私の心苦しさも半分は軽くなります。この絵をご覧になり、残る半分もご容赦いただけますよう」

ギョムは床の上に持参した「金剛山図《クムガンサンド》」を広げた。天高く聳《そび》える山々、太古の昔から流れていたであろう渓谷の水、山腹にかかった霧はまるで実景を見ているようだ。一目で安堅《アンギョン》の作品であることがわかる。命和《ミョンファ》が絵に見入っている間、ギョムは周囲をうかがいながら声を潜めて言った。

「ところで、噂によれば、この家には絵を見る天賦の目を持つ、む……むす……」

本音を悟られてはならない。これまで努めて士人らしく振舞ってきたのに、ここへ訪ねてきた目的があの娘に会うためなどと、どうして言えようか。ギョムは口をもごもごさせるだけで、ついに「娘」と言い出せなかった。そんなギョムの胸の内を見透かしたように、命和《ミョンファ》はにこりと笑って爺やを呼んだ。

爺やに案内され、父の部屋に向かう師任堂《サイムダン》は、早くも泣き顔になっていた。足取りは重く、まるで大きな岩を引きずっているかのようだ。先ほどの授業では父に逆らい、その上お屋敷のお坊ちゃんだかお座敷の坊主だかが訪ねて来て、裳《チマ》を脱いで他人の家の塀を飛び越えたことまで告げ口されたら、今度こそこっぴどく叱られるに違いない。ふくらはぎを叩かれるかも知れない。ゆっくり歩いたのに、もう部屋の前に着いてしまった。

師任堂《サイムダン》は深く息を吐き、爺やに促されるまま、恐る恐る部屋に入った。だが、部屋に入った途端、師任堂《サイムダン》の表情はみるみる変わっていった。暗かった顔が、急に明るくなった。夢にまで見た「金剛山図《クムガンサンド》」が目の前に広げられている。父も、憎きお坊ちゃんも、もはや目に入ってもいない。絵の前に駆け寄って座り込んだ師任堂《サイムダン》は、そのまま絵の中に引き込まれた。命和《ミョンファ》はそんな娘の姿が恥ずかしくて咳払いをしたが、ギョムは恍惚とした目で師任堂《サイムダン》を見つめるばかり。少女の飾らない行動の一つ一つが面白く、可憐な花のようだ。

「うねり、一気に曲がって一つにつながる稜線の形はまるで、山の神が宿っているようです。郭熙《かくき》風の画法を用いてはいますが、同じとも違うとも言えぬ何とも妙なる皴法《しゅんぽう》ではございませんか？やはり安堅《アンギョン》先生は、紛れもなく当代一の画家でいらっしゃいます！」

師任堂《サイムダン》は嬉しそうに丸い瞳を輝かせて捲し立てるように言った。その画評に、ギョムは甚くご満悦の様子だ。ふと、師任堂《サイムダン》のぷっくりした頬に目が留まった。師任堂《サイムダン》も少し顔を上げてギョムの方を見た。視線が合った瞬間、二人の頬はたちまち杏色に染まった。師任堂《サイムダン》はとっさに澄ました顔で口をすぼめて視線を逸らし、ギョムもあからさまに顔を背けて天井に視線を投げた。二人の様子を見ていた命和《ミョンファ》は、嬉しそうに笑って湯呑を手に取った。茶は既に冷めていたが、淡い香は残っている。

父の部屋を出た師任堂《サイムダン》は「金剛山図《クムガンサンド》」の感動を鮮やかに胸に留め、裏庭へと駆け出した。裏庭ではちょうど、色とりどりの染料で染め上げられた布が紐にかけられ、風にそよいでいた。師任堂《サイムダン》はその布の中を潜り、自分の画室にやってきた。あちこちで手に入れた色とりどりの染料が、縁台の上にずらりと並べられている。

「ここにはない色だったわ。『金剛山図《クムガンサンド》』を手元に置いて、いつまでも見ることができたらどんなにいいだろう。そうすればあの色も作れるはずなのに」

師任堂《サイムダン》は藍色系の染料を見ながら肩を落とした。「金剛山図《クムガンサンド》」のあの奥深い色がない。

「それで、今度はどの山ですか？　染料を見つけるんだって前山、裏山、隣山、北坪村《プクピョンチョン》の山という山を登らされて、私の体はぼろぼろです。夜毎、冷たい風が吹く度に、どんなに膝が痛むか……」

隣で布を染めていた下女のダムが、考えただけで草臥れるといった様子で小言を言ったが、師任《サイム》堂《ダン》の耳には届いていなかった。師任堂《サイムダン》は早くも色作りに取りかかっていた。縁台にきれいに並べられた白磁の中の色彩豊かな顔料の中から、青色系を幾つか取り、あちらに混ぜこちらに混ぜて「金《クム》剛山図《ガンサンド》」の青緑を再現しようとしたが、駄目だった。何度繰り返してもあの色が出ない。

「適当に混ぜ合わせれば、似たような色を出せるのではないか？」

風にそよぐ染め布ような、柔らかい声が聞こえた。その声に驚いて師任堂《サイムダン》が顔を上げると、そこにいたのはギョムだった。扇子で顔を半分ほど隠して師任堂《サイムダン》に近づいて来る。

「ここへは、何の御用で……」

師任堂《サイムダン》は筆を持ったまま後退りした。どうして良いかわからなかった。今しがたまで傍にいはずのダムが見当たらない。行くなら行くで一言言ってくれればいいのにと、恨めしくなった。ギョムはそんな師任堂《サイムダン》をからかうように、じっと見つめたまま一歩進み出た。

「その二つ目の青緑に、七つ目の黄色を少し混ぜてみたらどうだ？」

「え？」

「本当に言うことを聞かぬ娘子だ」

ギョムは扇子を下ろし、筆を握る師任堂《サイムダン》の手を強引につかんだ。そしてそのまま、青と黄を混ぜ合わせて青緑を作り、最後に灰色を加えた。慣れた手つきで、少しの迷いもない。手を振り払おうとして、師任堂《サイムダン》は目の前に現れた色に心を奪われた。「金剛山図《クムガンサンド》」とよく似た青緑色である。

「近い色ができたろう？」

ギョムは嬉しそうに笑い、師任堂《サイムダン》の手を離した。

「そうです、この色！」

師任堂《サイムダン》は出来上がった青緑の色で何本も線を引き、その度に感嘆の声を上げた。夢中になって描いていると、いつの間にかギョムがいなくなっていた。顔を上げ、首を長くして辺りを見渡す。風に揺らめく布の間から、ちらりと男の影が見えた。筆を置き、まるで吸い込まれるように布の間を分け入った。影に近づくも、ギョムの姿はない。今度は後ろで人の気配がした。師任堂《サイムダン》はその気配に近づく。二人はそれからしばらく、布の間をすり抜けて互いを探し合った。静かだ。地面を擦る足音と、風に揺れる枝の音、少年と少女の息遣いが聞こえるだけの裏庭。

「これを返しに来た」

不意に姿を現し、ギョムが画帳を差し出した。

「あ、私の画帳！」

ギョムの匂いがして思わず後退りをした師任堂《サイムダン》だったが、画帳を見るや嬉しそうに受け取った。失くしたと思っていた画帳を、まさかギョムが持っていたとは。画帳を開いた師任堂《サイムダン》は、中に挟まった桃色の紙を見て目を見張った。桃色の紙に、可憐な少女が描かれていた。師任堂《サイムダン》の似顔絵である。絵の下には詩が添えられていた。

「風帯花片去、禽窺素艶来……風は花弁を抱いて吹き、鳥たちは白い花房を愛《め》でる」

師任堂《サイムダン》は頬を赤らめた。

「俺はギョムだ。イ・ギョム」

麗らかな春の陽のような眼差しで師任堂《サイムダン》を見つめ、ギョムが初めて名を言った。

「師……師任堂《サイムダン》と申します」

晴れ渡る空の下、二人の視線が一直線に繋がった。その瞬間、互いが互いの目に刻まれていることを、二人は確信した。

＊

ヘジョンが修復できたのはここまでだった。修復を終えた部分を手渡しながら、ヘジョンは「金《クム》剛山図《ガンサンド》」の話が冒頭から出てくると興奮していた。ジユンはその話を聞くや、すぐさま家に戻り、部屋に籠って丸二日も寝ずに現代語訳を進めた。単に漢字を読むのではなく、文章の意味を読み下していく。それは予想以上に困難を極めたが、今ある分はすべて読み解いた。

部屋の中には漢字辞典とノートパソコン、そしてあらゆる論文資料が散らかっている。ジユンは固く張る肩を揉みながら、訳した内容をもう一度読み返した。徹夜明けだが疲れは感じられなかった。トスカーナから持ち帰った古書は、今やジユンの道を開く唯一つの希望となっていた。

師任堂《サイムダン》の一日一日を記した日記のようなその本は、安堅《アンギョン》の「金剛山図《クムガンサンド》」の他にも、興味深いエピソードが記録されていた。朝鮮時代の有名な儒学者、李珥《イイ》の母であり、良妻賢母の代名詞として知られる師任堂《サイムダン》と、王族の画家として名を遺したイ・ギョムの愛の物語である。

小さな窓の外で、夜が明けようとしていた。新しい一日の始まりを告げる朝の光のように、ジユンの胸にも希望が芽吹こうとしていた。

四

「ちゃんと説明して！」

先ほどから、ジユンは何度も同じ話を繰り返している。師任堂《サイムダン》の日記を読み解くため、丸二日も寝ていない。目は赤く充血し、夫への怒りで心臓はつぶれそうだった。

息子のウンスを学校に送り、帰宅途中だったジユンを無理やり車に乗せた夫のミンソクは、そのまま近郊の海に向かって車を走らせた。こちらに対する説明や断りがないのは相変わらずだ。頭にきた。ジユンは押し黙って車窓の外に顔をそむけた。聞いたところで何も答えないだろう。カーラジオから昨日も聞いたニュースが流れ、窓の外にはどんよりした海が広がっている。何もかも、どうでもいいものばかりだ。

「トラブルが起きたんだ。それも、大きな……」

ミンソクは伸び放題の髭を撫でながら、辛そうにそう言った。

「そうじゃなくて、何がどうなったのか詳しく説明してって言ってるの！　ある日突然家を追い出されたのよ？　家も通帳も、全部あなたの名義になっているから私にはどうすることもできなかった。無責任すぎるわ！」

「すまない……」

ミンソクは掠れた声で詫びた。

「すまない？　それだけ？　それを言うためにここまで連れてきたの？」

ジユンは息巻いた。

「専務が自殺したんだ。うちはブラックマネー……ロシアンマフィアの資金も預かっていたから」

「マフィア？」

「俺も他の役員も全員、指名手配されているんだ。だから……」

ミンソクが言い終わらないうちに、ジユンは車の外に飛び出した。ミンソクも後を追った。

誰もいなくなった車の中に、カーラジオからノイズ混じりのニュースだけが流れた。海にほど近い白《ペク》ニョン島を震源地とするマグニチュード四・九の地震が発生したという速報だ。だが言い争う二人には聞こえるはずもない。

「感情的になっても仕方がないだろ！」

ミンソクはジユンの肩をつかみ、力任せにこちらに向き直らせた。

「私を責めないで！　この状況で、どうやって冷静になれというの？　あんな町外れの柄の悪い街で、お母さんとウンスを連れて。私の講師の仕事だって……」

ジユンはとうとう泣き出した。ミンソクはいたたまれなくなってジユンを抱き寄せ、小さな頭に頬を押し当てた。自分まで涙を見せるわけにはいかないと思った。二人はしばらく、慣れ親しんだ肌の温もりを分け合い、お互いを慰めた。そして、砂浜をゆっくり歩いて車に戻った。二人の後ろで、波が少しずつ水かさを増していた。

前が見えないほどの季節外れの霧が仁川《インチョン》大橋を覆った。大橋を走る車はどれもヘッドライトを点灯させた。四方が青い霧に包まれている。

「何だ、この霧は……」

運転席のミンソクが言った。

「気をつけて、ゆっくり」

ジユンは助手席から外を見た。次の瞬間、激しい轟音とともに車が前に弾き飛ばされた。強い衝撃がミンソクとジユンに襲いかかった。ミンソクはとっさに右手を伸ばし、助手席のジユンをかばった。と、その時、再び強い衝撃がきた。前に押された車体は大橋の欄干に突っ込んだ。

「ジユン!」

ミンソクはジユンの名を叫んだ。だがジユンは突っ伏した状態で既に意識を失っていた。

＊＊＊

撫子《なでしこ》の花が咲き乱れる渓谷。ピンク色の花に川霧がかかる様は美しく、神秘的だ。目を覚まし、辺りを覆う青みがかったその霧をぼんやり見つめていたジユンは、はっとして起き上がった。ここはどこ？　辺りを見渡す。目の前に谷川の水が流れ、背中には森が茂っている。夢かしら？　さっきまで確かに、夫のミンソクと仁川《インチョン》大橋を走っていた。仁川《インチョン》大橋を覆う濃い霧に、運転しづらいと文句を言うミンソクの声もはっきりと耳に残っている。夢か現かぼんやりしていたジユンは、今度は自分の着ている服を見て驚いた。腰が抜けるかと思った。なぜ韓服《チマチョゴリ》を着ているのだろう。結婚式以来、一度も着たことはないのに。夢だ、これは夢なんだ。韓服《チマチョゴリ》を着て山の麓を彷徨う夢を見るなんて。すると、霧に包まれた渓谷の向こうから、子どもたちの笑い声が小さく聞こえてきた。そういえば、先ほどから水遊びをする音が聞こえていた気がした。

「お嬢様！　お嬢様、師任堂様《サイムダン》」

人の声がして、ジユンは振り向いた。霧の中から、木綿の服を着た女性が小走りで近づいて来る。その後ろを、四つくらいだろうか、幼い男の子が「ははうえ、ははうえ」と言いながら楽しそうに駆けて来るのが見える。男の子はこちらが身構える間もなく、ジユンの胸に飛び込んできた。勢いよく抱きつかれたジユンは、その弾みで後ろに倒れてしまった。その子が怪我をしないようにと、とっさに石の上に手をついた。手の平に痛みが走り、見るとかすり傷ができていた。男の子は満面の笑みでジユンの胸に顔を埋める。なんて可愛いんだろう。どことなく息子のウンスの幼い頃に似ている。男の子の笑顔と体温が、ジユンの胸にもじんわり広がった。夢の中でも痛みを感じるのだろうか。夢の中でもこんなに可愛いと思うものなのだろうか。

ジユンはとりあえず木綿の服を着たその女性について行くことにした。その後ろを、四人の子どもたちがついて歩いている。子どもたちはジユンを「母上」と呼んだ。それもごく自然に。純真なその呼び方は、決して演技などではない。子どもたちは木綿の服を着た女性を「ヒャン」と呼んだ。二十代初めと思しきヒャンという女性は、昔のお金持ちの家の娘の世話人に見えた。きっと朝鮮時代なのだろう。

森を抜けると村が見えてきた。道路標識も街区表示板も見当たらない。遠くから、海の潮のにおいが漂ってきて鼻先をくすぐった。ここはどこだろう？　ジユンは自分が今、大韓民国の地図のどの辺りにいるのかもわからなかった。コンクリートの建物はもちろん、アスファルトの道路さえ見当たらない。見えるのは藁葺《わらぶ》きや瓦屋根の家、舗装されていない土のぬかるんだ道だけだ。この夢の先に、何があるのだろう。辺りを見渡していると、ますます知りたくなった。

「すみません、ここはどこですか？　この子たちは誰です？」

ジユンはとっさに、してはいけない質問をしてしまったと思った。

「お嬢様、どうなさったんです？　話し方もおかしくなられて……。何日も熱にうなされて、変なものでも見えるようになりましたか？」

ヒャンは訝《いぶか》し気にジユンの顔を見た。

「そうかも知れない……」

聞きたい答えは聞けそうにない。ジユンは歩みを進めるよう手で促した。幸い子どもたちには聞かれなかったようで、四人とも仲良くふざけ合いながら元気良く歩いている。ふと見ると、向こうからじっとこちらを見つめる男がいた。男はじっとジユンを見つめている。背が高く、端正な顔立ちをしているが、その目には悲哀と絶望が入り混じっている。男の隣にいる下男が先を急ぐように言っても、男はジユンを見つめたままぴくりとも動かない。変な人……。ジユンは視線を逸らし、その男の前を素通りして先を急いだ。自分の後ろ姿をじっと見つめる男の視線を感じながら。

烏竹軒《オジュクホン》の中に入ってようやく、自分が誰の服を着ているのかわかった。師任堂《サイムダン》だ。このところ朝から晩まで師任堂《サイムダン》の日記の現代語訳に取りかかっていたから、夢にまで出てきたのだろう。夢と片付けるにはあまりにリアルだが、ここが夢の世界かどうか確かめる術がない。

広い庭に大勢の人。男たちは引っ越しの荷物を運び、女たちは忙しそうに料理を作っている。女たちのやり取りから、今日が師任堂《サイムダン》の父、申命和《シンミョンファ》の命日であり、師任堂《サイムダン》の引っ越しの日であることがわかった。孫たちにおやつを分けていた龍仁李氏《ヨンインイシ》が、茫然と立ち尽くすジユンに心配そうな眼差しを送ってきた。龍仁李氏《ヨンインイシ》はジユンに近寄って手を握り、自分の部屋に連れて行った。その手の温もりから、ジユンはこの人は自分の母親なのだとわかった。

龍仁李氏《ヨンインイシ》は自分の部屋に布団を敷かせてジユンに横になって休むように言うと、戸を閉めて出て行った。一人部屋に残されたジユンは、時代劇に出てくるような朝鮮時代の女性の部屋を見渡した。牡丹と蝶が描かれた派手やかながら上品な屏風の前に小さな書卓があり、隅には四方卓《よほうじょく》が置かれている。高級感にあふれたその優雅な部屋は、使う人の人柄を表しているようだった。気をつけながら屏風を畳むと、その後ろ、黄ばんだ壁の一部が剥がれそうになっているのが見えた。古いからだろうかとよく見ると、壁紙の浮いた隙間から黒味がかったものがのぞいていた。と、次の瞬間、ジユンは強烈な既視感に襲われた。体に緊張が走る。ジユンは引き寄せられるように、浮いた壁紙を慎重に剥がした。すると、剥がした壁紙の裏から山水画が現れ、ジユンは目を見張った。

――金剛山図《クムガンサンド》！

心臓の鼓動が激しく波打った。絵の隅に、安堅《アンギョン》の号、「池谷可度作」と判まで押してある。夢か現実か、もはや区別がつかなかった。ジユンは目を擦った。夢じゃない。今見ているのは、本物の

「金剛山図《クムガンサンド》」だ。その時、勢いよく戸を開け、末っ子の男の子がジュンの胸に飛び込んできた。

「ははうえ、ははうえがすきな、おはなです」

小さな手を開くと、撫子《なでしこ》の花がふわりと咲いた。男の子はジュンの手の平にその花を置き、くすぐったそうに笑った。と、その時、どこからかジュンを呼ぶミンソクの声が聞こえてきた。ジュンは手の平に花を乗せたまま、声のする方へ顔を向けた。

＊

「外傷もなく内出血もないなら、どうして意識が戻らないんですか！」

ミンソクは医師に詰め寄った。

「ＣＴやＭＲＩ検査もしましたが、異常は発見されませんでした。こちらとしても、今は待つことしか……」

医師も困った様子で言葉を濁した。

「何とかしてくださいよ！　さっきから待て待てって、いつまで待てばいいんだ！」

ミンソクは胸が焼かれていくようだった。医師も看護師も心苦しそうな顔でその場に留まっていたが、しばらくすると次の患者の元へ行ってしまった。

仁川《インチョン》大橋で起きた玉突き事故で、病院の救急医療センターには人があふれ返っていた。ミンソクとジュンもその事故に巻き込まれ、負傷した。ミンソクはハンドルに頭を打ちつけたものの、額を少し切った程度で済んだが、ジユンの方は既に何時間も意識不明の状態が続いている。

ミンソクは青白い顔で眠り続ける妻の顔を見つめた。頭がどうにかなりそうだった。こんな目に遭わせたくて会いにきたわけじゃない。ただ一言、心配はいらないと伝えたかっただけだ。それなのに顔を見た途端、肝心な言葉が出てこなくなった。心とは裏腹に、口をついて出るのは砂のように乾いた言葉ばかりで、かえってジユンの心を深く傷つけてしまった。その挙句、この事故だ。ミンソクは自分を責めた。このままジユンが目覚めなかったら思うと崩れ落ちそうになる。その時、ジユンの指が動いた。

「ジユン！　ジユン！」

ミンソクは力いっぱいジユンの手を握った。すると、今度はまつ毛が小さく波打ち、ジユンが目を覚ました。

「大丈夫か？　わかるか？」

ミンソクは涙声になった。ジユンは夢から覚めたばかりのような、朦朧とした表情でしばらくミンソクの顔を見ていたが、不意に飛び起きると手の平を見た。赤く、すり傷ができている。

ミンソクの反対も、医師や看護師が引き留める声にも耳を貸さず、ジユンは退院すると言って聞かなかった。君がわからないよと声を荒げるミンソクに、ジユンは自分の手の平の傷に視線を留めたまま、説明してもわからないと繰り返した。姑のジョンヒや息子のウンスのことが心配なのだろうと思い、ミンソクは家の近所の病院に入院するよう勧めもしたが、ジユンはそれでも聞く耳を持とうとしなかった。結局、ミンソクはジユンの退院の手続きをした。

ふと見ると、ジユンはロビーの椅子に座り、誰かに電話をかけていた。

「烏竹軒《オジュクホン》から引っ越した日のことも書いてない？」

ジユンの声が震えている。誰と話しているのか気になり、ミンソクが近づいた。電話越しに、聞き慣れた声が漏れ聞こえてきた。ヘジョンだ。ミンソクは安堵し、隣に座ってジユンが電話を切るのを待った。

「あの日は父、申命和《シンミョンファ》の命日で、壁紙の裏には『金剛山図《クムガンサンド》』が……」

ジユンははっと言葉を飲み込み、辺りをうかがった。その差し迫った様子に、ミンソクは不審そうな顔をした。青白い顔が、さらに白くなっている。何かにひどく驚いているようだった。事故の後遺症かもしれない。

「直接会って話そう。その方がいい。今からそっちに行くわ！」

ジユンは急いで電話を切り、立ち上がろうとした。この状態でヘジョンに会いに行くと言う。ミンソクが引き留めたが、ジユンは時間がないと言って聞こうとしない。

「ミン教授が鑑定した絵が贋作である事実を証明する証拠が見つかるかも知れないの！」

「君は昼間、衝突事故に遭って死ぬかも知れない状態だったんだぞ！　頭の中で内出血が起きているかも知れないんだ。医者にも絶対安静だって言われてる。そんな時にどこへ行くと言うんだ」

「行かなきゃ、今行かなきゃいけないの！」

ジユンは行くの一点張りだ。

「いい加減にしろよ！　どうしてそう無理ばかりするんだよ！　今は君の体が先だ、今この状況でそんな絵のことなんてどうでもいいじゃないか！」

ミンソクは結局、声を荒げた。

「これが、頼みの綱になるかも知れないのよ！」

それでもジユンは聞き入れなかった。

「何を考えているのかわからない。君が理解できないよ」

「一度でも理解してくれた？」

「どういう意味だよ」

「ずっと理解してくれなかったじゃない！　いえ、理解しようともしなかったわ、結婚してからずっと！　私がどんな思いで講師を続けてきたか、あなたにはわからない。わかるはずない！」

ジユンはこれまで我慢してきた思いを一気に吐き出した。

「君はどうなんだ？」

ミンソクは感情のない冷たい声で言った。

「何よ！」

「君はどうなんだと言ってるんだ！　僕が今どんな思いでいるか」

「それが、女房子どもに母親まで捨てた男の言う言葉？　ねえ！」

ジユンははっとなって口をつぐんだ。いくらなんでも、言いすぎたと思った。深い溜息をついて、ミンソクは背中を向けた。その肩がいつになく小さく見えた。肩越しに見えるミンソクの横顔に、後でね、と言い残しジユンは病院を飛び出した。ミンソクはタクシーに乗り込むジユンの後ろ姿をじっと見ていた。何もかもがすれ違っていく。

＊

とても長い一日だった。ジユンは自宅へと続く細い路地を疲れた様子で歩いていた。バッグの中にはヘジョンが修復した影印本《えいいんぼん》が入っている。夢に出てきたヒャンという女性や四人の子どもたち、烏竹軒《オジュクホン》の庭の風景、そして龍仁李氏《ヨンインイシ》の部屋で見つけた「金剛山図《クムガンサンド》」。影印本《えいいんぼん》にはきっと、夢で見た内容が記されているはずだ。まだ訳してはいないが、間違いない。わかる所だけ読んだというヘジヨンも、似たような内容だったと言っていた。ここから先は漢文に精通した人が必要だ。本一冊を翻訳するのに、専門家が複数人で取りかかっても、数年かかることなんてざらだ。身近に頼める人はいないか、ジユンは頭の中で探しながら歩いていた。美術学科の人にはまず頼めない。わざわざ聞かなくてもわかっている。ミン教授の手前、絶対に協力してはくれないだろう。

その時、後ろからスクーターの音が聞こえてきた。狭い道で、ジユンは隅に寄った。しかしスクーターは速度を落としただけで、追い抜いて行く気配がない。むしろゆっくりと、ジユンの歩幅に合わせて走っているようだった。新聞の社会面で見た事件の数々が頭を過った。歩調を速くしてみる。思った通り、スクーターも速度を上げた。いよいよ怖くなったジユンは、ショルダーバッグを抱えて走り出した。スクーターは唸りを上げて追いかけ、ジユンの前を塞ぐように急停止した。ジユンは恐怖に怯え、持っていたショルダーバッグを振り回した。

「俺ですよ！」

スクーターに乗った男は、ヘルメットを外して叫ぶように言った。ジユンの後輩、サンヒョンである。だが既に極度の恐怖に陥っていたジユンは、両目をぎゅっとつぶって気づかない。サンヒョンは仕方なく、バッグを振り回すジユンの手首を強引につかんだ。

「ヤクザかよ！　会う度に暴力を振るうなんて！」

「な、何するのよ！」

ようやくサンヒョンに気づいたジユンは、カッとなった。

「先輩こそ、ここで何してるんですか？」

「やだ、ストーカー？　警察を呼ぶわ」

「はぁ？　ストーカーって、誰が！　ここに住んでるんですよ」

サンヒョンは呆れて笑いが出た。ヘルメットを被り直してエンジンをかけると、そのままジユンを残して細い路地を通り抜けて行った。

ジユンが再びサンヒョンと出くわしたのは、団地の門の前だった。駐車場に先ほどのスクーターが停まっていて、いつの間に着替えたのか、ジャージ姿のサンヒョンが資源ゴミを捨てに来ていた。ジユンが近づくと、サンヒョンは嫌そうにちらとこちらを見て、そそくさと中に入ってしまった。目と鼻の先とはよく言ったもので、サンヒョンはジユンの部屋の真上、屋上の屋根部屋に住んでいた。思わぬ形で悪縁の相手と再会してしまった。サンヒョンの足跡を辿るように階段を上りながら、ジユンは失笑した。途中、紙が落ちているのに気がついた。サンヒョンが落としたのだろう。

素通りしようとしたが、ゴミを拾わないのは良心が咎めた。拾い上げ、何気なくそこに書かれた文字を見た。漢文だ。それも、漢字の練習程度のものではない。内容はわからないが、読み下しが可能なものに違いなかった。ジユンははっと目を見開いた。そういえば、まだミン教授の下にいた頃、漢文の読み下しはサンヒョンの役目だった。ジユンは急いで階段を駆け上がった。

サンヒョンは洗濯物を干していた。ジユンが階段のドアを開けて入って来ても、振り向きもしない。ジユンはバッグの中から影印本《えいいんぼん》の一部を取り出し、サンヒョンに見せた。

「読んでみて」

「はい？」

サンヒョンは呆れた顔でジユンを見た。

「読んでみて」

「何ですか、これ？」

面倒臭そうにそう言うと、サンヒョンは洗濯物を縁台に置いて影印本《えいいんぼん》を受け取った。ジユンはその顔を息を呑んで見つめた。

「当父之忌日、吾向北坪村故郷之路、遠而険難非苦」

「その次」

「到北坪村頭、負児覚睡、呼我吾便記幼児時節事、母之温情」

まさに立て板に水である。

「漢文はいつから習ったの？」

「父生我身、母育吾身！」

「え？」

「父によりて我が命宿され、母によりて我が身育まれ、アルファベットより先にこちらを教えられました」

サンヒョンは驚くほどのことではないとでも言いたげだ。

「五歳の時に四字小学を学び、大きくなってからは代々の家系図を覚えさせられ、もっと大きくなってからは四代上の法事まで取り仕切らせるという風変わりな家庭で育ちました。安東《アンドン》にはうちみたいな家が幾つもあるけど、知りませんでした？」

「逐語訳、できる？　初見で訳せるか聞いているの」

ジユンが急かすと、サンヒョンは迷惑そうに顔をしかめたが、すぐに訳し始めた。

「北坪村《ブクピョンチョン》に引越しの荷物を取りに行った日、あの人は私を見たと言っていた。でも私は、どんなに思い返してみても、あの人を見かけた記憶がない。おかしなことだ。メチャン、ソン、ヒョルリヨン、ウを連れて漢陽《ハニャン》に運ぶ荷物をまとめるため、江陵《カンヌン》の家へ戻る道の途中だった」

サンヒョンの訳を聞きながら、ジユンは夢で見たあの光景を思い出していた。メンチャン、ソン、ヒョルリョン、それにウの顔も浮かんでくる。サンヒョンは訳を続けた。

「先月の豪雨で石橋が壊れ、ただでさえ険しい山道がより歩きにくくなったと聞いてひどく心配していたが、天のお計らいか、道は思ったより落ち着いて歩けた」

＊＊＊

師任堂《サイムダン》とイ・ギョムが初めて出会ったあの日から二十年が過ぎた。歳月は単に過ぎるわけではない。端正な顔立ちはそのままだが、ギョムの目にはどことなく暗い影がかかり、胸は大きな穴がぽっかり開いたままだ。師任堂《サイムダン》がよその男の元に嫁に入ってから、絵も勉学も止めてしまった。ギョムは山へ野へ海へ、風の吹くままに放浪を続け、二十年を無駄に過ごした。耽羅《タンラ》では魚獲りの漁師たちと自由気ままな暮らしを続け、金剛山《クムガンサン》では豪傑たちと過ごした。言ってしまえば穀潰しの遊び人である。にもかかわらず、イ・ギョムが現れたとひとたび噂が立てば、妓房《キバン》の妓生《キーセン》たちはもちろん、一般の女たちまで色めき立った。だがどれほど多くの女が寄って来ても、ギョムの胸に空いた穴を埋めることはできなかった。

この日もまた、ギョムが妓房《キバン》に現れたと聞きつけた妓女たちが押し寄せ、ギョムのいる部屋から表門まで長い列を作った。どの女も、大きな加髢《カチェ》をつけ、艶やかな絹を身に纏っている。煙管《キセル》を吹かして煙をくゆらせる者や、目をうっとりさせて麗しい妄想の世界に浸る者もいる。向こうにはまた別の妓女の群れがある。上衣《チョゴリ》を脱いで肩を出した者から、裳《チマ》を太腿まで捲し上げて壁に寄りかかる者まで色々だ。丸みを帯びた肩にすっと伸びたうなじ、細い手首、靴下《ポソン》から伸びる足首、裳《チマ》の裾の間からちらちらと見える肌には、梅蘭菊竹や蝶、兎、犬、猫、名も知らぬ野花まで、様々な絵が描かれていた。どれもギョムが描いたものだ。順番待ちの妓女たちは、その肌に羨望の眼差しを送っている。と、どこからか吐息交じりの女の喘ぎ声が聞えてきた。

華やかな屏風に赤い帳《とばり》を下ろした部屋。床には四君子や動物、春画をはじめありとあらゆる絵が描かれた紙と画具が散乱している。脱ぎ捨てられた服もある。その中に、目を刺すような色の裳《チマ》を捲り、柔和な白いふくらはぎを露にした女が立っている。喘ぎ声の主である。女の指先につまれた裾は少しずつ上がり、太腿まで来て危うげに止まった。その肌の上を、細筆を握るギョムの手が、風に舞う羽根のように軽やかに動いていく。筆が通った所には次々に蘭が咲いた。

「あんっ、旦那、くすぐったい」

妓女は艶かしい声を出した。

「これ、動くなと言うに。線がよれるわ」

ギョムは衣服がはだけたまま、筆先に集中している。

「こんなに綺麗な梅の花も、すぐに消えてしまうと思うと悲しくなります」

「枯れない花がどこにある」

ギョムは自嘲するように言った。

「え？」

「この世のどこにも、永遠に続くものなどないのだ」

「あら、うまいことおっしゃるのね、旦那ったら」

妓女が胸元の結び目をほどいてギョムの胸に飛び込んだ。

「やめないか、お前の旦那になった覚えはないぞ！」

妓女から離れようとギョムが仰け反った時、勢いよく戸が開いた。

「ギョム様！」

突然入ってきた男は、恋しい人との感動の再会でも果たすかのように、ギョムの胸に飛び込み、情熱的に身をよじった。

「フ……」

ギョムもまた、男を激しく抱き寄せた。男二人、視線を絡ませたかと思ったら、次の瞬間、首を傾けて顔を近づけた。唇を求めているようにも見えた。

「キャーッ！　男色よ！　やだ、信じられない！」

先ほどまでギョムを誘惑していた妓女たちが悲鳴を上げて部屋を飛び出した。表門まで列を成していた女たちは、開いた戸の奥に男二人の姿を目撃するや、絶句して蜘蛛の子が散るように逃げて行った。

ギョムとイ・フは今だとばかりに部屋を抜け出し、塀を飛び越えた。

「いやぁ、参った！」

フが頭を振った。

「お前は家に帰れ！　遊び人の叔父が甥っ子を駄目にしたと親戚中から目の敵だ！　お前でも行ってお怒りを鎮めてこい」

ギョムは手荒く服を整えた。

「叔父上はどこへ行くんです？」

返事がない。ギョムは振り向きもせずに手を振り、そのままどこかへ行ってしまった。フは溜息を吐いてその背中を見送った。イ・フが従兄弟叔父のギョムを慕う理由は唯一つ。ギョムの絵に惚れ込んでいるからだ。子どもの頃、家に遊びにきたギョムが絵を描いてくれたのだが、フは一目見て引き込まれてしまった。温かみがあり、可笑しくて美しい、何とも言えない絵だった。絵が上手く、竹を割ったような性格で、あれほど笑顔の眩しかったギョムが、ある日を境にまるで雨雲に覆われた空のように暗くなった。一度でいい、いつかまたあの感動を、ギョムの絵に感じられたら。フはその日を待っている。

＊＊＊

今日の軒轅庄《ホンウォンジャン》は、どことなく浮かれた空気が漂っている。祝い事でもあるのだろうか。二十年ぶりに帰ったギョムは、牡丹図の屏風を見るなり顔をしかめた。そこには高砂《たかさご》が整えられ、真新しい筵《むしろ》まで敷かれている。どうやら祝言が行われるらしい。

金剛山《クムガンサン》で虚しい日々を送っていたギョムの元に、大おばの危篤の知らせが届き、急ぎ江陵《カンヌン》の北《プク》坪《ピョン》村《チョン》に戻ってきたところだった。良くも悪くも肉親であり、物乞い同然だった自分を引き取り、育ててくれた恩人が危篤と聞いて駆けつけないわけにはいかない。ところが、いざ戻って来てみたら、庭先で婚礼の準備が進められていた。してやられたとギョムは思った。

「来たなら入りなさい、何をしているの！」

大おばのよく響く声が聞こえてきた。ギョムは溜息を吐き、奥に入っていく。このお方には歳月も敵わないようだ。相変わらずぴんぴんしている。

「お前の妻となるキム判書の娘の命式だ」

部屋に入って座るなり、大おばはギョムの前に封を叩き置いた。

「犬や猫じゃあるまいし、いきなり初夜に持ち込むつもりですか？」

大おばの前に居を正して座るギョムは、嘲笑《あざわら》うように言った。

「十年経てば山河も変わると言った。もう二十年だ！　物乞いをしながらあちこち転々としていた小さい子どもが可哀想で、この手で引き取り立派に育てたつもりでいたが、こんな遊び人になり下がるとは！　これ以上の勝手は許さん！　今度もまた縁談を蹴って出て行くと言うのなら、いっそこの場で、私は死ぬ！」

大おばは懐刀を出して刃先を胸に向けた。

「そんな小さい懐刀くらいでは、そのお体にはかすり傷がやっとでしょう」

「おおおおお前という奴は……」

「お話が終わったようなので、失礼いたします」

ギョムは立ち上がり、話を続けた。

「誰より大おば様がご存知のはずです。こんなことをなさっても、私は変わりません」

戸に手をかけようとしたギョムの背中を、大おばは怒鳴りつけた。

「ならば！　そんなことを続けて何になる？　申殿《シン》の娘はとうの昔に他所の男に嫁ぎ、何人も子を生んで幸せに暮らしておるそうだ。どうしてわからない？　お前が変わらなければ、また昔のように戻れるとでも思うておるのか？　言うてみろ！」

師任堂《サイムダン》の名が出た途端、ギョムは指先を震わせた。二十年経とうが、二百年経とうが、変わらないことがある。師任堂《サイムダン》という名は、今なお懐刀より深くギョムの胸に刺さる。この先もきっと変わらないだろう。時間が薬になるというが、ギョムにとっては毒でしかない。

五

烏竹軒《オジュクホン》の裏庭で互いの名前を教え合って以来、師任堂《サイムダン》とギョムの距離は急速に縮まった。塀の下でのあの間抜けな出会いも、今では二人の大切な思い出に変わっている。初々しく透き通るような初恋は、つきたての餅のように艶々している。二人は手首にお揃いの紐飾りを着け、追いかけたり追い越したりしながら、美しい江陵《カンヌン》の野原を駆けたり森の中を散歩したりした。その雄大な自然の中で、少年と少女の恋は、真夏の木々のように日増しに色づいていった。野花が咲き乱れる中、並んで寝転がって草を眺めたり、忙しく羽を動かして飛ぶ五色の黄金虫や米搗虫、花や樹木、牛を引く農民の姿など、目に映る森羅万象を画帳に記録したりして過ごした。互いの画帳を交換して詩を添え合い、向かい合ってお互いを描くこともあった。幼い二人の絵師は、こうしてお互いを知り、絵の技術を磨きながら恋を育んでいった。

＊＊＊

師任堂《サイムダン》と絵を描くのに夢中になっていたギョムは、目に見えて腕を上げ、その評判はついに王の耳にも届けられた。

王の中宗《チュンジョン》は、宮中に心の拠り所がなく、孤独で寂しい日々を送っていた。芸術に触れれば少しは気晴らしになると思うのだが、そんなことを言い出せば腹違いの兄、先の燕山君《ヨンサングン》を彷彿とさせかねず、自分も同じく思われてはと恐ろしくなる。

そんな中宗《チュンジョン》の胸の内を察してか、遠く江陵《カンヌン》の軒轅庄《ホンウォンジャン》で、老いてもなおぶなの木のようにぴんぴんしている大おばから、ある日、文が届いた。

——王孫が描きました。王孫の絵であれば、誰も燕山君《ヨンサングン》のことを持ち出したりはしないでしょう。

手紙には面白い絵が添えられていた。ギョムの前では、「うちには卑しい三文絵師など要らぬ！」と頭ごなしに反対していたが、内心では周囲が気づくよりずっと早くギョムの画才を見抜き、その才分を大切にしてきた大おばである。物乞いの身から王孫の身分を取り戻し、養子として引き取った経緯はさておき、目の中に入れても痛くない孫のようなギョムの才能を花開かせるきっかけになればと思う一方、孤立無援の宮中にいる中宗《チュンジョン》に、心の拠り所を作ってもやりたかった。

中宗《チュンジョン》は北坪村《プクピョンチョン》に宛て、自筆の文を返し、ギョムを宮殿に呼ぶことにした。師任堂《サイムダン》と離れるのは嫌だったが、王の命令とあっては逆うこともできず、ギョムは仕方なく中宗《チュンジョン》の元へ向かった。宮中では中宗《チュンジョン》が、ギョムの腕のほどを試そうと、部屋に画具を並べて待っていた。大おばが褒めそやす画才と頓知とやらが本物かどうか、直接確かめてやろうと考えたのである。

しばらくしてギョムが王の部屋に到着した。いるだけでも身が縮む宮中で、中宗《チュンジョン》以下老年の大臣たちが見守る中、年若い少年が絵を描くのは容易ではない。だがギョムは、特に緊張を見せることなく、すっと筆に手を伸ばした。何を描こうか悩んだのもつかの間、すぐに筆を繰り始めた。ほんの数回、筆先を走らせただけで画幅の上に黄色い龍が現れた。中宗《チュンジョン》は内心目を見張ったが、あえて退屈そうな顔をした。やがて絵が完成し、尚膳《サンソン》が中宗《チュンジョン》に渡した。

「黄色の龍の絵か……黄色の龍は明《ミン》の皇帝を表すもの。何故この絵を描いた？」

「黄色の龍ではございますが、黄色の龍を描いたわけではございませぬ」

ギョムは顔を真っ直ぐに上げ、少しも臆することなく答えた。

「ほう？」

「黄色の龍は五行の土、五性の信、五方位の中の意味合いもございます。即ち、万物の根源となる土であり、中心であり、その上に成り立つ信頼を意味します。ゆえにこの黄色の龍は、皇帝を表すものではなく、この国、朝鮮の中心であり、民百姓の根源であられる王様を象徴しているのでございます」

「天賦の才《かど》を持つ小僧が現れたと聞いていたが、その達者な口は確かに天が授けたもののようだ」

中宗《チュンジョン》がわざと意地悪を言っても、ギョムは顔色一つ変えずに行儀良く座っていた。中宗《チュンジョン》はギョムの顔を注意深く観察した。面白い奴が来たものだ。ふと、ギョムの袖からはみ出た紙が見えた。

「袖の下のそれは何だ？」

「何でもありませぬ」

ギョムは慌てて紙を隠した。

「何が何でもないというのだ。見せてみよ」

中宗《チュンジョン》は口調を強めて命じた。仕方なく、袖の中に戻した紙を取り出し、尚膳《サンソン》に渡した。中宗《チュンジョン》は乱暴にその紙を広げた。秘密を暴かれたような気持ちになり、ギョムは赤くなった。その紙には絵が描かれていた。黄色い龍のような華やかな絵ではなく、物乞いの幼い男の子と犬が、瓢箪の中の恵みの米を一緒に食べている絵だ。もう一枚は、腹が膨れた物乞いの男の子と犬が、大の字になって昼寝をする様子が描かれていた。見たこともない絵だ。中宗《チュンジョン》の顔にみるみる光が広がった。大おばの見立て通り、ギョムの純粋で温もりのある絵は、中宗《チュンジョン》の心に安らぎを与えた。同時に温和な人柄も伝わってきて、気づけばギョムを見る中宗《チュンジョン》の眼差しも変わっていた。不意に、どこからか腹の虫が鳴く音が聞こえた。大臣たちは気まずそうに互いの顔を見比べていたが、慌てて腹を抱えて背を丸めたのはギョムだった。顔は真っ赤になっている。

「お前の腹か?」

中宗《チュンジョン》は罪を問い詰めるように聞いた。

「長旅で食事がまだ……」

ギョムは穴に入りたい心境だった。

「ははははは!」

だが中宗《チュンジョン》は顔をくしゃくしゃにしながら大笑いし始めた。

「こんなに人間らしい言葉を聞くのは実に久方ぶりじゃ! そうは思わぬか、尚膳《サンソン》。今日はこの宮中も、人の暮らす所のように感じられるぞ!」

中宗《チュンジョン》は豪快に笑った。警戒心を解いたのだろう。笑いながらギョムを見るその眼差しは、いつになく穏やかで優しかった。

それからというもの、中宗《チュンジョン》はギョムに会うのが楽しみになった。ギョムに会うと、それだけで中《チュン》宗《ジョン》の顔に笑顔の花が咲いた。ともに碁を打ったり茶や茶菓子を楽しみ、馬に跨って撃鞠をしたりした。中宗《チュンジョン》が寝殿である康寧殿《カンニョンジョン》で本を読めば、ギョムはその前に座って絵を描いた。明の絵を模写したり、雄大な山水画を描いたり、子犬などの絵も描いた。中宗《チュンジョン》はギョムの絵をたいそう喜んでいた。清らかな水のような心根と底抜けの明るさ、さらには宮中の格式をも恐れない不敵さまで兼ね揃えたギョムは、常に汲々として生きてきた中宗《チュンジョン》にとって、唯一ほっとできる相手だった。二人は実の兄弟のように親しくなった。腹の底からに笑い、興じ、遠慮なく冗談を言い合う仲になった。

ギョムの名は瞬く間に広がった。玄琴《コムンゴ》に絵に踊り、何をさせても逸品のその才は、巷で大きな話題を呼んだ。だがギョムは、世間の注目など気にも留めなかった。ギョムにとって重要なのは、江《カン》陵《ヌン》の師任堂《サイムダン》に毎日文を書くことと、師任堂《サイムダン》が喜びそうな希少な絵具や染料を見つけることだった。中宗《チュンジョン》との時間は楽しかったが、日増しに会いたい気持ちが膨らんで、病にでもかかりそうな心境だった。会えない時間が長引くほど、師任堂《サイムダン》への想いも深まるばかりだ。

ギョムが恋い慕う娘がいることは中宗《チュンジョン》も聞いていた。宮中で過ごす時間が長くなるにつれ、向日葵のようにぼうっと座るギョムを見かけることが多くなった。長く引き留めすぎたかと思ったが、心の憩いであるギョムを手放したくない。できることなら、宮中に居所を用意し、ずっと側にいて欲しいとさえ思っている。

そんなある日、中宗《チュンジョン》が呆気に取られる出来事が起きた。ギョムが突然、婚書を書いてくれと言ってきたのだ。中宗《チュンジョン》は笑った。王に婚書を頼むなど古今東西聞いたことがない。だが、それほどまでに師任堂《サイムダン》を恋い慕うギョムの心が可愛くも尊い。中宗《チュンジョン》は婚書の代わりに、貴重な蜜柑と祝賀使節が明《ミン》から持ち帰った龍煤《ヨンメ》の墨を持たせて、ギョムを江陵《カンヌン》に帰すことにした。

＊＊＊

帰郷したギョムは、荷解きもせず、蜜柑を抱えて烏竹軒《オジュクホン》へと一目散に走った。蜜柑を入れた布袋には、ギョムが直接書いた婚書も入っている。申命和《シンミョンファ》はギョムから渡された蜜柑と婚書を見て、はて、どうしたものかと思った。相手は師任堂《サイムダン》を娶《めと》りたいと言っているのだ。

「当事者が婚書を書いてお持ちになることもあるのですか？」

命和《ミョンファ》は困惑気味に聞いた。

「ご存知の通り、私には婚書を書いてくださる父も祖父もおりませぬ。そのため王様に書いてくださるようお願いしましたが、一国の王が私的な頼みで婚書を書くことは許されないと、お聞き入れくださいませんでした。そのような事情で、小生が自ら書いたのでございます」

ギョムの言い分は確かに筋が通っている。命和《ミョンファ》はますます困った。どう返事をすれば良いかわからず、何度も空咳をしてしきりに髭を撫でている。ギョムのことが気に入らない訳ではない。婿どころか息子にしたいと思うほどだ。だが、ギョムは王族だ。生まれた時は貧しい身分だったとはいえ、王家の血を引く歴とした王孫である。王族の身内になるということはつまり、常に命の危険に晒されながら生きなければならないということだ。しかも命和《ミョンファ》は、己卯士禍《キミョサファ》があって以来、為政者の恨みを買っていた。ギョムが王家の者でなければ、今すぐにでも二人に祝言を挙げさせてやりたいが、大きすぎる家柄が引っかかる。命和《ミョンファ》は複雑な心境で傍らに座る妻を見た。龍仁李氏《ヨンインイシ》の瞳も揺れていた。

「まだお許しをいただいた訳ではありませんが、王様から賜った貴重な蜜柑をお分けしたく、持って参りました。ささやかな手土産と思い、お受け取りください」

ギョムは奇麗な風呂敷に包まれた蜜柑を龍仁李氏《ヨンインイシ》の前に差し出した。恭しく受け取り、龍仁李氏《ヨンインイシ》は淡々とした口調で言った。

「縁談で一番大事なのは当人同士の気持ちではありますが、何事にも守るべき順序と決まりがございます。今日のところはお引き取りいただき、こちらの返事をお待ちください」

「では、小生は家に戻って、お返事をお待ちしております」

ギョムは胸を張り、希望に満ちた声で言うと、席を立った。

部屋を出ると、庭の角に隠れてこちらの様子をうかがう師任堂《サイムダン》の姿があった。ギョムと目が合うと、師任堂《サイムダン》は梅の実のように赤くなった。可愛いなあ。ギョムは嬉しそうに笑い師任堂《サイムダン》に駆け寄った。

「師任堂《サイムダン》！」

「どうでした？」

「家で返事を待つように言われたよ」

ギョムは優しくそう言うと、師任堂《サイムダン》の後れ毛を撫でてやった。師任堂《サイムダン》は恥ずかしそうに笑い、ギョムの胸をちょんと叩いた。

「早くお帰りください」

「もう？」

「突然婚書が届いたのですから、父上も母上も、さぞ驚かれたことでしょう。こんな時ほど、小さな行動にも気をつけないと」

師任堂《サイムダン》はもうすっかり大人の女人である。ギョムは紅顔に笑みを湛えて頷き、師任堂《サイムダン》はその背中を軽く押した。名残惜しいギョムは何度も後ろを振り返り、その度に師任堂《サイムダン》は早くお行きなさいと笑顔で手を振った。

＊＊＊

ギョムが去り、権臣だらけの宮中でまた独りになった中宗《チュンジョン》は、真夏の熱帯夜より息苦しい毎日に、押し潰されそうになっていた。王でありながら家臣の目の色をうかがい、機嫌を取らねばならない卑屈な現実……。ギョムの不在は、自らの置かれた現実を改めて思い起こさせ、窮屈で呼吸まで浅くなるようだった。

悩んだ末、中宗《チュンジョン》は温泉で静養することにした。王の気まぐれのおかげで宮中は途端に慌ただしくなり、お供の者たちも小走りで支度に追われた。その隙に、中宗《チュンジョン》は微服に着替え、そっと外へ抜け出した。ギョムがあれほど惚れ込んでいた師任堂《サイムダン》という娘に会うためだ。

中宗《チュンジョン》を乗せた馬は江陵《カンヌン》に向かって走り出した。その後ろを用心棒役の内禁衛将の馬が走る。寒松《ハンソン》亭《ジョン》の深い松の香と江陵《カンヌン》沖から吹く潮風が胸に染み渡る。久方ぶりに全身に血が通うのが感じられる。王という空虚な呼び名から解き放たれ、李懌《イヨク》という自分の名を取り戻した気がした。中宗《チュンジョン》は馬を止め、内禁衛将の方を見た。

「江陵《カンヌン》の北坪村《プクピョンチョン》だったな？」

「左様にございます、王様」

「ギョムの奴め。どんな娘か見てやろう」

中宗《チュンジョン》は再び手綱を引いて走り出した。内禁衛将も後に続く。

濃艶な茜色が江陵《カンヌン》の野を染め、鳥たちの羽ばたきが空に響く。海風が強いのだろう、磯の岩にぶつかる波の音が轟々と聞こえてくる。

海辺を抜けた中宗《チュンジョン》と内禁衛将は、北坪村《プクピョンチョン》の烏竹軒《オジュクホン》の門の前に着いた。

「こちらにございます」

内禁衛将は烏竹軒《オジュクホン》を指さした。

「金剛山《クムガンサン》の遊覧に訪れる詩人や書画をする者は、必ずここに寄るそうだ。さあ人を呼べ、旅烏が宿を借りに来たと言うのだ」

「しかし……」

内禁衛将は心配そうに語尾を濁した。

「ギョムに出くわしでもしたらどうすると言いたいのか？」

「はい」

「心配するな。何ヵ月も離れ離れだった好いた娘にやっと会えたのだ。周りのことなど見えもせんよ。さあ早く人を呼ばぬか！」

中宗《チュンジョン》が笑うと、内禁衛将は無言で頭を下げて馬を降り、大声で人を呼んだ。その間、中宗《チュンジョン》は子どものようにわくわくした気持ちで辺りを見回した。塀越しに、母屋の縁側に座る進士の姿が見えた。筆で何やら書いているその進士の横顔に、見覚えがあった。はて、どこで見た顔だったか考えていると、下男が門を開けて表に出てきた。中宗《チュンジョン》は笠を目深に被り直して中に入った。下男は中宗《チュンジョン》と内禁衛将を奥へと案内した。庭に差しかかった時、見るからに初々しい娘が庭の縁台に座っていた。絵を模写しているようだった。中宗《チュンジョン》は娘の前に置かれた絵に目を見開いた。

「余が下した絵ではないか。安堅《アンギョン》の『金剛山図《クムガンサンド》』だ」

中宗《チュンジョン》は声を潜めて内禁衛将に言った。内禁衛将は縁台の上をじろりと一瞥すると、そのようだと頷いた。中宗《チュンジョン》はチチチッと舌を鳴らした。

「あれがどれほど貴重な絵だと思っておる！　ギョムの奴、入れあげようが目に浮かぶわ」

中宗《チュンジョン》は絵を模写する娘をまじまじと見た。ギョムに与えた『金剛山図《クムガンサンド》』を持っているのを見ると、この娘が師任堂《サイムダン》のようだ。滑らかな丸みを帯びた額に澄んだ瞳、ほどよく通った鼻筋に、白い顔と華奢な体がいかにも愛らしい。何よりも、絵に集中するその姿は凛として清々しい。絵を描く時のギョムの姿にもどことなく重なる。中宗《チュンジョン》は師任堂《サイムダン》と話してみたくなり、縁台に近づいた。最後の一筆を残して不意に手を止めた師任堂《サイムダン》は、何が気に入らないのか、描きかけの絵を閉じてしまった。

「上手に描けていたのに、どうしたのだ？」

中宗《チュンジョン》が尋ねた。

「あっ！」

師任堂《サイムダン》は驚いた兎のような目で中宗《チュンジョン》と内禁衛将を見上げた。

「お二人は……」

「この家に世話になる旅烏だ。もしやそれは、安堅《アンギョン》の『金剛山図《クムガンサンド》』ではないか？」

中宗《チュンジョン》は絵を指さして言った。どうしてわかったのか、師任堂《サイムダン》は不思議そうに中宗《チュンジョン》を見返した。

「模写をするお手並みが普通ではないようだが、なぜ途中で止めてしまうのだ？」

「見たこともない金剛山《クムガンサン》を、単に真似て描いても意味がありません。私の描く金剛山《クムガンサン》は本当ではないのです。偽りです」

師任堂《サイムダン》は肩を落としてそう言った。

「そうは言うても、女人の足で金剛山《クムガンサン》に登るなど、とても……」

「同じ木の葉でも春は薄緑、夏は濃緑、秋は紅色とそれぞれ違います。日差しにより風により、刻々と色を変えていきます。そのすべてをこの目で見て、確かめて、感じたままに描きたいと思うのが、そんなにいけないことですか？　なぜ女人には、してはいけないことがこんなにも多いのです？」

齢の割りにしっかりしたことを言う。中宗《チュンジョン》は目を細めた。

「この国の決まりがそうなっているのだから仕方あるまい。どうしても不服と言うのなら、いっそ御上に訴えたら良かろう？」

中宗《チュンジョン》は悪戯っぽく言った。

「それが許されるなら、もう何百回としています！　なぜ女人は上疏《じょうそ》すらできないのですか？」

「絵のお手前もさることながら、口の方も実に達者だ」

中宗《チュンジョン》が声を上げて笑うと、師任堂《サイムダン》の頬は夕日に染まった江陵《カンヌン》の野のような茜色になった。中宗《チュンジョン》はいつかその思いが届くことを願うと言い残し、内禁衛将とともに去って行った。師任堂《サイムダン》は両人の後ろ姿を見送りながら首を傾げた。初めて会った人なのに、なぜか昔から知っているような気がする。どことなくギョムに似ているような気もした。

ギョムがあれほど恋い焦がれていた師任堂《サイムダン》に会い、中宗《チュンジョン》は実に愉快な気持ちだった。考えれば考えるほど、ギョムの相手に師任堂《サイムダン》ほど似合う娘はいないと思えた。王が書くことは許されないと言われ自分で自分の婚書を書いてしまう若者に、金剛山《クムガンサン》に行けるように上疏を出したいというお転婆娘。これ以上の組み合わせがあろうか。絵や音楽の趣向まで似ているというのだから、まさに錦上に花、天が引き合わせた縁とはこのことだ。

師任堂《サイムダン》はもちろん、この烏竹軒《オジュクホン》も大変気に入った。世話をする下人や庭に生えた草までも心を穏やかにしてくれる。この屋敷を治める師任堂《サイムダン》の親とは一体どんな人物なのか。きっと竹を割ったような人柄の、筋の通った清廉な者たちに違いない。考えがそこに至ると、先ほど塀越しに見かけた進士の顔が浮かんだ。同時に、その進士の名も思い出した。師任堂《サイムダン》の父であり、烏竹軒《オジュクホン》の当主、そしてこれからギョムの義理の父となるその進士の名は、申命和《シンミョンファ》。中宗《チュンジョン》は顔色を一変させた。中宗《チュンジョン》の知る限り、申命和《シンミョンファ》は所信のはっきりした気概のある人物だった。己卯《キミョ》年の一件では、その信念を貫いて正しいことを述べたとして、惨い拷問に遭い、投獄までされたはずだ。中宗《チュンジョン》は月明りに反射する烏竹軒《オジュクホン》の庭を見ながら、深い溜息を吐いた。

＊＊＊

一夜明け、烏竹軒《オジュクホン》にも朝が訪れた。申命和《シンミョンファ》が障子紙から染み入る暖かい日差しを浴びながら、本を開いていていると、下女のダムが音を立てて部屋の中に入ってきた。

「旦那様にだそうです」

そう言って、ダムは客から預かった文を命和《ミョンファ》に手渡した。

「お客様はお帰りか？」

ダムは恭しくはいと答え、部屋を出て行った。命和《ミョンファ》は受け取った文をいつも通り隅に寄せて置き、読みかけの本に視線を戻した。不意に、外からダムと下人たちの話し声が漏れ聞こえてきた。この文を託して出て行った客のことを紙道楽と言ったようだった。その言葉が気になって、命和《ミョンファ》は渡された文を見た。雲平寺《ウンピョンサ》の製紙工房で作られた高麗紙だ。高麗紙は普通の紙の何倍も値が高く、進士が気軽に使えるものではない。興味をそそられ、命和《ミョンファ》は文を広げた。中には詩がしたためられていた。間もなくその詩の意味を解した命和《ミョンファ》の目に、みるみる涙が込み上げた。広げた文を持つ手も震えている。

「嘆かわしいことだ！　哀れな我が民は、天の道理さえ失くしてしまった。己卯《キミョ》の年に逐《お》われた者たちを思うと、胸を痛めずにはいられない。この世に頼れる者はなく、胸の内に耳を傾ける者もなく、やるせない思いを誰に打ち明けられようか……」

詩の最後に書かれた李懌《イヨク》という名を見た時には、命和《ミョンファ》の目から涙があふれた。履物も履かずに部屋を飛び出すと、下人たちが引き留める間もなく、烏竹軒《オジュクホン》の門を出て村の先までひた走った。遠く、中宗《チュンジョン》と内禁衛将を乗せた馬が走っていく。どんどん小さくなる中宗《チュンジョン》の後ろ姿に、命和《ミョンファ》は大きく平伏した。

「有り難き幸せ……その深いお心も知らずに……ご聖恩、有り難き、有り難き幸せにございます！」

命和《ミョンファ》は地に伏したまま、止めどなく流れる涙を拭いもせずに叫んだ。思いが届いたのだろうか、中宗《チュンジョン》は馬を止め、今しがた通ってきた道をしばらく振り返っていた。

＊＊＊

同じ頃、師任堂《サイムダン》はギョムに贈る印章を彫っていた。比翼の鳥だ。二羽がそろって初めて空を飛べると伝わる比翼の鳥は、男女の深い縁や仲睦まじい夫婦の象徴である。それが、婚書への師任堂《サイムダン》なりの返事だった。

比翼の鳥の羽を入念に仕上げていた時、彫り道具の刃が折れて指に刺さった。師任堂《サイムダン》は思わず彫り道具を落として指先の血を唇で押えた。指を怪我したことより切れ味の悪くなった刃先が気がかりだった。まだ比翼の鳥を彫り終えていない。一刻も早く完成させてギョムに渡したかった。師任堂《サイムダン》はとりあえず近くにあった布切れを指の傷に巻き付け、慌てて立ち上がった。

自分の部屋を出た師任堂《サイムダン》は、父の元を訪ねた。篆刻《てんこく》用の道具を借りるためである。

一方、命和《ミョンファ》は自室に籠り、敬虔な面持ちで中宗《チュンジョン》の詩を書き写していた。あまりに集中していたので、師任堂《サイムダン》が中に入っても気づかなかった。

「哀此下民喪天彝、己卯逐客心断絶……？」

師任堂《サイムダン》は父が書き写している詩句をゆっくり読み上げた。その声に驚いた命和《ミョンファ》は慌ててその詩を畳み、娘に顔を向けた。

「いたのか？」

「どなたの詩ですか？」

師任堂《サイムダン》の目に、好奇心が漂っている。

「何でもない」

「己卯逐客というのは、もしや己卯《キミョ》の年に起きた筆禍で逐《お》われた人たちのことでございますか？」

「何でもないと言うに！　お前の見間違いだ！　それより何の用だ？」

命和《ミョンファ》は当惑の色をごまかそうと余計に声を張った。

「篆刻に使う道具をお借りしたくて。私のは刃が折れてしまって……」

これほど動揺する父の姿を見るのは初めてだった。師任堂《サイムダン》が恐る恐る用件を言うと、命和《ミョンファ》はようやくほっとしたように表情を緩め、引き出しから道具を出して師任堂《サイムダン》に手渡した。師任堂《サイムダン》は笑ってそれを受け取ると、父に一礼して部屋を出た。

この時、父娘はまだ気づいていなかった。この夜の短いやり取りが、後に恐ろしい災いを招くことを。時に何気ない一瞬の出来事が世の中を一変させ、何でもないと思っていたことが大事な人との永遠の別れをもたらすことがあるということを、この時はまだ、知る由もなかったのである。

＊＊＊

青黒い海の上、空も徐々に暗くなっていく。先ほどまで太陽があった所には月がかかり、遠くの家々に灯が灯り始めた。ギョムは紫紅色の花を満開に咲かせた百日紅の下で師任堂《サイムダン》を待っていた。この日に会う約束をして以来、寝ても覚めても頭に浮かぶのは師任堂《サイムダン》のことばかり。胸が高鳴り、ときめき、何も手につかなかった。ほどなくして月明りに照らされ、師任堂《サイムダン》が歩いて来るのが見えた。花のように美しく、蝶のように軽やかに。いっそ駆け寄って抱き締めてしまいたかったが、男たるもの、保つべき面子がある。ギョムはじっと、師任堂《サイムダン》が来るのを待った。

そんな胸の内を知ってか知らずか、師任堂《サイムダン》は少し離れた所に立ち、ぼんやりギョムの顔を見上げている。たまらず一歩近づくと、師任堂《サイムダン》は二歩下がった。それ以上近づいてはいけないと手の平を押し出して、唐突に目をつぶるよう言ってきた。ギョムは目を閉じた。目を閉じていても、師任堂《サイムダン》が近づいて来るのがわかる。と、不意に手が触れたと思ったら、手の平に小さな丸みのある物を握らせた。

「もう良いか？」

「はい」

ゆっくり目を開けて手の平を広げると、比翼の鳥が彫られた白い玉の印章が出てきた。ギョムは感激してまじまじと印章を見ていたが、師任堂《サイムダン》の指に布が巻かれているのに気づくと、驚いて顔色を変えた。

「どうした？　怪我をしたのか？」

ギョムは師任堂《サイムダン》の手をさらうように取り、ひどく心配そうに言った。

「ただのかすり傷です。それより、贈り物は気に入っていただけましたか？」

師任堂《サイムダン》は恥ずかしくなり、手を離して言った。

「気に入るものか！」

ギョムは拗ねたように言い返した。

「お気に召しませんか？」

師任堂《サイムダン》はがっかりしてギョムの顔をのぞき込んだ。

「好きな女《ひと》の指に怪我をさせて何が嬉しい？　それにこの鳥、羽が片方しかないじゃないか！」

「比翼の鳥です。比翼の鳥は、目と羽を一つずつ持って生まれると伝えられています。ギョム様のギョムは山を意味する岎《ギョム》、比翼の鳥を意味する鶼《ギョム》と同じ音ではございませんか？　つがいとなるもう一羽は、ギョム様が彫ってください。祝言の日に……二人一つになって、広い空をどこまでも飛んでいけるように」

師任堂《サイムダン》の目はギョムへの愛しさであふれている。

「わかった！　約束する」

ギョムは優しい眼差しを向けながら、袖元から何かを出して師任堂《サイムダン》に差し出した。

「今日は、代わりにこれを」

宝石をあしらった簪《かんざし》だった。

「奇麗……」

簪《かんざし》をもらった師任堂《サイムダン》は、嬉しそうに笑った。

「だろう？　漢陽《ハニャン》一腕がいいと評判の職人が作ったんだ。普通なら数ヵ月待ちのところを、何度も頼み込んで間に合わせてもらった」

まるで武勇伝を語るように得意になって言うギョムに、師任堂《サイムダン》は思わず吹き出した。

「そうでございましたか」

「まだあるぞ。これだ！」

ギョムは宝物を探すように、また袂に手を入れた。出てきたのは中宗《チュンジョン》から贈られた龍煤墨《ヨンメムク》である。師任堂《サイムダン》の目がみるみる大きくなっていく。髪飾りの時とはまるで反応が違う。

「これは、何でございますか？」

「王様からいただいた貴重な墨だ。早くあげたくて、毎日うずうずしてたんだ」

「これがかの龍煤墨《ヨンメムク》なのですね、これが龍煤墨《ヨンメムク》……」

「そう、朝鮮では欲しくても手に入らない代物だ。そしてこれが、今日の画竜点睛！」

ギョムは期待に胸を膨らませ、芍薬の花が描かれた臙脂《えんじ》の唐只《テンギ》を差し出した。ところが師任堂《サイムダン》は、龍煤墨《ヨンメムク》にすっかり魅了されてしまい、興奮を露わにするばかりで唐只《テンギ》には見向きもしない。

「ご覧ください！　この得も言われぬ色は何から作ったのでしょう！　澄み切った黒い色をしているのに、藍色も帯びています。この色を筆先に移して描いたら、どんな色が出るのかしら」

師任堂《サイムダン》は龍煤墨《ヨンメムク》を月明りに照らして、踊るようにくるくる回って喜んだ。

「いや、それよりこれも……」

ギョムは差し出した手を持て余し、唇を尖らせた。

「想像するだけでわくわくします！　明日一番で、いえ今すぐにでも見てみとうございます。そうだ、画材をお持ちしましょう！」

これが同床異夢の始まりかと、ギョムは思った。師任堂《サイムダン》は龍煤墨《ヨンメムク》しか見ていない。この墨でどんな絵を描こうか、想像するだけで踊り出しそうだった。ギョムは堪え切れず、師任堂《サイムダン》の顔に押し当てるように唐只《テンギ》を広げた。

「これ！　これを見ないか！　この芍薬はただの芍薬ではないぞ。そなたを思い浮かべて一輪一輪俺が描いた、この世に一つだけの唐只《テンギ》だ。それも一晩中、寝ずに描いた、この世にただ、一つだけの、唐只《テンギ》だ！」

そうまで言っても、師任堂《サイムダン》の目は龍煤墨《ヨンメムク》に釘づけだった。

「このような墨は生まれて初めて見ました。一度でいいから使ってみたかったんです。こんなに高貴なものを私にくださるなんて！」

師任堂《サイムダン》は喜びを抑え切れず、思わずギョムに口づけをした。奇襲のような口づけに、ギョムは持っていた唐只《テンギ》を落としてしまった。我に返り、赤く染まった師任堂《サイムダン》の顔を見た途端、ギョムの顔も赤くなった。指先で唇を撫でる。先ほどの柔らかい感触がまだしっかり残っている。風に舞う花弁が、一瞬、唇に触れたみたいだった。ギョムはゆっくりと師任堂《サイムダン》に近づいた。師任堂《サイムダン》は身をびくりとさせて後退った。ギョムが肩に手を置くと、師任堂《サイムダン》は小さく震えた。指で顎を上げ、二人は見つめ合った。月明りの下、二人の視線が真っ直ぐ互いを捕えた。鼓動が速くなっていく。師任堂《サイムダン》はそっと目を閉じた。まるで蝶が花弁に留るように、二人は口づけをした。

吹く風に、百日紅の花が舞う。

六

よく晴れた日の雲平寺《ウンピョンサ》。

観音堂の連子《れんじ》は花々が色褪せるほど美しい。その玲瓏《れいろう》たる風景は、師任堂《サイムダン》を魅了して止まない。四季折々に表情を変える連子の色を、あるがままに表すことができたら――。

師任堂《サイムダン》は桟が一番よく見える場所を探して座った。荷物を下ろし、画帳を広げる。画具入れから筆を取り出し、いざ描こうと顔を上げた時、ちょうど戸が開いた。隙間の向こうに絵が見え、師任《サイム》堂《ダン》は一瞬で惹き込まれた。すぐに開いた戸の方へ近づいた。仏画だ。だが普通の仏画とは違う。胸の奥底を揺さぶり、時の流れを止める、そんな絵だ。画幅の中の女人はまるで、水の滴の中に咲く一輪の蓮の花のようだ。頭に乗せた金の冠から足の先まで下りた衣服は、派手やかでありながら気品が漂っている。絹の透き通る白と光り輝く金の装身具が調和し合い、明るい温かみを醸し出している。指先につままれた柳の枝と、視線を向けるその先に、女人の持つ温もりと慈愛が注がれているように見える。

仏画に心を奪われた師任堂《サイムダン》が和尚の存在に気づいたのは、少し経ってからだった。和尚は神妙な面持ちでしばらく絵を眺めていたが、不意に壁から外すと、端から巻いて床下の壺の中に入れてしまった。師任堂《サイムダン》は、固唾を飲んだ。

外に出てきた和尚を、師任堂《サイムダン》は呼び止めた。

「和尚様！」

大きな声に驚き、和尚は振り向いた。

「あの絵を見せてください」

「あの絵とは……何のことでございますか？」

「先ほど、和尚様がお隠しになったあの絵にございます。水の滴の中に咲く一輪の蓮のような、美しくも尊貴なご婦人の絵です」

「何かと見間違われたのでしょう」

和尚は短くそう返して再び歩き出そうとしたが、師任堂《サイムダン》は食い下がった。

「見間違いではありません。この目で確かに見ました。この世で一番美しい絵でした。誰より美しく悲し気な貴婦人が描かれていました。見る者を恍惚とさせるほど気高く尊いお姿でした。衆生の元に現れ、慈悲を施しになる観音菩薩ですね？　見せてください。どうしても見たいのです」

師任堂《サイムダン》は和尚の腕にしがみついた。

「見間違いです。そのような絵はありません」

和尚は師任堂《サイムダン》の手を振り払い、足早に行ってしまった。諦めのつかない師任堂《サイムダン》は、和尚の後を追った。

和尚が向かったのは、寺の隅にある製紙工房だった。和尚に続いて中に入った師任堂《サイムダン》は目を丸くした。初めて見る光景だった。楮《こうぞ》の木を蒸して皮を剥がし、灰汁《あく》を流して不純物を取り除き、簀桁《すけた》ですいて乾燥させる。紙作りの工程である。この工程を繰り返して、ようやく一枚の紙ができあがる。真夏の暑さの上に、蒸気が立ち込めても、工房内の尼僧や修行僧らは誰一人顔色を変えない。師任堂《サイムダン》はそこに職人の姿を見た気がした。和尚は師任堂《サイムダン》を気にも留めず、紙作りに勤しむ者たちにあれこれ指示を出した。作業台の片隅には、できあがった紙が積み上げられている。

「これが噂の高麗紙でございますか?」

師任堂《サイムダン》は手の甲で紙を撫でた。高級紙として知られる高麗紙は、烏竹軒《オジュクホン》でも特別な日にしか使われない。質感は溜息が出るほど柔らかかった。師任堂《サイムダン》が高麗紙に気を取られている隙に、和尚は工房を抜け出した。間もなく和尚がいないことに気づいた師任堂《サイムダン》は、慌てて紙から手を離し、工房の外へ飛び出した。遠く、深い穴蔵に入っていく和尚の姿が見えた。

和尚を追って穴蔵に入った師任堂《サイムダン》は、思わず後退りした。穴蔵の中は、足の踏み場がないほど流民たちであふれ返っていた。誰も目を背けたくなるような姿をしている。病気の者、怪我をした者、餓え死に寸前の者、腹を空かせて泣き、患って泣く子どもたち。皆、破れた服から肌を露わにして、半分腐った筵《むしろ》の上に横たわっている。初めて見る光景だった。言葉を失い、師任堂《サイムダン》は固まって動けなくなった。目の前で、和尚は布切れで病人たちの腫物を拭いている。その時、幼い女の子が師任堂《サイムダン》を見た。表情はなく、擦り切れ破れかろうじて形を留める服を着て、女の子は師任堂《サイムダン》の絹の服をぼんやりと見つめていた。その目には、羨む感情すら存在しない。ただ目に映る物を見ているだけだ。草臥れて汚れた身なりをしているが、その瞳は星が瞬く夜空のように黒く潤んでいる。不意に、胸の底から悲しみが込み上げてきた。理由はわからない。女の子の視線に顔が火照り、息が苦しくなった。穴蔵の入口で、涙を浮かべて立ち竦む師任堂《サイムダン》を見た和尚は、深い溜息を吐いた。

「お帰りください、お嬢様」

「お、和尚様……」

「もうすぐ無頼の者たちがやって来ます。お嬢様が見てはいけないことが起こります」

和尚は師任堂《サイムダン》の手を引いて穴蔵から離すと、帰るよう促した。

「和尚様」

「何も見ず、何も聞かず、今すぐお帰りなさい」

「あの人たちは誰ですか？　どうしてここに、なぜあんな姿をしているのですか」

矢継ぎ早に出される言葉に、師任堂《サイムダン》の動揺が表れていた。和尚が答えあぐねていると、向こうから女たちの艶めかしい声が聞こえてきた。色とりどりの絹を身に纏い、それぞれに楽器を携えた厚化粧の妓生たちが、細い腰をくねらせながら寺の庭の方へ向かって行く。その後ろを、服のはだけた両班《ヤンバン》の男たちがついて行く。酒樽と肴を頭に乗せたり、背負ったりして息も絶え絶えに運ぶ下人たちの姿も見えた。和尚はとっさに僧衣の袖で師任堂《サイムダン》の視線を遮り、背中を押して早く立ち去るよう促した。

だが、このまま帰ることなどできない。師任堂《サイムダン》は雲平寺《ウンピョンサ》を一目で見下ろせる所まで駆け上り、岩の後ろに隠れて寺の様子をうかがった。穴蔵の中とはまた別の意味で体が強張った。やがて、お釈迦様を祀る本堂の目の前で、酒池肉林が繰り広げられた。膳の上に乗り切らないほど用意された料理の山に、辺りに響く伽耶琴《カヤグム》や杖鼓《チャンゴ》の音。その調べに合わせ肩を揺らして踊る妓女たち。身を低くして世話をする下人たちの傍らで、正体を失くして妓女の胸を弄る男たち。その腕に抱かれ愛嬌を振りまく妓女たち。目も当てられない光景だった。師任堂《サイムダン》は我が目を疑い、思わず目を擦ったが、それは確かに目の前で起きていた。本堂を過ぎてすぐの所に穴蔵があり、その穴蔵の中では飢えに飢えて人間らしい姿を失った流民たちが倒れている。わずかな間にまったく異なる現実を目の当たりにした師任堂《サイムダン》は、頭が混乱するあまり眩暈を起こした。

「すぐ側に、お腹を空かせて死にそうな人たちがいるのに、あの人たちには山のような食べ物がある。どうして？　こんなのおかしい……」

体から力が抜けていく。人の世は、こんなにも無情なものだったのか。岩に背中をもたれて座り込んだ師任堂《サイムダン》は、ふと思い立ったように画帳を取り出し、何かに憑りつかれたように絵を描き始めた。柳の枝を持つ観音菩薩が画幅を埋めていく。先ほど、隙間越しに見たあの仏画の写しだ。尾根の向こうにゆっくりと日が傾き、絵はあっという間に完成した。師任堂《サイムダン》は悲しそうに絵を見下ろした。空が血の色に染まる夕暮れ時に似た寂しさが胸を湿らせていく。ふと脳裏にある詩が浮かんだ。昨夜父の部屋で見たあの詩だ。師任堂《サイムダン》は再び筆を取り、絵の傍らに詩を添えた。

「嘆かわしいことだ！　哀れな我が民は、天の道理さえ失くしてしまった。己卯《キミョ》の年に逐《お》われた者たちを思うと、胸を痛めずにはいられない」

やるせない思いで詩を吟じた。唇から漏れ出す声が、悲嘆に震えている。ふと視線を感じて顔を上げると、穴蔵の中で見た女の子が立っていた。黒く澄んだ瞳は、好奇心に満ちている。先ほどとは大違いだ。師任堂《サイムダン》は女の子に向き直った。名前を尋ねたが返事はない。師任堂《サイムダン》の手元の絵を黙って見つめている。口を利けないのだと師任堂《サイムダン》は察した。龍煤墨《ヨンメムク》の色のように深い色をした幼女の瞳が、この上なく悲しそうに見えた。

「はい、どうぞ」

画帳から切り離し、観音菩薩の絵の写しを差し出すと、女の子は驚いて師任堂《サイムダン》を見上げた。突然のことに戸惑い、しきりに指を動かしている。師任堂《サイムダン》が頷くと、少し迷ってから、女の子は小さな歯を見せ、絵を受け取った。笑っているのを見ると、気に入ったようだ。師任堂《サイムダン》は蜜柑を取り出し、紅葉のような手の平に乗せてやった。ギョムが婚書と一緒に届けてくれた、もったいなくて何日も袋に入れて持ち歩いたあの蜜柑である。女の子は蜜柑を手に乗せたまま、きょとんとしている。師《サ》任堂《イムダン》は手で皮を剥く真似をして見せた。女の子は師任堂《サイムダン》がやった通りに皮を剥いた。夕焼け色に染まった果実が、小さな口の中に放り込まれていく。空っぽの腹の中に甘酸っぱい蜜柑の味が広がって、女の子はくすぐったがった。その姿を見守る師任堂《サイムダン》は、胸が張り裂けそうになった。

家に戻ってからも、雲平寺《ウンピョンサ》で見た惨く不条理な光景が目に焼きついて離れなかった。流民たちの飢えて苦しむ姿が何より深く脳裏に刻まれている。考えた末に、師任堂《サイムダン》は家にある非常食だけでも届けることにした。そして、朝一番に村のご神木の下で会おうとギョムに手紙を書いた。穀物や他にも色々ある食べ物を運ぶなら、一人より二人の方が良い思ったためだ。下女のダムに文を託し、師任堂《サイムダン》は思った。どうしてあの人たちは、あれほど悲惨な暮らしをしているのだろう。食べきれもしない量の料理を並べる者たちのすぐ横で、何日もお腹を空かせる人たちがいる。そんな現実に、腹が立った。答えの出ない疑問と怒りに猶予《いざよ》う胸を抱えて部屋を出た。

父の命和《ミョンファ》は灯を灯して本を読んでいた。戸を開けて入って来る師任堂《サイムダン》に気づき、顔を上げた。

「顔色が悪いぞ。具合でも悪いのか？」

「いいえ、そうではございません。あの、父上……」

師任堂《サイムダン》は父の前に座り、重い溜息とともに今日あった出来事を話し始めた。

「実は今日、雲平寺《ウンピョンサ》に行って参りました」

命和《ミョンファ》の顔に影が差した。

「両班《ヤンバン》の男たちと妓女たちが宴を開き、寺の庭先には肉とお酒があふれていました。しかし、そのすぐ側にある穴蔵の中では、病気の流民たちが今にも死にそうな姿で倒れていました。おかしいではありませんか。有り余った食べ物や飲み物があるのなら、少し分けてあげるだけで人の命を救えるのに、なぜ見殺しにするのですか？　どうしてこのようなことが起こるのです？」

師任堂《サイムダン》の声が湿り気を帯びていく。

「教えてください父上！　どうしてあのような惨いことが起きているのですか！」

「あの寺には二度と行くな」

申命和《シンミョンファ》は叱るように言ったが、語尾に溜息がにじんだ。

「父上！」

「くどい！　婦女子が葬祭に関わることは厳しく禁じられている！　二度と、雲平寺《ウンピョンサ》に行ってはならん！」

これほど厳しい父の姿を見るのは初めてで、師任堂《サイムダン》は口をつぐんだ。

＊＊＊

烏竹軒《オジュクホン》から軒轅庄《ホンウォンジャン》に向かう道の途中に旅籠屋がある。四十過ぎの女将とその娘、ソクスンが営む旅籠屋だ。師任堂《サイムダン》と同い年のソクスンは、女将と、十年ほど前に店を訪れた名前も知らない男の間に生まれたらしい。

夜も更け、最後の客を見送った女将は洗い物に取りかかった。一日中立ったり座ったりを繰り返し、腰は悲鳴を上げていた。一人娘は何をしているのか、部屋に籠ったきり出て来ない。怒鳴るように娘を呼んだが、返事もなかった。腹を立てた女将は、洗いかけの杓子を持って力任せに部屋の戸を開けた。ソクスンは腹ばいになり、どこで覚えたのか故事成語を唱えていた。あれほど言い聞かせたのに、また烏竹軒《オジュクホン》の寺子屋に行ったらしい。

「猿に烏帽子とはこのことだね！　お前みたいなのが勉強だなんて笑わせるんじゃないよ！」

女将は杓子を振り回して金切り声を上げ、二度と烏竹軒《オジュクホン》には近づくなと念を押した。近づくなという言葉に、ソクスンは起き上がった。

「烏竹軒《オジュクホン》のお嬢様が一緒に勉強していいって言ってくれたの！　毎日来てもいいって言ってくれたんだから！」

「字を覚えて米ができるか、飯が食えるか！　変な風に吹かれてこの子は！」

「ヤだ！　あたしは勉強する！　母ちゃんみたいになるもんか！」

ソクスンは力いっぱいそう叫ぶと、そのまま旅籠屋を飛び出してしまった。暗闇に消えていく娘の後ろ姿を見ながら、女将はその場にへたり込んだ。娘が不憫で仕方なかった。叶えてやれない娘の思いが、母の胸を絞めつけた。勉強して、色んなことを知れば知るほど、生きるのが辛くなるのは目に見えていた。字を覚えたところで世の中は変わらない。あの子の暮らしはもっと変わらないだろう。娘はこの馬鹿な母親の運命をそのまま受け継ぐのだ。母ちゃんみたいになるもんかという声が、繰り返し耳元に響いている。旅籠屋の女将を見下ろす月も、悲し気に見えた。

勢いよく飛び出したはいいものの、行く当てがない。仕方なく旅籠屋の周りを歩きながら、時間が早く過ぎるよう願った。と、その時、向こうから見慣れた顔が大きな体を揺らして走ってきた。烏竹軒《オジュクホン》の下女、ダムだ。片手に文を握り締め、催した犬ころのように腹をつかんで走っては止まり、走っては止まりを繰り返している。その姿が滑稽で、ソクスンは吹き出してしまった。腹が痛くて死にそうなところへ、自分より小さい子どもにまで笑われ、ダムは走るのを止め、ムッとした顔でソクスンを睨んだ。ソクスンは慌てて笑いを引っ込めると、ダムに行き先を尋ねた。一言言ってやろうと思ったその時、ごろごろと腹が鳴り、いよいよ激しく催してきた。ダムは脂汗をかいて言葉にならない言葉を発している。

「が、我慢の限界……うぉおほ……軒轅庄《ホンウォンジャン》のお坊ちゃまに届けないと……はあっ……いけないのに……いっ」

ダムは震え出した。文を握り絞める手もぶるぶると震えている。

「軒轅庄《ホンウォンジャン》？　なら私が代わりに届けましょうか？　お腹も限界みたいだし」

「あんたが？」

ダムは信用できないという目で舐めるようにソクスンを見た。ソクスンはにこりと笑って見せた。その顔に心を許したダムは、文を渡すことにした。手渡す際、軒轅庄《ホンウォンジャン》のお坊ちゃまに間違いなく届けるように、と念を押すのも忘れなかった。心配しないでくださいと言い残し、ソクスンは軒轅庄《ホンウォンジャン》に向かって駆け出した。ギョムの顔が見られると思うと、それだけで胸が高鳴った。頬が赤く火照っているのがわかる。夜風に顔を撫でられても、その火照りは冷めなかった。

ギョムに初めて会ったのは烏竹軒《オジュクホン》だった。その日も母の目を盗んで旅籠屋を抜け出し、烏竹軒《オジュクホン》の塀に耳を押し当て、講義の内容を聞いていた。塀越しに聞こえてくる子どもたちの言葉を真似、木の枝で地面に字を書くだけだったが、ソクスンはそれすら隠れてしなければならなかった。烏《オ》竹軒《ジュクホン》で働く下人たちに見つかれば、箒を振り回して追い帰されるのがおちだ。塀に手をかけ、ソクスンは爪先立ちで中をのぞいた。向こうから聞こえて来る字に耳を澄ましたが、よく聞き取れなかった。耳をより近づけようと、ぎりぎりまで爪先を立てた時、石に躓き、そのまま倒れてしまった。尻餅をついて後ろに転がったソクスンを、日差しが照りつけた。眩しくて土のついた手で目を擦っていると、不意に人影が日差しを遮った。下人に見つかったのかと飛び上がって目を開くと、豊かな眉毛に色白の顔をした、絵に描いたような紅顔の少年が明るく笑いながらこちらを見ていた。

「立てるか？」

夏の日差しより眩い笑顔で、少年が手を差し伸べてきた。

「あ……ありがとうございます」

ソクスンは少年の手を取り、ぽうっとした顔で起き上がった。少年はもう転ぶなよと言って、烏《オ》竹軒《ジュクホン》の中に入って行った。背の高い後ろ姿を見送って、ソクスンは自分の手の平を見下ろした。少年が触れた所が火照っていた。その日から、ソクスンは少年について色々なことを知るようになった。少年の名前がイ・ギョムであることや、軒轅庄《ホンウォンジャン》に住んでいること、そして、ギョムと師任《サイム》堂《ダン》が恋仲にあること――。だが、向日葵が太陽に向かって咲くように、ギョムに向かって走り出した乙女心を止めることはできなかった。誰も、ソクスン自身でさえも。

＊＊＊

ソクスンが胸を弾ませて夜道を駆けていたちょうどその頃、ギョムは師任堂《サイムダン》への思いに胸を膨らませていた。花弁の舞う百日紅の下で初めて唇を重ねたあの日から、師任堂《サイムダン》のことが片時も頭を離れないのである。本を読んでいても、絵を描いていても、目に映るのは師任堂《サイムダン》の姿ばかり。日々の中心に自分ではない他の誰かがいるということは、こんなにも甘く切ないものなのか。夜遅く、ギョムはその甘く切ない思いに浸りながら、軒轅庄《ホンウォンジャン》の裏庭を歩いていた。

「華やかな楼閣にまだ来ぬ春を待ちわびる。燕のつがいが飛んで来て柳の枝を揺らし、桃の花弁を震わせる。小雨は止むことを知らず、庭園には空風が吹くばかり」

詩を唱えながら歩いていたギョムは、いつの間にか師任堂《サイムダン》と初めて出会った塀の前に来ていた。あの日の光景が、鮮やかに蘇る。ギョムにはわかっていた。赤い裳《チマ》が花弁のように風に舞ったあの瞬間、師任堂《サイムダン》は胸の奥深くに刻まれていたのだ。雨水にも、涙にも消えることのない、烙印のような確かさで。

「目元には憂いばかりが増え、待ち人の姿は見えない」

ギョムは師任堂《サイムダン》と出会ったあの場面を思い出し、懐かしそうに一人微笑んだ。その時、塀の向こうから若い女の声が聞こえてきた。ギョムが諳んじていた詩の続きだった。ギョムは顔をぱっと明るくして塀越しに顔を伸ばした。

「誰だ？　師任堂《サイムダン》、師任堂《サイムダン》か？」

ギョムは声の主を師任堂《サイムダン》と確信しているようだった。塀に手をかけて身体を持ち上げ、そのまま勢いよく飛び越えた。

「確かに声がしたのに……」

ギョムはきょろきょろと当たりを見渡した。突然塀を飛び越えてきたギョムに驚き、ソクスンは慌てて平伏した。

「お許しください！　身の程もわきまえず、生意気なことをいたしました」

声に振り向くと、一人の少女が平伏していた。旅籠屋の娘だ。一度か二度、道ですれ違った記憶がある。期待が外れ、ギョムは少女に立つように言った。ソクスンは深く頭を垂れたまま立ち上がった。

「詩はどこで覚えた？　字が読めるのか？」

「少し……」

「少しか、どこで習った？」

「烏竹軒《オジュクホン》の、寺子屋で……でもお許しはいただきました。隅の方で聞くならいいって」

「へえ。では今のは誰の詩か知っているか？」

「欧陽脩《オウヨウシュウ》の『蝶恋花』と……」

「驚いたな！　旅籠屋の娘が欧陽脩《オウヨウシュウ》を知っているとは！　書くこともできるのか？」

「地面に書いたことしかありませんが……」

「紙も筆もなく、地面に書いて覚えたのか」

ギョムは心が痛んだ。

「どれどれ……では、これを」

ギョムは袖の中から細筆を取り出し、ソクスンに差し出した。

「こ、こんな貴重な物を、私に？」

ソクスンは目を大きく見開き、ギョムを見上げた。

「紙も筆もないのに自ら進んで学ぼうとする、殊勝な心掛けだ。受け取りなさい」

ギョムは戸惑うソクスンの手を取り、筆を握らせた。

「あ、ありがとうございます……ありがとうございます、お坊ちゃま」

ソクスンは細筆を胸に押し当て、何度も頭を下げた。ギョムはその姿を黙って見ていたが、不意に手を伸ばすとソクスンの髪についた桃の花の葉を取ってやった。ソクスンは驚いて後退った。暗闇にも頬が赤らむのがわかる。だがギョムは手を払うだけで、目の前のソクスンの様子には見向きもしない。

「ところで、こんな夜更けにここで何をしていたのだ？」

「あ！　ダムのおばさんが……」

「ダム？　まさか、婚書への返事をくださったのか？　そうなのか？　師任堂《サイムダン》から何か言付かったのではないか？」

婚書という言葉に、ソクスンは文を渡そうとした手を止めた。膨らんだ胸に、鋭く針が刺さったようだった。押し黙ったまま立ち尽くすソクスンに、ギョムはふと気恥ずかしくなって頭を掻いた。

「まさかな。お前にそんな大事なことを頼むはずないか」

「使いに行く途中、お坊ちゃまの詩を読む声が聞こえたので、つい……」

口が勝手に動いた。嫉妬が、嘘をつかせた。ギョムは肩を落とし、わかったとだけ言って軒轅《ホンウォン》庄《ジャン》の中に消えていった。ソクスンは後ろ手に文を握り絞め、ギョムにもらった細筆を胸にきつく押し当てた。

＊＊＊

次の日の早朝、鏡浦《キョンポ》の沖合に日が昇り、岩の隙間で眠っていた海鳥たちが餌を求めて羽根を広げ始めたその時刻、雲平寺《ウンピョンサ》に血の雨が降り出した。

夜通し行われた酒宴で、本堂の前は杯盤狼藉の有様だった。泥酔して所構わず寝ている男たち、胸元の紐を解いて男の腕に抱かれる女たち。破廉恥な酒池肉林の中に唯一人、素面《しらふ》の男がいた。この宴席の主催者、ミン・チヒョンである。江陵《カンヌン》の平冒《ピョンチャン》で暇な役職に就いていたミン・チヒョンは、名勝地の一つとして知られる江陵《カンヌン》の海に、領議政の息子、デギュが遊覧に訪れると聞き、朝廷に人脈を作る良い機会と捉えて、進んでもてなし役を買って出た。デギュがいい気分になったところで、うまく取り入るつもりでいたミン・チヒョンが、一世一代の好機を前に、そもそも酒に酔えるはずがなかった。

ところが、デギュは両脇に妓女を侍《はべ》らせ、でれでれと下卑た笑いを見せるばかりで、こちらには見向きもしない。それればかりか、既に頭の上まで酒が回り、正体を失っている。と、その時、みすぼらしい姿をした幼い女の子が宴席をのぞきにやってきた。師任堂《サイムダン》の記憶に美しく刻まれた、墨色の瞳をしたあの女の子だ。少女の黒い瞳は、膳の上の蜜柑に釘づけになっている。前の日に食べた蜜柑の味が忘れられないのだろう。ずいぶん長いこと蜜柑を眺めていたが、とうとう膳の上の蜜柑に手を伸ばしてしまった。それを見た妓女が驚いて悲鳴を上げた。その悲鳴に今度はデギュが驚いた。ふらふらと起き上がり、大声で喚き散らした。怖くなった女の子は、逃げようとして膳の脚に足を引っかけてしまった。女の子は倒れ、膳がひっくり返った。料理や酒が零れ、皿や杯は大きな音を立てて割れた。

「この汚らしい餓鬼め！　おかげで酒が不味くなった。その汚い手でどこを触った！」

泥酔したデギュが膳の向こうから出て来て、倒れている女の子の背中を踏みつけた。女の子は悲鳴すら出ず、小さな体をぎゅっと丸めることしかできない。何度も踏みつけられるうち、女の子の服の中から一枚の紙が出てきた。師任堂《サイムダン》からもらったあの絵である。息切れして蹴るのを止めたデギュが、ふらついた拍子にその絵に気がついた。

「ふんっ、そのザマで絵など笑わせるわ」

焦点の合わない目で拾い上げた絵を見るや、デギュの顔から色が消えた。絵を広げた手も震えている。

「嘆かわしいことだ……哀れな我が民は、天の道理さえ失くしてしまった……己卯《キミョ》の年に逐《お》われた者たちを思うと、胸を痛めずにはいられない？」

絵の端に添えられた詩を読んだデギュは、体を震わせて奇声を発した。

「こ、こ……このクソ尼、己卯《キミョ》の年に逐われた者たちなどと、よくも！　己卯《キミョ》の逆賊どもを懐むとは不届きな！」

崇儒廃仏《すうじゅはいぶつ》のこの国で仏画を持つこと自体、許されぬこと。その上、そこに添えられていたのは、酒池肉林に溺れる自分たちへの非難ともとれる詩だった。己卯《キミョ》の一件には、領議政とその身内が深く関わっていた。頭の中で、何かがぷつりと切れる音がした。デギュは側にいた武官の長剣を引き抜いた。尋常でない様子に、周りの男たちは一人また一人とデギュの側を離れた。すぐ近くの穴蔵で息を潜めていた流民たちも、何事かと表に出てきた。ミン・チヒョンは鷹のような目で状況を見守るだけで、止める素振りすら見せない。踏まれ、蹴られ、もはや起き上がることさえできなくなっていた女の子は、捨てられたぼろ切れのようにその場に丸くなって動かない。

「この餓鬼！　一体誰の指図だ！」

デギュが剣を振り下ろし、女の子の首に押し当てたその時だった。流民の中からつぎはぎ姿の女が飛び出して来て、女の子に覆い被さり、口のきけない子です、どうかお許しくださいと手の平を擦り合わせて命乞いを始めた。女は涙と鼻水で顔をぐちゃぐちゃにして、デギュの足元に縋った。

「汚い！」

デギュは怒り狂い、女の腹を蹴り上げると、そのまま女の子の首を刎ねた。花を咲かせる前の、小さな赤い蕾のような血飛沫が、観音堂の前に飛び散った。娘の亡骸を抱いて泣き叫ぶ女の声が、白み始めた空に虚しくこだました。

赤い血を見たデギュは、半狂乱で剣を振り回し、今しがた女の子を刎ねた剣で今度は仏画を切り刻んだ。その時、どこからか石が飛んで来て、デギュの額に命中した。額は割れ、裂け目から血が流れた。それまで遠巻きに怯えながら状況を見ていた流民の一人が、あまりの仕打ちに堪え切れず、石を投げたのである。そこから、流民たちの戦いが始まった。それぞれの手に鍬や鎌を取り、製紙工房の修行僧たちも後から後から流民たちに加わって、ミン・チヒョンら一行を取り囲んだ。

不意に、空を裂く鋭い音がして、先ほど石を投げた流民がその場に倒れた。体から血を流している。

「一歩でも動いたら、この剣が許さん！」

血に塗れ、鈍く光る切っ先を向け、ミン・チヒョンは流民たちを制止した。

だが、もはや手遅れだった。骨の髄まで凍えるような飢えにも生き凌いできた。自棄と言われても構わない。悔しいと思う感情さえ持てず、息を殺して生きてきた流民たちの目に、初めて怒りの炎が上がった。

デギュは小石一つがよほど怖かったようで、とっさにミン・チヒョンに縋った。

「どうすれば良い?」

「なかったことにもできましょう」

「手立てがあるのか?」

「私には知略があり、あなた様には後ろ盾がある」

「よし、帰って父上に話をつけよう。とにかく、早くここから出してくれ!」

待ち望んだ言葉だ。ミン・チヒョンの目に鋭い光が走り、上唇が歪んだ。領議政の息子の前に盾のように立ちはだかり、下の者たちに大声で指示を出した。

「今この時をよく覚えておけ! お前たちの人生が変わる瞬間だ。一人でも生かしておけば我々は全員殺人者となる。だが一人残らず殺せば、領議政様はお前たちの働きを決して無碍にはなさらないだろう」

男たちの目が、血に飢えた野獣のように一変した。人が相手とは到底思えない、見るも無残な殺戮が始まった。剣先が閃く度に人が死んでいく。血が飛び散り、肉は裂かれた。切り落とされた手首とともに転がる鎌や鍬、胴体からは内臓が飛び出し、正に地獄絵図である。

目の前で殺戮が行われる中、宴席の男たちは石のように固まって手を震わせている。デギュは身を伏せ、半ば正気を失っていたが、一方のミン・チヒョンは顔色一つ変えずに虐殺を静観している。

最後の一人が倒れ、先ほどまでそこで息をしていた人々は皆、屍の山と化した。配下の男の一人が松明を灯してミン・チヒョンに手渡した。

「死人に口なしだ！　今日ここで起きたことは誰にも知られてはならん！」

ミン・チヒョンは手渡された松明を屍の山に放り投げた。すると、男たちは雲平寺《ウンピョンサ》の建物に次々に火をつけた。本堂の屋根が崩れ、観音堂の桟は火の中に消えた。星を湛える夜空のような瞳をした女の子も、その母親も、家族も友人も、炎に飲み込まれていった。

七

穀物や他の食べ物をはち切れんばかりに詰め込んだ袋を背負い、師任堂《サイムダン》とソクスンが雲平寺《ウンピョンサ》の境内に到着したのは、血の嵐が吹く直前のことだった。東の空が白み始めた時刻、百日紅の下にやってきたのは、ギョムではなくソクスンだった。ソクスンはギョムに文を渡さない代わりに、自分が師任堂《サイムダン》に会いに行くことにした。前の日、雲平寺《ウンピョンサ》で目撃した目を覆いたくなるような光景を夜通し画帳にしたためていた師任堂《サイムダン》は、青白い顔をしていた。一刻も早く食料を届けたかった師任堂《サイムダン》は、それ以上はギョムを待たず、蔓人参を採りに行くというソクスンに運ぶのを手伝ってもらうことにした。

二人が雲平寺《ウンピョンサ》の境内に差しかかった時、聞いているのも辛くなるような女の泣き声が聞こえてきた。半狂乱で許しを乞う、凄絶な泣き声だった。只ならぬ気配を感じ、師任堂《サイムダン》は先を急いだ。男の剣が幼い女の子の首を刎ねようとしたまさにその時、師任堂《サイムダン》は男の手に提げられた一枚の絵を認めた。観音菩薩を模写した、自分の絵だった。剣を向けられ、声もなく震える女の子は、夜空のような瞳をしたあの娘だった。私の絵のせいであの子は危険に晒されたんだ！　師任堂《サイムダン》は一目でそう悟った。

「私が……私が描いた絵のせいで、あの子は……」

師任堂《サイムダン》は震える声で独りごちた。ソクスンはとっさに師任堂《サイムダン》の腕を引っ張り、塀の後ろに隠れた。次の瞬間、男は無情にも剣を振り下ろした。観音像が見守る本堂の庭先に、真っ赤な血が跳ねた。殺人を目撃した師任堂《サイムダン》は言葉を失い、激しく身を震わせた。

「私のせいだ……私があの絵を描いたの……」

「いけません！　今見つかれば殺されます！」

半ば正気を失い、側へ駆け寄ろうとする師任堂《サイムダン》の腰元にしがみつき、ソクスンは必死でその口を押さえた。師任堂《サイムダン》はそれでも女の子の側へ駆け寄ろうと手足を振り、口を押さえられたまま泣きじゃくった。だがその時、二人の目の前で凄惨な虐殺が始まった。流民たちの悲鳴と、男たちが振り下ろす鋭い刃物の音が寺中に響いた。

「行かなきゃ！　私のせいで……私のせいであの人たち……」

「しっかりしてください！　今出れば私たちまで殺されてしまいます！　早く逃げないと！」

ソクスンは師任堂《サイムダン》の腕をつかみ、森の中を一気に駆け下りた。怖いのは師任堂《サイムダン》ばかりではない。ソクスンとてわずか十四、目の前で多くの人が殺される光景を目の当たりにして正気でいられるはずがない。だが、生きなければという本能がソクスンを突き動かした。地面から飛び出た石につまずき、木の枝に肌を切られても、ソクスンは走るのを止めなかった。追っ手はないか確認しようと後ろを向いた目に、遠く雲平寺《ウンピョンサ》から激しい炎が上がっているのが見えた。先ほどの男たちが証拠を消すために火をつけたに違いない。燃え盛る炎を見て、師任堂《サイムダン》はとうとう気を失ってしまった。

ソクスンは師任堂《サイムダン》を背負い、歯を食いしばって歩き出した。

普通に歩いても険しい山道である。気がつけば片方の靴が脱げてなくなり、手の甲にぱっくり開いた傷口から、どくどくと血が出ていた。生きなければという強い思いが、痛みを感じられなくしていた。昨日の夜、ギョムに文を渡せば良かったという後悔が込み上げてきた。だが、もう後の祭りだ。ソクスンはひたすら前を向いて歩き続けた。その時、向こうから師任堂《サイムダン》を呼ぶギョムの声と、馬の足音が聞こえてきた。

「お坊ちゃま！　ここです！」

助かった。そう安堵した途端、体中から力が抜けていった。師任堂《サイムダン》を下ろして寝かせ、ソクスンは両手を大きく振ってギョムを呼んだ。ギョムを乗せた馬が近づいて来ている。そして顔がはっきり見える所まで来ると、堪えていた涙があふれ出した。泣きながら、ギョムの元へ駆け寄った。

「お坊ちゃま！　お坊ちゃま！」

「師任堂《サイムダン》！　師任堂《サイムダン》！」

馬を飛び降りたギョムは、脇目も降らず師任堂《サイムダン》に駆け寄った。目の前にいるソクスンの姿は目に入ってもいないようだ。ギョムは血相を変えて師任堂《サイムダン》を背負うと、そのまま馬に飛び乗ってしまった。ソクスンは呆然と立ち尽くしたままその光景を見ていた。しゃくりあげ、涙が止まらなかった。ギョムは一度も振り向くことなく、師任堂《サイムダン》だけを連れて行ってしまった。私のことは、見えてもいないんだ。私だって怪我をしているのに。私の方がもっと痛いのに！　どうしようもない悲しみが、胸をずたずたに切り裂いていく。

「お坊ちゃま……」

その場に崩れ、後から後から血があふ出る手の甲を見つめてわんわん泣いた。ふと、側に落ちた師任堂《サイムダン》の唐只《テンギ》が目に入った。芍薬の絵柄の唐只《テンギ》だ。雲平寺《ウンピョンサ》に向かう途中、絵柄はもちろん、色があまりに奇麗で、目を離すことができなかった。師任堂《サイムダン》はその色を、臙脂《えんじ》色と言うのだと教えてくれた。臙脂《えんじ》虫の糞の色に似ているから、そう名付けたのだと。

日が西の山に傾き、辺りが暗くなり始めた。悲しくて泣き、怖くて泣き、痛くて泣き、泣いて泣いてまた泣いて、ソクスンは師任堂《サイムダン》が落として行った唐只《テンギ》と画帳を持ったまま、暗い山中を歩き続けた。

傷だらけの体で足を引きずり、ようやく北坪村《プクピョンチョン》に差しかかった時、向こうから馬に乗ったギョムがこちらに走って来るのが見えた。やっと自分を助けに来てくれたのだと、ソクスンは嬉しくなり、ぱっと顔を輝かせてギョムの元へ走った。

「お坊ちゃま！」

「退け！　一刻を争うのだ！」

ギョムは烏竹軒《オジュクホン》に師任堂《サイムダン》を送り届け、急いで医者を呼びに行くところだった。生死を彷徨う師任堂《サイムダン》を思うと、今にも心臓が張り裂けそうだった。だがソクスンは退かなかった。

「私も怪我をしています。私も痛いです！」

悲鳴のような訴えに、ギョムははっとなってソクスンの姿を見た。全身が傷だらけだ。ギョムは袖口から一つかみの金を出し、ソクスンに向かって投げた。

「これで薬を買え」

「お坊ちゃまには、この傷が見えないんですか？　山の中に置き去りにされて、獣に食べられても何とも思わないということですか？」

ソクスンはギョムが引きかけた手綱を力いっぱいつかんだ。殺気立って顔が歪んでいる。

「だから、薬を買えと言っているではないか！　この恩は帰ってから必ず返す。だから退いてくれ！」

ギョムはソクスンの手を払うと、急いで手綱を引いた。乱暴に振り払われたせいで、ソクスンは地面に転がってしまった。遠ざかるギョムの背中を憎しみを籠めた目で睨んでいたが、ふとギョムに投げ捨てられた金が目に入ると、今度はどうしようもない惨めさに震えた。もし自分で運命を選べたのなら、こんな身分で生まれはしなかった。ギョムだって、ここまで蔑んだやり方はできなかったはずだ。一度くらいは一人の女として見てくれたはずだし、師任堂《サイムダン》にしてあげたように、その腕に私を抱えて馬を走らせもしただろう。自分で運命を選ぶことができたなら——。ソクスンは変えがたい現実に、枯れた声で咽び泣きながら金を拾った。

自尊心を踏みにじられ、ソクスンはやり場のない怒りを抱えたまま旅籠屋に戻った。ちょうど行商の団体が飲めや歌えやの大騒ぎをしていた。

「どこをほっつき歩いてたんだい！　皿が溜まってるよ！」

女将は娘の顔を見るなり怒鳴りつけた。怪我をした足を休ませる間もなく、小突かれるようにして皿の山の前に立たされたソクスンは、とめどなく血を流す手の甲を見つめて静かに涙を流した。

背後から客の男たちの話し声が聞こえてきた。

「雲平寺《ウンピョンサ》の話は聞いたかい？」

「ふんっ、あんな惨いことをしておいて寧越《ヨンウォル》に川下りに行くそうだ。人の子じゃねえよ」

あちこちで噂を耳にする機会の多い行商の男たちは、その話に次々に口を挟んだ。

途端にソクスンの目に鋭い光が走った。そして、師任堂《サイムダン》の画帳と唐只《テンギ》を持って旅籠屋を飛び出した。

ソクスンが向かったのは、客の男たちが言っていた寧越《ヨンウォル》だった。ミン・チヒョンが率いる一行は、人殺しなどなかったかのように舟を浮かべ、楽器を鳴らしながら川下りに興じていた。ソクスンは師任堂《サイムダン》が落として行った画帳と唐只《テンギ》をじっと見つめた。画帳には、領議政の息子をはじめ、両班《ヤンバン》の男たちが酒池肉林に溺れる姿がそのまま記録されていた。骨と皮だけになった流民たちの姿も対照的に描かれている。ソクスンは直感した。師任堂《サイムダン》の画帳と唐只《テンギ》は、この体に染みついた侮蔑を洗い流してくれる。上手くいけば、運命を変えられるかも知れない。

川の向こうを見つめるソクスンの目が、復讐に燃えていた。

＊＊＊

画帳と唐只《テンギ》を手に入れたミン・チヒョンは、持ち主を捜すべく、手下を使って北坪村《プクピョンチョン》を虱潰しに当たった。虐殺の証拠は、一つでも残すわけにはいかなかった。

だが、雲平寺《ウンピョンサ》に纏わる血生臭い噂は、瞬く間に広がった。市井の噂に詳しい行商の者たちは、雲平寺《ウンピョンサ》の一件には、仏画と己卯士禍《キミョサファ》が絡んでいると口々に言った。噂は野を越え山を越え、ちょうど温泉で静養中だった中宗《チュンジョン》の耳にも届いた。

「余の詩が漏れたのだとしたら……どうなる？　権臣たちが……あの者たちが噂を聞きつけたら、一体どうなるのだ！　己卯士禍《キミョサファ》で儒林を断罪しておいて、陰ではその者たちを祀り上げる詩まで書いてやったと、余を……余も燕山《ヨンサン》の兄上のように……」

中宗《チュンジョン》の顔はまるで死人のように白くなった。

「王様、廃位された王のことなど口にしてはなりませぬ！　落ち着いて、気を確かにお持ちください」

内禁衛将は声を低くして諫めた。

「落ち着いてなどいられるか！　詩を与えた者は一人残らず始末し、一枚残らず回収するのだ。余が与えた詩を！」

「四方に耳がございます！　ことを荒立ててはなりませぬ。王様は今、静養中にあらせられます。どうかそれらしく、何事もなかったように振る舞うのです」

内禁衛将は幼い子どもに諭すように言った。それを聞いた中宗《チュンジョン》は、深呼吸して気持ちを落ち着かせ、額に浮かぶ嫌な汗を拭った。

「始末は私めがつけて参ります。ただ、宜城君《イソングン》は申命和《シンミョンファ》の娘に入れあげております。何をするかわからぬ年頃のため、王様……」

内禁衛将がギョムと師任堂《サイムダン》の関係に触れると、中宗《チュンジョン》は眉間を歪ませた。

「破談を呑めば生かしてやり、さもなくば……」

中宗《チュンジョン》はとてもその先を口にすることができなかった。内禁衛将はすべてを心得た顔で黙礼し、闇の中に消えた。

＊＊＊

村は寝静まる頃だったが、烏竹軒《オジュクホン》だけは昼間のように明るかった。女も男も、家中の者が右へ左へ、忙しく動き回っていた。下人たちは屋敷中の絵をすべて運び出し、庭の一角に集めた。見るからに凶悪な者たちが唐只《テンギ》の持ち主を捜しているという噂を聞きつけた命和《ミョンファ》が、そう命じたためだ。命和《ミョンファ》は唐只《テンギ》の持ち主が娘であることを直感した。今は娘を守るのが先だ。雲平寺《ウンピョンサ》で起きた残忍な虐殺を目撃して以来、食べ物も寄せ付けず床に伏した娘を、他所へ行かせることはできない。命和《ミョンファ》は絵の山の前に呆然と立ち尽くす妻に目で合図を送った。龍仁李氏《ヨンインイシ》は辛い表情を浮かべて下唇を噛んでいたが、思い切ったように師任堂《サイムダン》の部屋に向かった。

無遠慮に戸を開け師任堂《サイムダン》の部屋に入った龍仁李氏《ヨンインイシ》は、四方卓《よほうじょく》の引き出しを開けて絵巻や画帳、画具などを手当たり次第にまとめた。布団に横たわったまま青白い顔をして咽び泣いていた師任堂《サイムダン》は、龍仁李氏《ヨンインイシ》が壁にかけられた「金剛山図《クムガンサンド》」に手をかけると、それだけはやめてくださいと這うようにして身を起こし、母の足元に縋って絶叫した。あれほど願った「金剛山図《クムガンサンド》」、それもギョムからの贈り物である。命のように大切な絵だった。龍仁李氏《ヨンインイシ》は足元で激しく肩を震わせる娘を、ただ不憫そうに見つめた。

龍仁李氏《ヨンインイシ》は「金剛山図《クムガンサンド》」だけ、自分の部屋に移すことにした。屏風を畳み、壁に絵を貼りつけ、その上から新しい壁紙を重ねた。娘の将来に蓋をしているようで、胸が重く沈んだ。

庭先に山積みにされた絵や画具に火を放つ命和《ミョンファ》も、思いは同じだった。燃え盛る炎を見ていると、まるで娘の人生が燃え、やがて燃え尽きて灰になってしまうような気がして、恐ろしくさえ感じた。

「師任堂《サイムダン》は一度も絵を描いたことがない。良いな？」

家中の下人が見守る中、命和《ミョンファ》はそう言いつけて部屋に戻った。だがそこで待ち受けていたのは、こちらに切っ先を向けて立つ内禁衛将だった。

「内々に与えた詩がなぜ外に漏れた。お前は自ら死を招いたのだ」

剣を首に当てられても、命和《ミョンファ》は顔色一つ変えずに内禁衛将をひたと見据えた。そして静かに目を閉じた。覚悟はとうにできていた。その時、龍仁李氏《ヨンインイシ》の呼ぶ声がした。命和《ミョンファ》が返事をせずにいると、龍仁李氏《ヨンインイシ》は戸を開けて中に入った。内禁衛将は剣を下げ音も立てずに屏風の裏に身を隠した。だが龍仁李氏《ヨンインイシ》はすぐにその気配を察した。夫の微動だにしない目に、屏風の袖からわずかに覗く服の裾。恐れていた時が来たか――。龍仁李氏《ヨンインイシ》は何も言わず屏風に向かって跪き、指をついた。

「唐只《テンギ》の持ち主を捜す物騒な者たちが迫っております。その者たちから娘を守れるよう、一日、一日だけご猶予をくださいまし」

屏風の裏に隠れた内禁衛将は剣を握る手を緩めた。動きがないのを見て、申命和《シンミョンファ》は妻の肩を抱えて立たせた。

「絵はすべて処分した。あとは一刻も早く唐只《テンギ》をつけぬ女人に仕立てなければ」

「嫁に出すということですか？」

龍仁李氏《ヨンインイシ》は涙を拭って聞いた。

「あの子を救うにはそれしかない」

「すぐに宜城君《イソングン》に使いを出します」

「それはならぬ！　宜城君《イソングン》は……」

「ならぬとはどういうことですか？　婚書を交わそうという子たちですよ？」

「王様に最も近い王族でもある」

「ならば一層、強いお力で守っていただけるではありませんか！」

「己卯士禍《キミョサファ》を忘れたのか？　前の日まであれほど目をかけておられた進士たちを一太刀で斬り捨てたのは他ならぬ王様なのだ」

申命和《シンミョンファ》の声には鬱積した怒りが籠っていた。感情を抑え、低い声で続けた。

「我が子を守るために、宜城君《イソングン》まで危険に晒すことはできない」

屏風の陰で、内禁衛将も辛そうに頷いた。申命和《シンミョンファ》の言葉には、一点の違いもない。

「わかりません、何も聞こえません！　私には、我が子のことしか見えません！　宜城君《イソングン》に使いをやります」

龍仁李氏《ヨンインイシ》が泣きながら蹴るようにして立ち上がったのと同時に、部屋の戸が開いた。そこには頬がこけ、青白い顔をした師任堂《サイムダン》が泣き崩れていた。

「私と結ばれたら……宜城君《イソングン》も危険になるのですか？」

師任堂《サイムダン》は白く乾いた唇を小刻みに震わせながら聞いた。娘の姿が可哀想で、龍仁李氏《ヨンインイシ》もその場に泣き崩れた。申命和《シンミョンファ》も辛そうに娘を見つめ、深く頷いた。

「命も？」

師任堂《サイムダン》が泣きながら聞いた。命和《ミョンファ》は目にぎりぎりまで涙を湛えて再び頷いた。

「あ、ああ……あの方はなりませぬ……あの方だけは……宜城君《イソングン》には何もしないでください。私が他の人の所へ参ります。だから、どうか宜城君《イソングン》をお守りください。お約束いたします……私は、他の人の元へ嫁ぎます。宜城君《イソングン》でなければ、どなたでも構いません」

師任堂《サイムダン》はすべてを吐き出すように激しく慟哭した。両手を擦り合わせ、同じ言葉を繰り返した。ギョムを守ってくれと、私の命のような人なのだと。その姿に、親の心も引き裂かれるようだった。

烏竹軒《オジュクホン》はその夜、最も残酷な朝を迎えようとしていた。

＊＊＊

朝の青い霧が立ち込める烏竹軒《オジュクホン》に、祝言の支度が整えられた。夜のうちに村で一番の道楽者、イ・ウォンスという男が師任堂《サイムダン》の相手に決まった。中身は別として、下級の両班《ヤンバン》であるウォンスは、齢は二十代初めで見た目は十人並み以上だが、夢も野心も皆無な男だった。前々から師任堂《サイムダン》を追いかけていたが、このような事態が起きなければとても相手にされる男ではない。だがそんな事情は二の次だ。申命和《シンミョンファ》と龍仁李氏《ヨンインイシ》は、娘を助けたい一心で夜更けにもかかわらずイ・ウォンスの家へ走り、師任堂《サイムダン》を娶るよう頼み込んだ。

願ってもない申し出に、ウォンスは目を覚ますなり礼装に着替え、いそいそと烏竹軒《オジュクホン》に現れた。放心状態で虚ろな目をした師任堂《サイムダン》は、生気のないその顔に臙脂《えんじ》の紅を差し、介添人に両脇を抱えられながら新婦の席に座った。祝い、祝われるはずの祝言の日、だがそこにいた誰も口をきこうとはしなかった。式順を読み上げる仲人の声が虚しく響き渡る中、龍仁李氏《ヨンインイシ》は心底悲しみに暮れた目で娘の晴れ姿を見守った。

＊＊＊

その頃――。

ミン・チヒョンが率いる男たちが、殺気を放ちながら烏竹軒《オジュクホン》の前に到着した。今にも門を蹴破りかねない形相をしている。だが命和《ミョンファ》は眉一つ動かさず、堂々と門の前に立って男たちを睨んだ。

「私的に兵を動かすことは大罪に値するはず。儒学を国師とするこの国で、士大夫の家の祝言を邪魔するとは何事ぞ！　天倫を犯した罪は斬首に値することを知らぬのか！」

命和《ミョンファ》の威厳に気圧され、男たちはじりじりと後退った。片腹痛い。後ろで馬に跨るミン・チヒョンは、上唇を歪ませ、配下の者たちに剣を抜くよう合図を送った。男たちは一斉に剣を抜き、周囲を囲む下男たちの腹を掻き斬り、命和《ミョンファ》の首を目がけて襲いかかった。と、その時、どこからか矢じりが飛んできて、命和《ミョンファ》に迫る剣を弾いた。驚いて振り向いた男たちを、疾風の如く現れた覆面の男が、目にも留まらぬ速さで次々に斬り倒していく。命和《ミョンファ》にはそれが内禁衛将であることがすぐにわかった。只者ではない。ミン・チヒョンの顔色がみるみる暗くなっていく。四方を取り囲む配下の男たちも尻込みし始めた。その様子に見切りをつけたミン・チヒョンは、手で退散の合図を送った。今騒ぎを起こすのは得策ではないという動物的な勘が働いた。内禁衛将は一味が逃げ去るのを見届けて、命和《ミョンファ》に向き直った。そして、動じることもなく竹のように真っ直ぐに立つ命和《ミョンファ》の目を見据えた。命和《ミョンファ》は無言でゆっくりと頷いた。その時が来たのだ。門の奥から祝言の音が聞こえてくる。見なくても中の様子が目に浮かぶ。生きなさい。力の限り生きて行きなさい。他に道はないのだから、風吹く時は身を屈め、与えられた人生を精一杯生きなさい――。自分の命が尽きることは少しも怖くなかった。ただ、愛娘の将来と家族のこれからが心配だった。

灯のない部屋に、命和《ミョンファ》は礼服を着て座ったまま、娘の祝言の音に耳を澄ませた。絹の風呂敷の上に中宗《チュンジョン》の詩が広げられ、命和《ミョンファ》の前に置かれた。桟から入り込むうっすらと青味がかった暁の光が、中宗《チュンジョン》の詩の上に降り注いでいる。中命和《シンミョンファ》はすべての荷を下ろすようにすっと表情を消し、ゆっくりと目を閉じた。その頭上に、内禁衛将の剣が振り下ろされた。

＊＊＊

正に青天の霹靂である。ギョムは師任堂《サイムダン》の婚礼の知らせを聞いてすぐさま馬に飛び乗り、烏竹《オジュク》軒《ホン》へと馬を走らせた。だが、村に差しかかった所で、命和《ミョンファ》の命で駆けつけた下人たちに取り押さえられてしまった。一歩も動けなかった。信じ難い出来事に、ギョムは必死に抵抗しながら師任堂《サイムダン》の名を叫んだ。向こうから、朝日が泰然と昇ってくる。今ここで起きている出来事など意に介しもせず、昨日と同じ眩い日差しを注いでいる。ギョムはその場に膝をつき、両手で髪を掻きむしった。そして、大空に向かって絶叫した。その叫びはまるで、この世の終わりを告げているようだった。

＊

ここまでの内容を見る限り、「金剛山図《クムガンサンド》」は烏竹軒《オジュクホン》の部屋の屏風の裏に隠されているようだ。それさえ見つけることができれば、ミン教授の「金剛山図《クムガンサンド》」が贋作であることを証明できるはず。

朝早く、ジユンはサンヒョンとともに江陵《カンヌン》行きのバスに乗り込んだ。龍仁李氏《ヨンインイシ》の部屋に隠された「金剛山図《クムガンサンド》」が今も残っているか、直接行って確かめたかった。半ば押し切られる形で漢文の現代語訳を進めていたサンヒョンも、ジユンと同様に感情が高ぶっていた。いやむしろ、サンヒョンの方が興奮していると言っていい。後悔はしていないが、ジユンが大学から追い出されたことに責任を感じ、ずっと胸が重かった。この本がどういう経路でジユンの手に渡ったのかは知らないが、もしここに書かれた内容が本当だとしたら、ジユンにとって大きな追い風になると思った。それに何より、この本の内容そのものに興味がある。師任堂《サイムダン》とイ・ギョムの愛の物語に、サンヒョンはこれまでにない驚きを感じていた。イ・ギョムを救うため、顔も知らない男との結婚を選んだ件などは、訳すこちらも涙が込み上げるほどだった。隣で説明を聞いていたジユンも、目元を湿らせているようだった。

　ちょうど昼時に江陵《カンヌン》に到着した二人は、軽く昼食を済ませ、烏竹軒《オジュクホン》に向かった。だが、二人の期待に反して「金剛山図《クムガンサンド》」は見つからなかった。案内には元々の母屋やその他の建物は、老朽化のため、一九七〇年台半ばに改築工事を行ったと書かれていた。屋敷の離れとして使われていた烏竹軒《オジュクホン》だけが、十六世紀に建てられた当時のまま残っているという説明もあった。不覚だった。ジユンは肩を落とし、説明書きをじっと見つめた。サンヒョンは一つでも手がかりになる物はないかと烏竹軒《オジュクホン》をあちこち見渡した。

「一体どこに消えたんだ、『金剛山図《クムガンサンド》』は。一九七〇年代に改築した時、何も出なかったのかな？」

　サンヒョンも残念そうに唇を舐めた。

「発見されていれば、世紀の大発見になっていたはずよ」

　ジユンは溜息交じりに言った。

　その日の夜遅く、何の収穫も得られないまま烏竹軒《オジュクホン》から戻った帰り道、サンヒョンは押し黙って歩くジユンの顔をのぞいた。黄色の街灯に照らされ、固く結んだ唇の色が余計に際立った。

「最後まで教えてくれないつもりですか？　あの本をどこで手に入れたのか」

　サンヒョンは少し膨れていた。何か考えているのか、ジユンは先ほどから一言も発していない。

「ひどいよな。徹夜で訳して一睡もしないまま江陵《カンヌン》にもつき合ったっていうのに、聞かれたことには答えないんだ？　言われた通りにしろ、その代わり質問は一切受けつけない、なんて研究は初めてですよ。俺しか手伝ってくれる人がいないくせに」

「トスカーナ」

「イタリアの？　ボローニャの学会の時ですか？　じゃあ、イタリアで師任堂《サイムダン》の備忘録が発見されたってことじゃないですか！　本の中にはミン教授がソンギャラリーの館長とグルになって国宝に仕立てようとしている『金剛山図《クムガンサンド》』が、贋作であることを示す手がかりが書かれている。それこそ世紀の発見、美術史学界を揺るがす大事件だ！　トスカーナのどこです？　古美術商？　それともコレクター？　誰かからもらったんですか？」

　サンヒョンは興奮して矢継ぎ早に質問を投げた。

「静かに、歩きましょ」

　ジユンは冷や水を浴びせるように短くそう返し、歩調を速くした。これは教えてくれそうにない。サンヒョンはぶつぶつ言いながらジユンの後を追いかけた。

　団地の入口に差しかかった時、ジユンは急に立ち止まった。後ろにぴったりついて歩いていたサンヒョンも、続けて立ち止まった。姑のジョンヒが、向こうから硬い表情でジユンを見ていた。サンヒョンはなぜか気まずい気持ちになり、頭を掻きながら九十度のお辞儀をした。ジョンヒは射抜くような目でサンヒョンを一瞥すると、ジユンを睨みつけた。

「来なさい」

　ジョンヒは冷たく背を向けて行ってしまった。心配そうにこちらを見るサンヒョンに、ジユンは手で帰るよう伝え、ジョンヒの後について行った。遠ざかる二人の後ろ姿を、サンヒョンは心配そうに見送った。

ジョンヒは団地の裏にある休憩所に座っていた。その隣に座り、ジユンが言った。

「すみません、お義母さん」

「謝らなくていいわ。朝っぱらから出て行ったきり、今まで何をしていたのか、順を追って言いなさい」

ジョンヒはジユンの言葉に被せるようにして言った。

「それが……説明するのが難しくて、どこからどうお話しすれば良いか……」

「つまりそういうことなの？　上の階の若い男とずっと一緒だったたってこと？　そうなの？」

「それは、そうなんですが……」

「私がそんなに馬鹿に見える？　私はあなたの夫の母親、姑よ！」

ジョンヒは堪りかねて声を荒げた。そんなジョンヒを寂しそうに見返し、ジユンは誤解を解くのが先だと思い直した。そして、サンヒョンは研究に協力してくれている大学の後輩だと説明したが、ジョンヒの表情は冷たいままだった。ショックだった。ジユンの目に涙があふれても、ジョンヒはじっと睨んでくるだけだった。

「辛い？　夫がいなくなって？　ミンソクは、あなたにとってはただの夫かも知れないけど、私にとってはこの世にたった一人の息子であり、心の支えなの！　あんまりじゃないの！　私は毎朝目を覚ます度、天井が崩れて落ちて来るような気持ちになるわ。それでも何とか頑張ってどうにかしなきゃって必死で踠いているのに、最近のあなたときたら何？　何を考えているの？　研究、研究って、そんなに大事？」

「ごめんなさい、お義母さんの辛い気持ちも、一生懸命家族を支えようとしてくださっているのも、よくわかってます……でも」

「今すぐやめなさい！　その共同研究だか何だか」

「お義母さん！」

「それなしじゃ生きていけない訳じゃないでしょう？　いいえ、たとえ生きていけないとしても、これ以上は駄目よ！」

「お義母さん……」

「あなたがしたい勉強をするのに、私がとやかく言ったことがある？」

「……ありません」

ジユンは俯いた。返す言葉がなかった。

「でも今回は違うわ。いい？　共同研究だか何だか、今すぐやめなさい！」

ジョンヒはジユンを押し退けるようにして行ってしまった。ジユンは途方に暮れ、涙を拭いてぼんやりとジョンヒの後ろ姿を見つめた。かつては実の母親のように優しかったジョンヒはもういない。どうしたら以前のように戻れるだろう。何を言っても、ジョンヒはきっと納得しないだろう。

二人の溝が深まりゆく夜、玉仁洞《オクインドン》の細い路地にも、夜の帳《とばり》は等しく下りた。

居間の灯かりは消えていた。固く閉ざされたジョンヒの部屋の中から深い溜息が漏れ聞こえてきた。ジユンは重い心境で真っ暗な居間を見渡した。片付けられていない引っ越し荷物が古い居間のあちこちに重ねられている。散らかった家の中は、まるで今の胸の内を表しているようだ。

「ねえジユン、あなたは何をしようとしているの？」

ジユンは独りごち、自分の部屋に入った。服を着替えていると、携帯が短く鳴った。親友のヘジョンからのメールだった。修復できた所までパソコンのメールに送ってくれたらしい。ノートパソコンを開いてメールを確認しようとした時、そっと部屋の戸が開いた。隙間から、枕を抱えたウンスが顔をのぞかせた。

「お母さんと寝る」

「おいで！」

ジユンが両手を広げると、ウンスは駆け足で飛び込んできた。

「お母さんの、いい匂い」

「ウンスもいい匂い。甘くて、アイスクリームみたい」

ジユンの胸の中で、ウンスは歯を見せて笑った。

「今日はお母さんとぎゅーっとしながら寝ようね！」

「本も読んでくれる？」

ウンスに言われ、ジユンは胸がズキンとなった。このところ、ウンスを見てあげられていなかった。目の前の問題を解決するのに必死で、息子に寂しい思いをさせてしまった。ウンスを抱き締める腕に力が入る。このまま胸の中に入ってしまいそうな息子に、涙が出そうになる。

腕の中で眠るウンスの髪を撫でていると、サンヒョンからメールが届いた。何も聞かず、黙って師任堂（サイムダン）の日記を訳し、「金剛山図（クムガンサンド）」の研究も最後まで手伝うという内容だった。メールを確認したジユンは、浅く息を吐いた。ウンスのためにも、ここで諦めるわけにはいかない。事実を明らかにして、汚名を返上するのだ。ウンスを布団に寝かせて掛け布団をかけると、ジユンは再びノートパソコンに向かった。ヘジョンから送られたファイルをサンヒョンに転送し、急いで訳して欲しいと携帯メールを送った。

少ししてサンヒョンから返事が来た。師任堂《サイムダン》の日記に関する内容だった。

「父を思い出すことは、私にとって今だ大きな悲しみであり、罰である。私でさえこうなのに、子どもたちを嫁に出し、一人残される母上の寂しさや悲しみはどんなに大きいだろう」と始まるその日記には、烏竹軒《オジュクホン》での祝言から二十年が経ち、大人になった師任堂《サイムダン》の物語が綴られていた。

第二部
闇の日記

八

時と場所を選ばず不意に訪れるあの朝の辛い記憶。その場面場面に胸が抉られる。傷口に塩を塗り込むような痛みと悲しみの連続で、思い出すだけで喉元が苦しくなる。深く険しく刻まれた記憶は心の傷となり、その傷はまた記憶として刻まれていく。あの日の朝、父は内禁衛将よって命を絶たれ、私は顔も知らない男と祝言を挙げた。あれから二十年が経ち、今では四人の子の母となった。もうすぐ子どもたちを連れて漢陽《ハニャン》の都へ移り住む。その前にお別れを言おう――。

江陵《カンヌン》の山の頂にある父、申命和《シンミョンファ》の墓参りに訪れた師任堂《サイムダン》は、下女のダムに手伝われながら簡素な供え物を並べ、大きく礼をした。傍らでその姿を見守るダムは、胸元に結んだ紐で涙を拭った。ダムも五十を優に過ぎていた。過ぎ去りし日々の記憶が走馬灯のように目の前を流れて行く。ダムのすすり泣く声を聞きながら、師任堂《サイムダン》は父の墓前に屈んで雑草を抜き、しばし父娘の時間を過ごした。父上、漢陽の都に引っ越すことになりました。行けばいつまた戻って来られるか、来られないかもわかりません。一人になる母上を、どうかお守りください――。

返事のない会話に、胸がつかえた。その時、どこからか揚羽蝶が飛んで来て、命和《ミョンファ》の墓の上に留まった。まるで師任堂《サイムダン》の心の声を聞き届けたと言っているようだ。案ずるな、母上のことは心配いらないと語りかけるように揺れるその羽は、師任堂《サイムダン》の目に一際明るく見えた。

墓参りを終えて烏竹軒《オジュクホン》に戻った師任堂《サイムダン》は、母屋の部屋と部屋の間にある広い縁側に並んで立つ子どもたちをまじまじと見た。同じ親から生まれたが、四人とも放つ色合いはまるで違う。兄妹の中で一番の悪戯っ子、根っから明るい性格の長男のソンは、顔もやることも父のウォンスにそっくりだ。今日もまた石投げをして遊んできたのだろう。衣服は十五とはとても思えぬほどだらしなく乱れ、手は泥だらけである。十一にしては思慮深く、情も深い娘のメチャンは、また勝手に化粧道具を持ち出したようで、顔中に臙脂《えんじ》の紅が塗られている。次男で八つのヒョルリョンは母親に似て頭が良く、しっかり者で、外で遊ぶより家の中で本を読み耽る方が好きだ。今も立ったまま手元の本に目を落としている。三男で四つのウは、甘えん坊で末っ子特有の可愛さがあり、四人の中で一番知恵がある。胡麻油とそば粉を頭から被り、真っ白な雪だるまのようになりながら、小さい歯を見せて師任堂《サイムダン》に抱き着こうとしきりに手を伸ばしている。その傍らではダムの娘、ヒャンが、引き止めたり宥めたりしながらウの子守をしている。子どもたち一人一人の顔を見回して、師任堂《サイムダン》は溜息を吐き、宿題はしたかと聞いた。ソンとメチャンはぎくりとなり、唇を真一文字に結んで俯いた。隠し事をする時の癖である。ヒョルリョンは本から視線を外し、意気揚々と顔を上げた。自信のあるその顔は、宿題をしたということだろう。だが師任堂《サイムダン》は厳しい表情で、なぜウの面倒を見なかったのかとヒョルリョンを叱った。言いつけを守らなかったので、宿題を終えたことにはならないと言われ、ヒョルリョンは唇を尖らせた。

「官職に就いた者が怠け始めるのは念願を遂げた後であり、病気がひどくなるのは決まって回復しかけた直後であり、禍は怠けて慎みを忘れた所から生じるもの。なぜかわかる？　最初から最後まで、行動が一貫していないからです。お前たちとて同じこと！　引っ越しの前でいつもと状況が違うからと、日課の宿題をおざなりにしてなりますか！」

師任堂《サイムダン》は一人一人と目を合わせながら言った。

「私は宿題をしました！　それなのに、不公平です！　どうして私にばかりウの子守を押しつけるのですか？　ウのせいで、落ち着いて本を読む間もありません。兄上は外で遊んでばかりいるのだから、兄上にウの面倒を見させるべきです」

ヒョルリョンはよほど不満らしい。傍らのソンが弟を睨みつけた。

「まだわからない？」

師任堂《サイムダン》はヒョルリョンをじっと見て言った。

「わかります、わかっています！　母上は私が兄上より勉強ができるのがお嫌なのです。だから私が字を覚えられないように、ウの子守をさせるのでしょう？　母上は兄上の方が大事だから！」

言いながら、ヒョルリョンは目に涙を浮かべた。

「理由がわかるまで、ウの面倒はお前が見なさい」

それでも師任堂《サイムダン》は少しもぶれない。その時、龍仁李氏《ヨンインイシ》が庭に入ってきた。

「みんな、ここで何をしているの?」

祖母の顔を見るや、子どもたちはたちまち泣き顔になった。四人ともぽろぽろと涙を零し、祖母に駆け寄って抱きついた。龍仁李氏《ヨンインイシ》は子どもたちを抱き寄せた。手の平が温かい。

「行きましょう、私の可愛い孫たち。お祖母ちゃんがお前たちの好きな干し柿を買ってきたよ」

泣いた烏がもう笑うとはよく言ったもので、兄妹は頬を涙で濡らしたまま声まで上げて喜んだ。師任堂《サイムダン》は呆れた顔で龍仁李氏《ヨンインイシ》を見たが、当の龍仁李氏《ヨンインイシ》はいいのいいのと頷いて見せ、子どもたちを連れて母屋へ入ってしまった。師任堂《サイムダン》は溜息を吐き、一人離れに向かった。

荷物をまとめた部屋はいつもより広く感じた。物心ついた時から一度も離れたことのない自分の部屋。ここで勉強し、絵を描いた。思い出の詰まった部屋を目に焼きつけるように見渡して、師任堂《サイムダン》は押入れの前に立った。押入れを見つめる目が揺れている。戸を開けようと伸ばした手が、かすかに震えた。しばらく迷ったが、師任堂《サイムダン》は思い切って戸を開けた。心の奥しまい込んだ思い出が、分厚い埃を被ったままそこにある。師任堂《サイムダン》が描いたギョムの似顔絵、ギョムが描いた師任堂《サイムダン》の似顔絵、ギョムと交わした文、ギョムからもらった簪《かんざし》、お揃いの腕輪、そして、あの日贈られた龍煤墨《ヨンメムク》……。師任堂《サイムダン》は震える手で龍煤墨《ヨンメムク》に触れた。胸の底の方から後悔の念が込み上げて、喉元を絞めつけた。あの残酷な朝を境に、ギョムとの思い出はすべて、この押入れの中にしまった。染め布が風にそよぐ烏竹軒《オジュクホン》の裏庭で、ふざけ合いながら色を作ったことも、野花が咲き乱れる野に並んで寝転がったことも、鏡浦台《キョンポデ》の東屋で玄琴《コムンゴ》と琵琶を弾いたことも、百日紅の下で唇を重ねたあの日の思い出も、目を閉じれば現実よりも鮮やかに浮かんでくる記憶のすべてを、師任堂《サイムダン》は胸の中の押入れに深くにしまって生きてきた。だがこれからは二度と開けられない場所に埋めてしまおう。そう思った時、外からダムの声がした。龍仁李氏《ヨンインイシ》が呼んでいるという。師任堂《サイムダン》は龍煤墨《ヨンメムク》を押入れの奥に戻して戸を閉めた。

師任堂《サイムダン》が部屋に入ると、姿勢を正して本を読んでいた龍仁李氏《ヨンインイシ》がこちらを向いた。娘を見ていると、もうじき遠くにやらなければならない寂しさが込み上げる。母の顔を見る師任堂《サイムダン》も同じだった。永遠に変わらないと思っていた母も、月日が経つにつれ、若い頃の面影が薄れ頭もずいぶん白くなった。年老いた母を一人残して行くことを思うと、師任堂《サイムダン》は胸が痛んだ。

龍仁李氏《ヨンインイシ》は机の下から白い包みを取り出し、師任堂《サイムダン》の前に置いた。

「生きていると、誰にも言わず、一人で解決しなければならない時があるわ」

「頂けません、母上。寿進坊《スジンバン》の家だけで十分です。むしろ過分なくらいです」

師任堂《サイムダン》は慌てて包みを返した。

「娘を遠くへやらなければならない母の気持ちは、そうじゃないわ」

娘を案ずる母の眼差しが、師任堂《サイムダン》の顔の上に注がれている。夫があり、子を持つ母になっても、龍仁李氏《ヨンインイシ》にとっては今も自分のお腹を痛めて生んだ大切な娘に変わりない。

「ごめんなさい、母上をお一人にして……」

師任堂《サイムダン》は喉元が詰まり、話を続けることができなかった。

「どんな時も、堂々と生きなさい。堂々と、自分に胸を張って」

龍仁李氏《ヨンインイシ》は娘の手をそっと握った。堪え切れず、師任堂《サイムダン》は母の胸に顔を埋めた。心の底から込み上げる哀しみが、涙となって頬を伝った。そんな娘の肩を、母は何も言わず優しく撫でた。

「大きな引っ越しとなると、思わぬ出費があるものよ。どうしてもと言うなら、お祖母ちゃんから可愛い孫たちへの小遣いと思って。大事に取っておいて、いつか必要な時に使えばいいわ」

龍仁李氏《ヨンインイシ》は師任堂《サイムダン》の手に包みを握らせた。それをようやく受け取って、師任堂《サイムダン》は母の顔をじっと見つめた。

「母上……一つ、お願いがございます」

龍仁李氏《ヨンインイシ》は見守るような眼差しで師任堂《サイムダン》を見返した。

「『金剛山図《クムガンサンド》』を……持ち主にお返しいただきたいのです」

思いもしない言葉に、龍仁李氏《ヨンインイシ》は目を見張った。

「元々は軒轅庄《ホンウォンジャン》の物ですから」

師任堂《サイムダン》がそう言うと、龍仁李氏《ヨンインイシ》は深い溜息を吐いて言った。

「お前の言う通りね。こんなに経つまで私たちが持っていてはいけなかったのに。爺やに言ってこっそり返しておくから、お前は何も心配しなくていいわ」

龍仁李氏《ヨンインイシ》は娘の手を優しく撫でた。言わなくても娘の気持ちが痛いほど伝わってくる。年若い娘にはあまりに酷い経験をさせてしまった。大人でも耐えがたい喪失感に苛まれたはずだが、師任堂《サイムダン》は一度もそれを口にしなかった。いっそ泣き喚いて、恨み言の一つでも言ってくれればこちらの気も楽なのだが、師任堂《サイムダン》はむしろ母を慰め励まそうとした。母娘は辛い過去を胸に秘めたまま、お互いの手の甲をいつまでも撫でていた。

＊＊＊

早朝から、軒轅庄《ホンウォンジャン》は祝言の準備で大忙しだった。庭の中央に高砂が用意され、一足先に到着した参列者たちは主役の登場を今か今かと待ちわびている。

母屋ではちょうど、ギョムの身支度が行われていた。これから妻を娶る新郎とはとても思えない、棒切れのような無表情な顔をして、下人たちに促されるまま衣装に腕を通している。大おばの意向で無理やり進められた縁談だった。

紗帽《さぼう》を被り、新郎の礼服に身を包んだギョムは、部屋を出るなり足早に廊下を横切った。庭に降りようとした時、ふと隅に置かれた細長い風呂敷包が目に入った。見慣れない風呂敷だった。そのまま通り過ぎようとしたが、風呂敷からはみ出した軸物に目が留った。頭から雷を落とされたような衝撃が走った。ギョムは脇目も振らず、風呂敷を解いて中身を広げた。思った通り、「金剛山図《クムガンサンド》」だった。ご丁寧に龍煤墨《ヨンメムク》まである。意識が遠のくようだった。その場に座り込み、ギョムは「金剛《クムガン》山図《サンド》」を眺めた。絵に添えられた詩に視線が及ぶと、二十年前の光景が今目の前で起きているかのように蘇った。月明りの百日紅の下で交わした口づけ、龍煤墨《ヨンメムク》を見て喜ぶ師任堂《サイムダン》の顔、「金剛山図《クムガンサンド》」の前に並んで墨を磨り、筆先を浸して詩を添えたあの日。借問江潮与海水、何似君情与妾心。互いに書いた詩を耳元でささやき合い、その意味を伝え合った。川の水と海の水に尋ねてみたい。あなたと私の気持ちは、どうしてこんなにも似ているでしょう――。

ギョムは詩の傍らに押された比翼の鳥の印章を愛おしそうに撫でた。印章に触れた指先に痺れが走り、あらゆる記憶が瞬く間に蘇った。いや、蘇ったのではない。本当は片時も忘れたことがなかった。それが今、激しい渦となって一気に押し寄せてきただけだ。再び去来する喪失感と深い怒り。ギョムは顔を真っ赤にして蹴るように立ち上がった。傍らにいた下人たちは、その勢いに圧され、思わず後ろに下がった。

「爺や、爺やはおらぬか！」

ギョムは感情を高ぶらせ、大声で呼びつけた。年老いた爺やは、足を引きずるようにして駆けてきた。

「お呼びでございますか？」

「これが、どうしてここにある！　二十年も前にこの家を出て行った物が、どうして戻ってきたのかと聞いているんだ！」

ギョムのよく通る声が庭中に響き渡った。

「烏竹軒《オジュクホン》より、元の持ち主にお返ししたいとお持ちになったもので……」

爺やが言うと、ギョムはかっとなって「金剛山図《クムガンサンド》」と龍煤墨《ヨンメムク》を持ち上げた。慌てふためく爺やと下人たちは、ギョムの服の袖をつかんで止めるのがやっとだった。向こうから新郎を呼ぶ朗々とした声が聞こえてきた。ギョムは皆を振り払い、ずかずかと新郎の席に向かった。高砂を取り囲む参列者や見物人の間でざわめきが起こり、中には玉のような新郎の顔を一目見ようと爪先立ちをする者もいる。臙脂《えんじ》の紅を差した新婦も、そっと目線を上げた。と、同時に顔色を失った。向かいにいるはずの新郎は、紗帽《さぼう》を脱ぎ捨て、高砂を横切ってそのまま門の方へ向かおうとしていたのだ。新婦はもちろん、参列者もこれには驚き、青ざめ、大変などよめきが起こった。ギョムの祝言の日を指折り数えていた大おばに至っては、その場に倒れ込んでしまった。

婚儀を蹴散らし、礼服まで脱ぎ捨てたギョムは、烏竹軒《オジュクホン》に向かって走り出した。どうなろうと知ったことではない。分別などとうの昔に捨ててきた。訳のわからぬ怒りが、訳のわからぬ悲しみが、心の底から迸り、自分でも抑え切れなくなっていた。頭の中は、師任堂《サイムダン》への愛憎や、「金剛山図《クムガンサンド》」と龍煤墨《ヨンメムク》に刻まれた甘く切ない思い出に埋め尽くされている。

烏竹軒《オジュクホン》に着いて見ると、門の前に荷物を山ほど積んだ牛車が何台も並んでいた。ギョムは立ち止まって息を整え、目の前の光景を呆然と眺めた。どうやら遠くへ行くようだ。胸が沈んだ。二十年も前に他の男の妻となり、四人の子の母となった師任堂《サイムダン》。だがそれでも、烏竹軒《オジュクホン》の塀の向こうに暮らしていて、会えなくてもすぐそこにいると思えるだけで良かった。生きる力になった。だがそんな師任堂《サイムダン》が、ついに自分の知らない所へ行く。「金剛山図《クムガンサンド》」と龍煤墨《ヨンメムク》を突き返し、思い出まで捨てて永遠に遠くへ行ってしまうのだ。そこへ、ちょうど子どもたちを連れて師任堂《サイムダン》が門を出てきた。角に立ち尽くすギョム。虚空に繋がる二人の視線が、悲しかった。

＊＊＊

烏竹軒《オジュクホン》の裏庭に続く黒い竹藪に向かって、師任堂《サイムダン》はゆっくりと歩いて行く。その後ろを、ギョムもついて歩いた。子どもたちや家の者たちに聞かれないよう、二人は林の中に場所を移した。白く澄んだ日差しが、竹の合間から降り注がれる。その光の筋の中に師任堂《サイムダン》は立ち止まり、後ろを向いた。はっとして、ギョムは下がった。絹の筋のような日差しを挟んで二人は向かい合った。師任《サイム》堂《ダン》は表情のない顔でぼんやりギョムを見ている。昔と変わらぬその顔に、ギョムは思い出したように怒りが込み上げた。

「別れにも礼儀というものがある！　婚書を交わそう、生涯をともにしようと約束までしていた。それなのに、なぜ一言、言い訳もせずに他の男の妻になったのだ！」

二十年の間、一度も口にできなかった思いをぶつけた。その言葉の一つ一つが石のように師任堂《サイムダン》の胸に積み上げられていく。その重みに押し潰され、師任堂《サイムダン》は身動きが取れなかった。ただ失望に満ちた顔で、黙ってギョムを見ていた。

「答えろよ！　何でもいいから、言ってくれ！」

ギョムは石のように固まった師任堂《サイムダン》を問い詰めた。

「無駄なことです。今さら何を言ったところで、何も変わりません」

師任堂《サイムダン》の声はかすれていた。

「はっ、無駄なことだと？　そなたは、あの時のことを無駄なことだと言うのだな？　だが俺はこの二十年、一日たりとも忘れたことがなかった。どうして忘れてしまえる？　そんなにどうでも良いものだったのか？　二人で過ごしたあの多くの時間も、分かち合った幸せも、思い出も、約束も！」

込み上げる激しい怒りや悲しみ、鬱積した感情を吐き出すようにギョムは言った。

「そなたが他の男の妻となり、子を生み、絵を捨ててどこにでもいる平凡な女として暮らしていると聞いて、俺は辛かった。憎かった。骨の髄が疼くほど憎くみ、憎んで、無理やりにでも忘れようともがき苦しみもした。そしてやっと、忘れられたと思った」

「……」

「だが違った。あの日、北坪村《プクピョンチョン》の村境で偶然見かけたあの時、そなたは顔色一つ変えずに俺の前を素通りした」

ギョムはその時のことが思い出され、手で心臓の辺りを強くつかんだ。それを聞いて、師任堂《サイムダン》はわずかに顔色を変えた。記憶にないことだった。北坪村《プクピョンチョン》の村境でギョムとすれ違った覚えはどこにもない。だが師任堂《サイムダン》は何も言わず、ギョムの次の言葉を待った。

「胸が切り裂かれるようだった。二十年が経っても、そなたを消し去ることなどできなかったのだ。酒を呷り、絵を捨て、家の財産を食い潰す放蕩者と後ろ指を指されながら、次から次に馬鹿なことをしてみたが、そなたはここに、ここにそのまま……」

ギョムは拳で胸を打ちながらとうとう涙を流した。その涙はそのまま師任堂《サイムダン》の胸を濡らしていく。だが、もう戻れないのだ。今の自分は一人ではない。夫があり、腹を痛めて生んだ子どもたちがいる。いくつになっても我が子の心配ばかりしている年老いた母も浮かんだ。師任堂《サイムダン》にできるのは、何も告げることなく、じっとギョムを見つめることだけだった。冷たい、無情と罵られても仕方がない。悲しみを見せないこと、無表情の下に本当の気持ちをひた隠すこと。それがギョムのためであり、自分のため、そしてみんなのためでもある。師任堂《サイムダン》は思わず唇を噛んだ。

「あまりに幼かった。だがあの時の気持ちは本当だった。煮るなり焼くなり、好きにしてくれ」

やはり顔色も変えない師任堂《サイムダン》に、ギョムは「金剛山図《クムガンサンド》」と龍煤墨《ヨンメムク》を無理やり手渡した。最後に何か言おうとしたが、師任堂《サイムダン》の感情のない目を見て思い直し、そのまま背を向けて行ってしまった。

ギョムが背を向けた瞬間、師任堂《サイムダン》の目から堪えていた涙が零れた。これで本当に終わった。長い間繋がれていた二つの魂は、今日を境にそれぞれの道を行き、かつての輝きを取り戻すことは永遠になくなった。

＊＊＊

勤政殿《クンジョンジョン》では養老の宴が行われていた。楽士の奏でる軽妙な調べと、それに合わせて踊る妓生たち。日除けの幕の下には各々に用意された膳に舌鼓を打つ老人たちの姿が見える。皆、興に入り、拍子に合わせて肩を揺らしている。太平の世を絵に描いたような光景だ。

月台に設けられた龍床という椅子に座り、中宗《チュンジョン》は宴の様子を見下ろしていた。その顔には、時の流れが刻まれていた。両脇に領議政や左議政をはじめ大臣たちが腰を屈めて並んでいる。その中に、鋭い目をしたミン・チヒョンの姿もあった。領議政の計らいで吏曹参議《イジョチャムイ》に就いたミン・チヒョンは、その思惑通り、肩書以上の権勢を誇っていた。

「老人たちのため、毎月のように私財を投じて養老の宴を開いておるそうだな?」

中宗《チュンジョン》は退屈そうにミン・チヒョンに言った。

「大したことではございませぬ」

ミン・チヒョンは深々と頭を下げた。

「大したことも些細なことも、大事なのは民を思う心。実に立派ではないか」

中宗《チュンジョン》は感心したような口ぶりで、ミン・チヒョンを見下ろす目に力を込めた。月日は経てど、我が身の孤独や苦しみに苛まれてばかりいる中宗《チュンジョン》は、奸臣と忠臣を見極める目を持たない。いや、持っていてもあえて閉じることにしている。朝廷はますます権力に媚びへつらう者たちであふれていく。中宗《チュンジョン》は都度の風向きに迎合し、一貫して無定見の政治を行った。朝廷の者たちは都合に合わせてついたり反目し合ったりを繰り返し、王はもはや操り人形にすぎなかった。

「老人たちが家に帰れば、王様の功徳を周囲に伝えましょう。それもまた、実に好ましいことでございます」

領議政は気を利かせて言った。

「なるほど、そういうことになるのか？」

中宗《チュンジョン》はそう返したが、このようなやり取りには内心辟易していた。そこへ内禁衛将が近づいて、ギョムが光化門《カンファムン》に到着したと耳打ちすると、中宗《チュンジョン》の顔がぱっと明るくなった。

「宜城君《イソングン》？　今、宜城君《イソングン》と申したか？」

中宗《チュンジョン》は王であることを忘れ、李懌に戻っていた。穀潰しと後ろ指を指され各地を転々としていたことはさておき、中宗《チュンジョン》にとってギョムはこの世で唯一人の友であり、心安らぐ身内だった。そのギヨムが、二十年ぶりに訪ねてきたという。

「こうしてはおられん。あとは皆でやってくれ」

ギョムを出迎えようと席を立った中宗《チュンジョン》を、ミン・チヒョンが引き留めた。

「王様、めでたい宴の日に貴重なお客様がお見えになりました。これもまた王様の功徳にございます。宜城君《イソングン》もお呼びになり、長寿の宴に花を添えてくだされば、これ以上に光栄なことはございませぬ」

「おお、それは名案だ。皆の意向に任せよう」

それもそうだと中宗《チュンジョン》は座り直し、再び宴の様子に視線を戻したが、頭の中はギョムに会うことでいっぱいだった。まだかまだかと逸る思いで勤政門《クンジョンムン》を見つめていたところへ門が開き、ギョムが姿を現した。中宗《チュンジョン》は一息に駆け寄り、ギョムの手を取った。

「何という奴だ、こんなに待たせおって！」

「王様はずいぶんお年を召されたようで」

ギョムの第一声は冗談だった。

「顔に心配事があると書いてあるぞ。積もる話は追々聞くとして、さあ参ろう。早く！」

中宗《チュンジョン》は実の兄弟に接するようにギョムの肩を叩いて前を歩いた。ギョムは一歩後ろを歩きながら、左右に広がる養老の宴の様子に鼻で笑った。

「どうだ？　この兄も、ずいぶん王らしくなったとは思わぬか？」

勤政殿《クンジョンジョン》の月台に戻り、龍床に座って中宗《チュンジョン》が聞いた。

「王様はお年を召されましたが、宮中はあの頃のままのようです」

ギョムは居を正し、大臣たちに聞こえよがしにそう言った。中宗《チュンジョン》がそれはどういう意味かと尋ねると、ギョムは聞くまでもないという顔で答えた。

「まるで子ども騙しでございます。宮殿の付近に住むような金持ち連中の機嫌を取りたい何者かが設けた養老の宴！　春秋八十を過ぎたご老人は、身分の貴賎を問わずにお招きするのが長寿を祝う養老の宴のはず。ところが私が見る限り、ここには両班《ヤンバン》ではない者が一人もおりませぬ」

ミン・チヒョンはぎくりとなってギョムに顔を向けた。中宗《チュンジョン》は首を傾げ、そう思う理由は何かと尋ねた。ギョムは、では遠慮なくと話を続けた。

「そこの！　正三品と位の刻まれた品階石の側、絹の礼服の代わりに木綿の服を着ればわからないとでも思われましたか？　揃いの革の履物、あれは水標橋の職人にでも作らせたものでしょう。少なく見積もってもざっと二十両はする代物です。それからその隣！　笠の緒に琥珀の装飾を施しておられます。後ろのご老人に至っては、傍に置かれた扇子の縁に亀の甲羅を用いておられる。笠の緒に琥珀の飾りをつけ、扇子の縁を亀の甲羅で作れる者が、この朝鮮八道にどれだけいるでしょう。お見受けしたところ、この宴に集まった方々は、こちらにいらっしゃるお大臣方のお身内ではありますまいか？」

痛い所を突かれ、横一列に並んでいた大臣たちはぎゅっと目をつぶった。

「ははは！　それでこそ宜城君《イソングン》だ。見る目が鋭いのは相変わらずだな」

中宗《チュンジョン》は豪快に、腹の底から笑った。ギョムの発言は、かゆいところに手が届く。

「それはそうと、一体どういう風の吹き回しだ？　余が何度来い来いと便りを出しても無の礫だったではないか」

「ご竜顔が恋いしゅうて参ったと申し上げれば、信じてくださいますか？」

「さては難儀な頼みごとがあるのだな？」

中宗《チュンジョン》が言うと、ギョムは軽く頷いてすぐに願いを伝えた。

「婚儀をお取り消しいただきとうございます」

突拍子もない申し出に、中宗《チュンジョン》はやはりギョムらしいと大きな笑い声を上げた。一方、左右に並ぶ大臣たちは皆、呆れ返っている。中宗《チュンジョン》とギョムの間柄を早くも察したミン・チヒョンは、鋭い目つきで座中を見渡し、皆の出方をうかがった。

＊＊＊

宮中で養老の宴が行われていたちょうどその頃、師任堂《サイムダン》と子どもたちは漢陽《ハニャン》の寿進坊《スジンバン》にある瓦屋根の家に到着した。北坪村《プクピョンチョン》とはまるで違う賑やかな都の雰囲気に舞い上がった子どもたちは、大きな瓦屋根の家の門に向かってうきうきした足取りで駆け出した。そんな子どもたちの様子を、後ろから師任堂《サイムダン》は幸せそうに見ていた。この屈託のない笑顔を、いつまでも守ってあげたい。

その時、突然門が開いたと思ったら、両班《ヤンバン》と思しき出で立ちをした女が出て来て、子どもたちを見るなり目を丸くした。

「人の家の前で何を騒いでおる！」

女は嫌そうに顔をしかめた。

「どちら様ですか？」

師任堂《サイムダン》はきょとんとして尋ねた。家を間違えたかと思い、門の辺りを見渡す。

「そういうお宅は？」

女にきつい口調で切り返され、ヒャンは腕まくりをしながら前へ進み出た。

「この家の奥様よ」

「この家の奥様は、この私！」

師任堂《サイムダン》は顔色を変えた。都で待っているからと一足先に発った夫、イ・ウォンスの顔が脳裏を過ぎる。

「もし、この家にはいつからお住まいに？」

嫌な予感がした。師任堂《サイムダン》は努めて冷静に聞いた。

「急な売り出し物で、ひと月ほど前に買って越してきたわ」

「誰からお買いになったのか、うかがってもよろしいですか？」

「確か、イ・ウォン……スだったかしら」

夫の名を聞いた瞬間、師任堂《サイムダン》は腰が抜けそうになった。ソンが慌てて母を支えた。

「急な入用ができたとか何とかって聞いたけど」

女の話を聞いていた子どもたちは、泣き出しそうな顔で母を見上げた。師任堂《サイムダン》は一瞬目眩いがしたが、何とか気を取り直し、子どもたちを抱き寄せた。

「心配しなくていいわ。何か手違いがあったのでしょう。ねえヒャン、お前はこの辺りを見回って、あの人を捜してきてちょうだい」

師任堂《サイムダン》が言うと、ヒャンは大急ぎで細い道を駆け抜けて行った。泣きべそをかく子どもたちの頭を撫でながら、師任堂《サイムダン》は自分の気持ちも落ち着かせていた。またかと嫌気が差してくる。何をするにも、すんなり行った試しがない。不安なことだらけだが、ここで投げ出すわけにはいかない。自分の力で乗り越えて、前に進んで行こう。娘として、母として。そして何より、私の人生なのだから。師任堂《サイムダン》の腕の中で不安に泣いていた子どもたちは、塀の辺りに咲いた桃色の撫子《なでしこ》の花を見るや、ぱっと顔を輝かせた。北坪村《ブクピョンチョン》に咲いていた花を異郷に見つけ、余計に嬉しいのだろう。

＊

ジュンは師任堂《サイムダン》の日記をバッグにしまい、空を見上げた。読み終えたばかりの師任堂《サイムダン》の話が、他人事には思えなかった。都に用意した家が人手に渡っていたことを知った時の師任堂《サイムダン》の心境が手に取るように感じられる。次男のヒョルリョンは、言うこともやることも息子のウンスにそっくりだ。一体どこで何をしているのか、問題を起こしておいて家族の元に現れもしない師任堂《サイムダン》の夫、イ・ウォンスは、今のミンソクに重なる。師任堂《サイムダン》がその窮地をどうやって乗り越えたのか、ジュンは続きが知りたくなった。今回の内容を読む限り、「金剛山図《クムガンサンド》」は烏竹軒《オジュクホン》を離れ、漢陽《ハニャン》の都に移されているようだ。

ジユンは数百年も昔の漢陽《ハニャン》を頭の中に描きながら、目の前に広がる光化門《カンファムン》の通りを眺めた。途切れもせず道を走り抜けていく車に、昼食を終え、テイクアウトのコーヒーを片手に急ぎ足で職場へ戻る人たち、空に向かって聳えるように建ち並ぶビル群。呆然と座って街の様子を眺めていたジユンは、立ち上がってお尻を叩いた。

「下手に動かない方がいいですよ」

数分前に別れた弁護士は確かにそう言った。ミンソクの大学の同期である彼は、夫の行方を尋ねるジユンに、冷たかった。

「しばらくは家族と離れている方がいいんです。奥さんも下手に捜そうとしない方がいい。債権者たちが血眼になっているところへ、わざわざ油を注ぐようなものだ。今は何もせず、大人しくいる方が身のためですよ」

「そうかも知れませんが、このまま待ってばかりもいられないじゃないですか！　今私にできることがあるなら教えてください」

ジユンは藁にもすがる思いで助言を求めた。

「体に気をつけて、家族を守ることです。どの道、個人の力で解決できるような小さなトラブルじゃないんです、この事件は」

夫の同期である弁護士の切り捨てるような言い方に、ジユンは一縷の望みを絶たれた気がした。途方に暮れ、弁護士事務所を後にした。クレジットカードは何週間も前に使えなくなり、通帳の残高も底をついた。大学をクビになったので講師料も入ってこない。小学校から来学期の学費のお知らせが届き、姑のジョンヒからは食費を催促された。どうやって調べたのか、債権者たちは引っ越し先の部屋にまで押しかけて来て、壁紙を剥がしかねない勢いで暴れた。あらゆる現実が、光化門を歩くジユンの足を重くしている。先ほど読んだ師任堂《サイムダン》の日記の最後の言葉が思い出された。自分の力で乗り越えて、前に進んで行きたい。私の人生なのだから。

九

師任堂《サイムダン》は商魂たくましい漢陽《ハニャン》の差配人を虱潰しに訪ね歩き、西へ東へ駆け回った末に、元王妃シン氏の家の隣に空き家を見つけた。塀を一枚挟んだ向こうに、大きな咎で王妃の座を追われたシン氏が住んでいることから、長い間誰も寄りつかなかったという家だ。師任堂《サイムダン》は万が一のためにと母が持たせてくれたお金と、いくらの足しにもならない物を売って廃屋同然のこの空き家を買った。売った物の中にはギョムから貰った龍煤墨《ヨンメムク》もあった。北坪村《プクピョンチョン》を発つ日、龍煤墨《ヨンメムク》を突き返しギョムが言った言葉と、かつての思い出に胸を絞めつけられたが、子どもたちを雨風に晒すわけにはいかないと、師任堂《サイムダン》は心臓の半分を差し出すような思いで龍煤墨《ヨンメムク》を売り払った。

何年も人が住み着いていない、心寂しい感じのするその空き家は、障子紙は破れて穴が開き、門は風が吹けば外れそうなほどがたが来ていた。庭には雑草が伸び放題で、獣でも飛び出して来そうだ。ふと見ると、鼠の親子がちょろちょろと庭を横切り、家の隙間に入っていった。驚いたメチャンとヒャンは互いにしがみつき、身を竦めて悲鳴を上げた。ソンは長男という立場を自覚してか、戦いに挑むような表情で握り拳を作って家を見上げた。ヒョルリョンは不安そうに、ウの手を固く握って息を呑んだ。今に化けて出て来そうな不気味な雰囲気が漂う家の上空に雨雲までかかり始め、薄気味悪さが一層増した。ひと雨降りそうだ。

「雨風を凌げるだけ御の字よ。とにかく、中に入りましょう」

師任堂《サイムダン》は家に入りたがらない子どもたちをなだめ、門をくぐった。その時、空を分かつ稲妻が走り、轟音が鳴り響いた。かろうじて形を保っていた垂木は崩れ落ち、子どもたちは悲鳴を上げて母にしがみついた。師任堂《サイムダン》はせめて雨を避けようと、子どもたちを連れて部屋の中に駆け込んだ。

やはり子どもは子どもだ。最初は身を震わせ、雛のように母の腕の中に収まっていたが、雨水が滴る天井をもう面白そうに見上げている。

「あめのおとが、まるでおうたのようです」

母の顔を見上げ、末っ子のウは無邪気に瞳を輝かせている。

「そう？」

師任堂《サイムダン》はウの頭を撫で、申し訳なさそうに笑った。それを聞いた子どもたちは、滴り落ちる雨水に音律をつけ始めた。音に合わせて「あ、あ」と合唱する様子を、師任堂《サイムダン》は愛おしそうに見守った。こんな状況でも笑顔を失わない子どもたちがありがたかった。やがて師任堂《サイムダン》も、子どもたちと一緒に雨水の音に合わせて鼻歌を歌い始めた。どうしようもない夫だが、恨むまい。不安でたまらない現実にもくじけまい。子どもたちの穢れのない笑顔を守るために何ができるかだけを考えようと胸の中で繰り返しながら。

＊＊＊

師任堂《サイムダン》の家とは比べものにならない、ミン・チヒョンの屋敷の庭にも、雨は等しく降り注いでいた。雨音が心地よい縁側に座り、一人の女人が花虫図を描いている。華やかで垢抜けた韓服《チマチョゴリ》を身に纏《まと》った女人は、赤々と咲き誇る一輪の椿のようだ。自らをフィウムダンと名乗るその女人の元の名は、ソクスンだ。

二十年前、ミン・チヒョンに師任堂《サイムダン》の唐只《テンギ》と画帳を渡したフィウムダンは、一行とともに漢陽《ハニャン》に上京し、そのままミン・チヒョンの妾になった。それからしばらくして子のいなかった正妻が突然の死を遂げると、フィウムダンは二人の息子を生み、晴れてその後釜に納まることになった。雲平寺《ウンピョンサ》の一件以来、時勢をうまく読み、取り入る相手を次々に変えながら大出世したミン・チヒョンだが、その裏ではフィウムダンの内助の功が大きかった。都で一番大きな壮元《チャンウォン》紙問屋を営み、上の者たちへの賂《まいない》の調達役も担っている。ミン・チヒョンにとってフィウムダンは、言わば利用価値の高い道具だった。

卑しい過去を脱ぎ捨て、都一の貴婦人となったフィウムダンは、身分の高い名家の子息が通う中部学堂の母親たちを牛耳るほどになっていた。中部学堂は中宗《チュンジョン》の四学振興策に乗じた立身出世の登竜門と言われる学び舎である。ミン・チヒョンとフィウムダンの息子、ジギュンももちろん通っている。

妖しくも熱い炎を秘めた目で、完成した花虫図を見下ろすフィウムダンは、中部学堂の母親たちの間に広がる噂を思い出し、くすりとなった。フィウムダンが描く花虫図を家に飾れば、出世はもちろん、子孫繁栄にも利益があると大変な評判になっているらしい。今や権力の中枢に立つフィウムダンに気に入られようと、あの手この手を使うご夫人たちの口からは、絶世の美女だの天賦の才だの、次から次へとフィウムダンへの賛辞が滑り出る。まるで舌に油を塗っているかのようだ。そんな夫人たちの上に君臨し、当たり前のような顔をしておべっかを楽しむ毎日だ。

こうして金も権力も思い通り手に入れたフィウムダンだが、心の片隅に常に満たされない思いを抱えていた。顔ではそんなことを微塵も感じさせないようにしていたが、心は常に不安に掻き乱されていた。理由はわからない。ただ、飲んでも飲んでも満たされない心の渇きを金と力でごまかしている。夫が帰ったという知らせを受け、フィウムダンは絵を置いて立ち上がった。

「龍頭会の準備はどうだ」

部屋に上がり、官服から着替えながら、ミン・チヒョンは聞いた。龍頭会とは、科挙に首席合格した者たちの集まりで、国の政を司る要人が一堂に会する場でもある。

「着々と進んでおります。胃腸が弱い左議政には、食前に召し上がれるよう粥をご用意しました」

フィウムダンは従順に官服を受け取りながら答えた。それを聞いたミン・チヒョンは、満足そうに頷いて座った。服を畳み終え、フィウムダンはその前に座って準備の進捗について詳細に報告した。最後まで聞き終えると、ミン・チヒョンはなかなかだと笑った。特有の上唇を反らすその笑い方にぞっとして、フィウムダンは目を逸らした。夫が冷酷で残忍な人間であることは、誰よりフィウムダン自身がよく心得ている。使い道がなくなれば、自分も死んだ前妻のように捨てられるに違いない。フィウムダンはそれが怖かった。

「王様がこの家にお越しになれば、我がミン家が権力の中枢に至ったことを国中に知らしめる好機となる」

ミン・チヒョンはそんなフィウムダンの胸の内を見透かすように言った。

「心得ております。抜かりなく、万全を尽くす所存です」

フィウムダンは再び穏やかな表情に戻り、従順に答えた。

「ああ、それから宜城君《イソングン》、彼奴が問題だ」

ミン・チヒョンは厄介な問題でも思い出したように眉を歪ませた。

「宜城……君と、おっしゃいましたか？」

もしや、イ・ギョムのことだろうか。フィウムダンの脳裏に、細筆を握らせてくれたギョムと、金を投げ捨てて走り去ったギョムの姿が同時に過った。胸が絞めつけられ、指先が震えてきた。

「流浪の物乞いから身分を回復した臨瀛大君《イムヨンデグン》の曽孫だ。そういえば、お前も知っているのではないか？　確か同じ、北坪村《プクピョンチョン》の出身だったろう？」

フィウムダンの内心に気づいていない様子で、ミン・チヒョンは続けた。

「さあ、私にはよく……。その方もいらっしゃるのですか？」

「そういうことになった。王様の寵愛を一身に受ける王族だ。道楽者で八道の妓房《キバン》という妓房《キバン》を骨抜きにした天才絵師だそうだが、さて、その胃袋をどうつかむ？」

ミン・チヒョンに冷笑混じりに言われ、フィウムダンは自分が何とかすると言って急いで席を立った。気持ちが激しく揺れていることに、気づかれたくなかった。

＊＊＊

朝廷を騒がせたギョムの婚姻無効の願い出は、中宗《チュンジョン》の強い意向で受け入れられた。王位を継いでわずか七日目に状況が急変し、苦楽をともにしてきた妻と引き裂かれた自身の過去が思い出され、中宗《チュンジョン》は綱常を誤るべきではないという家臣たちの猛反対を押し切り、ギョムの願いを聞き入れた。

中宗《チュンジョン》の計らいによって婚儀の取り消しが許されたギョムは、代わりに王命に従い、しばらくの間漢陽《ハニャン》に留まることになった。師任堂《サイムダン》と最後に再会した後も、虚しさを埋めるように酒を浴び、妓女を抱き、相変わらず放蕩の日々を送っていた。聡明で才分にも恵まれた幼き日のギョムを知る中宗《チュンジョン》は、その姿が見るに忍びなく、一日も早く過去を忘れて本来の姿を取り戻して欲しいと願い、ただ黙って辛い時がすぎるのを待った。

兄弟のような絆を深めていた中宗《チュンジョン》とギョムは、揃ってミン・チヒョンの屋敷で開かれる龍頭会に出席することになった。中宗《チュンジョン》とギョムが上座に着き、ミン・チヒョンを含む大臣たちはその両側に並んで座った。音楽を聴き、料理に舌鼓を打ち、酒を楽しんだ。

「宜城君《イソングン》がいない宴は、宴ではないと言われていると聞き、こうして引き連れて参った」

中宗《チュンジョン》は豪快に笑って言った。

「身に余る光栄にございます。ぜひ一度、お招きしとうございました」

ミン・チヒョンはギョムに向かって頭を下げた。

「光栄なのは私の方です。聞けば、龍頭会とは科挙に首席合格した秀才の集まりだとか」

ギョムは冷笑を帯びた目でミン・チヒョンを見下ろした。

「左様にございます」

「首席の秀才たちと聞いて、どんな化け物が出て来るかと思っていましたが、普通の凡人と変らぬお姿をしておられてがっかりだ。一体どうやって勉強をすれば首席で合格できるのか、方法があるなら教えていただきたい」

ギョムがわざとらしくそう言うと、領議政は髭に垂れた酒を拭きながら、それは最近科挙に合格した吏曹正郎《イジョジョンナン》にお答えいただこうと笑った。吏曹正郎《イジョジョンナン》はまだ初々しさの残る若き青年で、王や大臣衆の顔色をうかがいながら、先賢のお言葉に学び、暗唱を繰り返しただけですと答えた。声がひどく震えていて、見ているこちらにも緊張が伝わってくる。

「では聞こう。新参の官吏から見て、今の朝鮮が正すべき一番の問題は何だと思う？」

不意に中宗《チュンジョン》が吏曹正郎《イジョジョンナン》に尋ねた。

「そ、それは……」

「若いのがそんな弱気でどうする！　これ以上の好機はない。問題があるなら、こちらにいらっしゃる三政丞と話し合って、この場で解決してやれるかも知れぬぞ」

中宗《チュンジョン》の言葉に、座中は水を打ったように静まり返った。皆、固唾を呑んで吏曹正郎《イジョジョンナン》の答えを待っている。ギョムだけが口元に馬鹿馬鹿しそうな笑いを浮かべ、空いた杯に酒を注いだ。王様は垢のついていない、錆ついてもいない若い声をお聞きになりたいのだ。だがここにいる誰も、その声に耳を貸す者はいないだろうとギョムは思った。

吏曹正郎《イジョジョンナン》は地面に額を擦りつけるように平伏し、穢れのない声で上申した。

「幼い頃より、貧しい民百姓に代わって官吏が年貢を納める防納制度のために、逆に官吏に見返りを求められて苦しむ者たちを大勢見て参りました。防納という悪弊を是正し、民百姓の苦労をお慰めいただきとうございます」

それを聞き、中宗《チュンジョン》は三政丞に命じようと考えた。

「民を思う心、実に若者らしい良い願いだ！　さっそく防納による弊害について報告し、改善策を考えよ」

「それはなりませぬ！」

焦った領議政はごろごろと喉を鳴らせながら慌てて口を挟んだ。

「官吏になったばかりの者には難しすぎるお話。あれやこれやと甘やかすことだけが民のためではないことを、この若者も直にわかりましょう」

「民のためを思うなら魚を獲ってやるのではなく、魚の獲り方を教えてやれと昔から申します」

左議政も額に青筋を立てて声を張った。

「釣竿を握る力も残っていない民百姓に何を教えるというのです」

黙って杯を傾けていたギョムが口を挟んだ。

すると、この屋敷の主であり、龍頭会を主催したミン・チヒョンが始めて口を開いた。

「では、防納制をなくすことによる弊害はどうなさるおつもりですか？　防納のために雇われた者が全土に何人いるとお思いですか。そしてその家族が何人いるか？　直ちに防納をなくせば、その者たちの暮らしが立ち行かなくなるのは必至。我々が民百姓を思う心がないゆえに廃止しないのではなく、制度の改善というのは、机上で線を引くような単純なものではないと申し上げているのです。だからこそ王様が御座し、その下に三政丞や我々のような朝廷を支える大臣がいるのではありませんか」

ミン・チヒョンの言葉には説得力があった。だが、ギョムを言いくるめることはできなかった。

「その大臣が私欲を満たすことばかり考えているのが問題なのです」

ギョムがそう反論すると、ミン・チヒョンは眉を歪めた。三政丞をはじめ保守の権力者の面々も一様に顔が暗くなった。中宗《チュンジョン》だけが表情のない顔で手元の杯を持ち上げた。

「王様、王族とはいえ所詮は流浪の物乞いをしていた妾腹、八道の妓房《キバン》という妓房《キバン》に名を馳せる放蕩者にございます。秀才中の秀才のみが出席を許されたこの宴に相応しくない者のようですので、お先に失礼させていただきます」

ギョムはそう言って席を立った。中宗《チュンジョン》はくすりと笑い、ギョムを見上げた。居心地が悪そうにしていながら、今日はずいぶん我慢強いものだと思っていたところだった。中宗《チュンジョン》が頷くと、ギョムは腰を曲げて一礼し、後ろ歩きで宴席を出て行った。

外に出たところで膳を運んできた下男とぶつかった。弾みで膳がひっくり返り、ギョムの絹の衣服を汚した。下男は罰を待つ罪人のように頭を下げ、ぶるぶると震えている。ギョムは豪快に笑って服についた食べ物を払うと、大丈夫だと言った。下男の後ろを歩いていたフィウムダンは、ギョムの顔を見てはっとした。歳月も霞む昔と変わらぬ姿に胸が高鳴った。どこにいても目を引く端正な顔立ちもさることながら、身分に関わらず人を人として接することのできる人柄もそのままで、どうしようもなく心が惹かれる。フィウムダンはときめく胸を抑え、平静を保ってギョムに近づいた。今なら旅籠屋の女将の娘ではなく、名家の女人としてギョムの前に立てる。汚れた衣服を着替えさせ、久しぶりに話しでもしてみよう。

だがギョムは、一瞥もくれずにフィウムダンの前を素通りした。市場で擦れ違う見知らぬ人たちのように。覚えていなかった。残されたフィウムダンは、胸の中を冷たい風が吹き抜けたような気がした。忘れられた女の表情が、石のように固まっていった。

＊＊＊

秋の風が絹の織物のように柔らかく頬を撫でていく。澄み渡る空は高く青い。家で着替えを済ませたギョムは、気を紛らわせようと再び外へ出てきた。私利私欲を肥やすことしか頭にない両班《ヤンバン》連中が、口では民百姓のためともっともらしいことを言う姿に腸が煮えくり返っていた。道端に咲く満開の野花が目に入ると、幾分気分がましになった。

市場は買い物客と商売人たちでごった返している。酒処から漂う饐《す》えた酒のにおいが鼻先と胃袋を強く刺激し、焼き物のにおいもねっとりとしていて香ばしい。ギョムはわずかに機嫌を直し、露天に広げられた品物を見物して回った。

「龍煤墨《ヨンメムク》はいかがですか、龍煤墨《ヨンメムク》！　正真正銘、明《ミン》から仕入れた貴重な硯だ。朝鮮では作れない代物だよ。そこの旦那、ちょいと見て行ってくださいな。金があっても手に入らない貴重な硯ですよ」

龍煤墨《ヨンメムク》を高く掲げ、喉を嗄らして客を呼ぶ店主の声がギョムを引き留めた。ギョムは一目散に駆け寄り、男の手から龍煤墨《ヨンメムク》を取り上げた。

「お目が高い。旦那、この龍煤墨《ヨンメムク》は……」

男はめかし込んだギョムの身なりを舐めるように見て言った。龍煤墨《ヨンメムク》を片手にしばらく見ていたギョムは、徐々に顔色が暗くなり、しまいには男の胸倉をつかんで怒鳴りつけた。

「貴様！」

「うぐっ……何をなさるんです」

胸倉をつかまれた男は驚いて聞いた。

「どこで手に入れた？　盗んだのか！」

「くっ、苦し……盗むだなんてとんでもない！　女から買い取ったんです」

「何だと？」

ギョムの胸が沈んだ。男が言う女とは、師任堂《サイムダン》に違いない。どうして売ってしまえるんだ？　二人で過ごした思い出は、それほどどうでも良いものだったのか？　体から力が抜けていく。

「本当です！　急な入用ができたとかで。息を呑むほどの別嬪でしたぜ」

ギョムが手を離すと、男は激しく咳き込みながら説明した。

「その女の家はどこだ」

ギョムはかっと目を見開いた。怒りで体が震えてきた。

「寿……寿進坊《スジンバン》の方だと言ってました」

ギョムの勢いに圧され、男は消え入るような声で答えた。支払いを済ませると、ギョムは龍煤墨《ヨンメムク》を片手に寿進坊《スジンバン》へと向かった。

それから数日の間、毎日、師任堂《サイムダン》の家を探し歩いた。そしてある家の下働きの男から、にわかには信じられない話を聞かされた。師任堂《サイムダン》は廃屋も同然の古い家に住んでいるという。ギョムは教えられた家へと急いだ。

ようやく師任堂《サイムダン》の家を探し当てたギョムは、我が目を疑った。今にも落ちてきそうな垂木に、中まで腐った柱、泥だらけの庭にあちこち破れて穴の空いた戸の格子。こんな所に師任堂《サイムダン》が住んでいるというのか？　師任堂《サイムダン》は代々両班《ヤンバン》の家庭に育った娘である。父が非業の死を遂げてから、一時はわずかに暮らし向きが傾きもしたが、大事な娘に不慣な暮らしをさせるような家ではない。それ以上は近づくこともできず、混乱したまま塀の向こうを覗いた時、中から女の声がして、ギョムは視線を向けた。ダムの娘、ヒャンだ。北坪《プクピョンチョン》村の道端で何度か見かけたことがある。

「北坪《プクピョンチョン》村の奥様が用意してくださった大きな瓦屋根のお屋敷が目の前にあるというのに、どうしてこんな所にいなきゃいけないんです？　旦那様は科挙の勉強もそっちのけで余計なことばかりして、挙句、詐欺に遭われて……都に移り住むと言われて喜んでついてきたのに！」

庭先の井戸端に座り洗濯をしながら、ヒャンが文句を言っていた。

「ヒャン！」

隣で手伝っていた師任堂《サイムダン》が嗜めた。

「すみません……。でも、十年以上も誰も住んでいないから、拭いても拭いてもきりがありません。お坊ちゃんやお嬢様たち四人の洗濯物は、毎日山ほど出るし」

ヒャンは大きな洗濯物の山を見て溜息を漏らした。

「みんなそうやって大きくなったのよ。私も、お前も」

「あとは私がやりますから、お嬢様は中で休んでください。こんなこと、したこともないお方が……」

「一人でどうやってこの量を」

固く絞った洗濯物を鉢いっぱいに入れ、軽く叩いて洗濯紐にかけようとしたところで、師任堂《サイムダン》は背後に視線を感じた。何気なく振り向くと、塀の向こうからギョムが哀しそうにこちらを見つめていた。いるはずのないギョムが立っていることに驚き、師任堂《サイムダン》は思わず洗濯物を落とした。塀を挟んで互いを見つめる二人。紐にかけられた洗濯物が風に揺れている。


遠く仁王山の向こうに陽が沈んでいく。ギョムと師任堂《サイムダン》は夕焼け色に染まる細い道の上に向かい合って立っていた。師任堂《サイムダン》を見つめるギョムの眼差しに、悲しみと怒りが入り混じる。

「一体！　どこまで無責任でどうしようもない男なのだ！　自分の妻子をこんな所に放っておくなんて！」

「言いすぎです！　子どもたちの父親であり、私の夫です」

「これが望みだったのか？　いつ崩れてもおかしくない家で炊事洗濯をするために、どこにでもいる平凡な女になるために、こんな生活をするために俺を捨てたのか？　あれほど残酷に！」

ギョムは怒りが収まらなかった。

「お言葉がすぎます」

「よくも偉そうに」

「恥じてはおりませぬ！　私は自分が選んだ人生を、自分で責任を持って生きています。雨漏りのする家に暮らし下女一人しかいなくても、手が乾く間もなく家事に追われていても、卑怯なことはしていません。自分で選んだ道を、自分の足で堂々と歩いています。少なくともあなたのように、大事な人生を無駄に、無責任に生きてはおりません！」

自分の口をついて出た言葉に、誰より師任堂《サイムダン》が驚いた。思いもしない苦難に襲われ、その時その時、必死で乗り越えてきただけだ。そんな自分を誇らしいと思ったこともなかった。これが運命ならば、身を任せて生きるしかないとさえ思っていた。だが、今この瞬間、自分の中のもう一人の自分、本来の自分が目を覚ました気がした。運命に立ち向かい、自分の人生を前向きに生きようとする、もう一人の自分。その存在に、奇しくもギョムによって気づかされたのである。驚いたのはギョムも同じだった。「人生を無駄にしている」という師任堂《サイムダン》の厳しい一言に、ギョムは返す言葉がなかった。

師任堂《サイムダン》の一言一言に胸の中が鋭く深く抉られていく。師任堂《サイムダン》は目に涙を溜めながら話を続けた。

「二十年前、私が心からお慕いしていた才気あふれるあの少年は、もうどこにもいないようです。今の落ちぶれた生活よりも、その方がよほど悲しく、惨めでなりません」

不用意に出かけた先でにわか雨に降られた気分だった。ギョムは一言も返せず、師任堂《サイムダン》の言葉を黙って受け止めるしかなかった。

「無責任でどうしようもない男とおっしゃいましたか？　私の目には、今のあなた様こそそう見えます！」

師任堂《サイムダン》は最後にきつい一言を浴びせると、ギョムを残して家の中へ戻ってしまった。遠ざかる後ろ姿を呆然と見送り、ギョムは空を見上げた。一面に広がる空。まるで美しい染料を撒いたような、きれいな茜色をしている。こんな空は生まれて初めて見るような気がする。遠い空を見上げていたギョムは、心虚ろに歩き出した。最初の一歩を踏み出した瞬間、赤子が初めて立った時、足の裏に感じる地面はこんな感触だろうかと思った。いつもは感じたことのない違和感がある。これまで一体何を見て、どこをどう歩いて来たのか。行くべき道を外れ、ふらふらと流されるままに生きてきた。赤々と燃える夕日を見据え、ギョムは力なく腕を下げて歩き出した。まるで、長い旅を終えて帰郷した旅人のように。

＊＊＊

明くる日の空は、いつもにも増して青く澄み渡っていた。縁側に座って日陰に視線を投げながら、師任堂《サイムダン》は昨日の出来事を思い返していた。自分の言ったことが、毒ではなく、薬になってくれることを願うしかない。ギョムには心から幸せになって欲しいと思う。そして、私が幸せに暮らす姿を見せてあげたい。どういう形であれ、ギョムにだけは心配をかけたくなかった。師任堂《サイムダン》は庭で遊ぶ子どもたちを呼んだ。

「どうやら、ここが我が家のようだわ」

師任堂《サイムダン》は子どもたち一人一人の目を見ながら言った。

「嫌です！　こんな所にはもう一日もいたくありません。今すぐ北坪村《プクピョンチョン》へ帰りましょう！」

ソンが不満たっぷりに口火を切った。

「そうしましょう、母上！」

メチャンが兄の意見に加勢した。

「ヒョルリョンはどう？」

師任堂《サイムダン》はヒョルリョンのむすっとした顔をうかがった。感受性ばかりか自尊心まで強いヒョルリョンは、このところ口数が目に見えて減り、一人部屋に籠って本を読むことが増えている。そのことは師任堂《サイムダン》も気づいていた。

「私は、本が読めれば構いませんが……それでも、北坪村《プクピョンチョン》の方がいいです」

ヒョルリョンは呟くように答えた。その声には元気がない。

「北坪村《プクピョンチョン》の家は、墓守をする約束で安東のおばさんがもらうことになったの、みんなも知っているでしょう？　これからは我が家はここ、この家よ」

母の決断に、子どもたちは沈鬱な表情で頷いた。

「そう落ち込む必要はないわ。もしかしたらこれだって、私たちがまだ気づいていない大きな意味があるのかも知れないのだから」

師任堂《サイムダン》は明るく、確信を持って言った。子どもたちに、そして自分自身に呪文をかけるように。

「どういう意味だか、私にはさっぱりわかりません！　わかりたくもありません！」

ソンが頬をぷうっと膨らませて言った。

「引っ越してきた日のことを思い出して。雨を避ける場所もなかった。みんなも覚えているわね？」

あの日のことが蘇ったのか、メチャンは身を震わせた。

「あの時は、もう終わりだと思いました」

「そうね、私もそう思ったわ。でももしこの家に住まなければならない運命だとしたら、みんなはどうする？」

師任堂《サイムダン》は長男のソンを見て問いかけた。ソンは半ば怒ったような顔をして食い下がった。

「これが家と言えますか？　夏の暑さを避け、冬の寒さを避けるためにあるのが家のはずです。ところが、ここを見てください。障子は穴だらけで屋根は瓦が剥がれ落ち、雨風を凌ぐことさえできません」

「それなら、みんなで力を合わせて、暑さも寒さも避けられる家を作ればいいじゃない！」

師任堂《サイムダン》が言うと、ソンは呆れて短く溜息を吐いた。すると、今度はメチャンが唇を尖らせた。

「母上はいつもおっしゃっていました。家の中は常に美しくなければならないって。でも、この家のどこを見ても美しくありません」

「だから、暑さ寒さを凌げて美しく、清潔な家にするのよ。みんな、この母と一緒に自分たちの力で家を作ってみない？」

師任堂《サイムダン》の溌剌とした顔に、子どもたちは押し黙って互いに目配せをした。

その日の午後、師任堂《サイムダン》と子どもたちはそれぞれに籠を抱えて裏山に登った。ソンは庭に植える草を、メチャンは初々しい花の苗を探した。師任堂《サイムダン》とヒャンは膳に出す山菜を採り、ヒョルリョンとウは踏み石に使える石を拾う役目だ。最初は嫌々やらされていた子どもたちも、時間が経つにつれて表情が明るくなり、やがて眩しいほどの笑顔になった。

家に戻った師任堂《サイムダン》と子どもたちは、さっそく袖を捲って作業に取りかかった。裏山で摘んだ草を庭一面に植え、平たい石を橋のように置いていく。ソンは土に水を混ぜて練り、井戸の壊れた所を修繕し、メチャンとヒャンは花壇にケイトウと撫子《なでしこ》の花を植えた。師任堂《サイムダン》はヒョルリョンとともに庭の片隅に畑を耕し、茄子や胡瓜などの野菜を植えた。自分たちが手を加えた所から、家の中がどんどん明るくなっていく。子どもたちはそんな家を見て喜んだ。ふくれっ面をしていたソンも、自分が修繕した井戸端を見て満足そうに笑っている。崩れ落ちそうなほど古く暗かった家は、家族みんなの手によって美しく清潔で、温もりのある家へと変わっていった。運命に立ち向かうことを誓った師任堂《サイムダン》の、記念すべき第一歩である。

＊＊＊

一方のギョムは、先日の師任堂《サイムダン》との再会以来、家に籠りきりだった。日差しを浴びたくなかった。お天道様の下に晒され、露わになる現実から目を背けていたかった。そんな状態がすでにひと月も続いている。

簾《みす》を垂らした部屋の中は、真昼にもかかわらず夜のように暗い。画具は散らかり、何本も線を引いただけの紙が床中に広がっている。その中に埋もれるように座り、ギョムは血走った目で白い紙を食い入るように見つめている。そしてまた線を引くのだが、手が震えて真っ直ぐに引くことができない。とても満足のいくものではなかった。頭がおかしくなりそうだった。再び硯に水を入れ、墨を磨った。心の焦りが、墨を磨る手元にも表れている。もう一度筆に墨を染み込ませ、紙の上に筆を立たせる。途端に頭が真っ白になった。何から手をつければ良いかわからない。筆先に膨らむ黒い墨が、涙のようにぽとぽとと落ちた。ギョムは筆を投げ、手を掻き回すようにして紙を払った。それでも気が済まず、びりびりに破いて空へ投げた。何も描けない。何も浮かばない。自分が恥ずかしくなり、身も心も震えた。師任堂《サイムダン》の言葉が、今も耳元に響いている。頭が割れ、胸が張り裂けそうだ。息も乱れてくる。師任堂《サイムダン》が言っていた、二十年前の誰からも愛された少年が果たして実在したのかさえ疑わしい。ギョムは何も描けない自分の手を、嫌悪の目で凝視した。

「この役立たずの手がどんな絵を描いていたのか何も思い出せないのに、一体何をどうしろというんだ！」

ギョムは頭を抱え、人目も憚らず泣き喚いた。

挫折と絶望と悔恨と痛みに満ちた夜は、そうして更けていった。ある朝、ギョムは充血した目でふらふらと家を出た。そして師任堂《サイムダン》の家まで来ると、ようやく我に返った。

「馬鹿か俺は……ここに来てどうする」

自分が惨めで、ギョムはそのまま引き返そうとした。

だがその時、ふと目に留まった何かがギョムの視線を奪った。ゆっくり振り向くと、風雅な家の風景が一目に入ってきた。ひと月前に訪れた時には、確かに古びた廃屋だったはずだが、今はまるで違う家のようだ。軒下に吊るされた小さな丸い風鈴が風に揺れ、剥がれ落ちて欠けた瓦の屋根には木の板が打たれてある。紙が奇麗に貼られた部屋の戸には、それぞれに愛らしい花弁が貼り合わされ、荒地のようだった庭には青々とした芝が敷かれている。そればかりか踏み石の橋まである。傍らには野菜畑が、もう一方には花壇がある。師任堂《サイムダン》は艶のある、よく磨かれた縁側に腰かけ、末の息子を抱いて寝かしつけていた。その顔には、庭を照らす朝陽のような穏やかな笑みが広がっている。背中では男の子が甘えるように腕を絡ませ、女の子は母の隣にぴったりくっついて座り、末っ子の足をもみながら無邪気に笑っている。家と住む人が一つの風景となって溶けあっている。母子から感じられる温もりや優しさが、ギョムの胸に染みた。体中に温かいものが巡り出す。憔悴し切ったその顔に、泣き顔に似た笑みが広がった。血走った目には涙があふれ、哀しく、ずきんと痛む感動が嵐のように押し寄せた。

「あの子たちは俺の子のはずだった……隣には俺がいるはずだったんだ」

切なそうに独り言を言うと、ギョムは肩を落としてそっとその場を後にした。

家に戻ったギョムは、庭を横切ろうとしてふと足を止めた。庭の日向に子犬が眠っている。下人たちが飼うぶちの犬だ。黒いのと栗色のは母犬に瓜二つだ。母犬は子犬に大事そうに乳をやっている。その背に乗ろうと小さな鳴き声を出す子犬も見える。まるで自分たちだけの、穏やかな午後を満喫しているようだ。その愛情が、見る者の胸の中にもじんわり染み渡る。ギョムはその場に座り込み、ぶち犬の親子をいつまでも見ていた。

展示会を目前に控え、ソンギャラリーは準備に追われていた。青い作業着姿の男たちがキュレーターの指示に従って絵を運んだり、壁の絵を取り換えたりしている。周囲が慌ただしく動く中、職員になりすましたミンソクは、人目を避けながら館長室へ向かった。

ブラインドを下ろした室内は真っ暗だった。小型の懐中電灯をつけ、館長のデスクに近づく。いつ誰が入って来るかわからない。体中に緊張が走り、心臓が大きな音を立てた。深呼吸をしてからノートパソコンの電源を入れる。この日のため、思い当たるパスワードをまとめたリストを用意してきたが、無駄だった。背中に嫌な汗が流れた。その時、ふと目に留まった卓上カレンダーに、丸く囲まれた日があった。

不渡りの危機に陥り、追い詰められた末に首を吊ったイム専務の遺品を受け取ったのは、わずか数日前のことである。その遺品の中に、遺書が残されていた。そこには責任を押しつける形になってしまい申し訳ないという謝罪とともに、ソンジングループの仕組んだ罠に我が社、つまりRテックが嵌められたという事実が記されていた。ミンソクは驚愕した。ソンジングループとRテックカンパニーが繋がっていたとは考えもしなかった。なぜもっと早く教えてくれなかったのか。もう会うことも叶わない戦友を恨んだ。

ついにログインに成功した。思った通り、パスワードにはカレンダーに丸が打たれた日を組み合わせた数字が設定されていた。ミンソクは腕時計で時刻を確かめてからファイルを探した。そろそろ展示会の準備が終わる頃だ。ファイルを一つ一つ開いて調べている余裕はない。ミンソクは急いでUSBメモリを差込み、ファイルをすべて移すことにした。完了までかかる時間は五分四十秒。ファイルが正常に保存されていることを知らせる緑のライトを見ながら、ミンソクは喉元が刻々と絞めつけられていくようだった。ところが、あと十秒というところでドアが開いた。

とっさにUSBメモリを抜き取り、デスクの下に隠れる。電気がつき、誰かがソファーに座る音が聞こえた。二人いるようだった。館長とその夫、ソンジングループ会長に違いない。服の裾まで押さえて体を丸めていたミンソクのポケットから、一枚のメモが落ちた。玉仁洞《オクインドン》二四〇番地、ジュンの新しい住所である。拾おうと手を伸ばしたが、メモは指のわずか先へ、先へと逃げていく。まるで足でもついているようだ。ミンソクは仕方なくカーペットを低く捲り、その下にメモを隠した。

「用件は何ですの？　『金剛山図《クムガンサンド》』を国宝に推す件で、記者たちが待っているの。長くは抜けられないわ」

ソン館長の棘のある声が聞こえてきた。「金剛山図《クムガンサンド》」？　ジュンが研究しているあの絵のことか。確か安堅《アンギョン》の作品と言っていたような気がするが……。妻の話をまともに聞かなかったことが悔やまれる。すると突然、会長の怒鳴り声が聞こえてきた。

「家に戻れ、もう勝手は許さん！　いつまでホテルのペントハウスにいるつもりだ」

「馬鹿ね、本当に。忙しい人を捕まえて言うこととときたら」

「ふんっ、忙しい？　何がそんなに忙しい。あんな偽物に何十億も費やす暇はあるくせに」

「馬鹿なこと言わないで！　『金剛山図《クムガンサンド》』は国宝になるべき重要な文化財よ」

館長の声も怒りに震えていた。

「能書きは結構だよ。とにかく最後までそう言い張ることだ。何十億も注ぎ込んだんだから、何が何でも本物に仕立て上げろ」

「こんなことで私の弱みを握ったなんて思わないでね。私もちゃんと考えてあるから。資金洗浄の証拠となる裏帳簿と、それからRテックカンパニーの一件もね」

館長はヒステリックな声で言い返した。Rテックカンパニー？　ミンソクは拳を握った。イム専務の遺書にあった内容は本当だったのだ。ソンジングループ会長は自分の不正を隠すため、妻が運営するソンギャラリーを利用してきたのだ。つまりソンギャラリーは資金洗浄の窓口ということになる。ミンソクの会社を含む投資各社は、ソンジングループの株価操作によってドミノ倒しで倒産した。作成された裏帳簿は、間違いなくソンギャラリーの館長が持っている。ミンソクは手の平の中のＵＳＢメモリを改めて握り締めた。この小さなチップの中に、裏帳簿が入っているかも知れない。今はそれが頼みの綱だ。

＊

ミンソクが館長室に身を潜めていたその頃、ジユンは息子のウンスと一緒に部屋作りの真っ最中だった。最初は『金剛山図《クムガンサンド》』が贋作であることを証明する手がかりを求めて師任堂《サイムダン》の日記を研究していたが、いつからかジユンはその日記から人生を学ぶようになった。子どもたちと力を合わせて家をセルフリフォームする件では、我が身を振り返って反省もした。たとえ一時的であっても住むしかないのなら、快適に明るく過ごせる場所にすべきだったのだ。家が暗いと、住む人の心まで下向きになってしまう。今一番の問題はお金だが、一つずつ、着実に解決していこうと思う。まずは新しい一日を始め、そして終える場所、大切な家族と暮らす家から、過ごしやすい、過ごしたいと思える場所にしたい。

白のペンキで壁を塗り、台所の窓にはレースのカーテンをつけた。窓枠には小さな花を飾って雰囲気を出し、シンク台はシートを貼って明るい印象にまとめた。初めのうち、すぐ引っ越すのに無駄なことして、とぶつぶつ言っていた姑のジョンヒも、明るくなった家の中を見て、内心では喜んでいるようだった。

家の中が済んだら、今度はベランダに植物を植える番だ。ジユンはウンスと向かい合って座り、植木鉢に種を撒いた。トスカーナの古い邸宅から美人図とともに持ち帰った、撫子《なでしこ》の花の種である。種が入っていた刺繍入りの巾着をじっと見つめていた息子のウンスが、不意に顔を上げ、種を植えるジユンの顔をまじまじと見て言った。

「お母さん、すごく古い巾着だね」

「古いわよ、きっと数百年は経ってるんじゃないかな」

ジユンが言うと、ウンスは目を輝かせた。

「ウンスは何のお花が一番好き？」

「お母さん！」

そう言って無邪気に笑い、ジユンの胸に抱きついた。愛おしい。ジユンは我が子をぎゅっと抱き締めた。ふと、ギョムが見たあの温かく穏やかな場面が頭に浮かんだ。子どもを抱いて寝かせる師《サ》任堂《イムダン》の姿と、子犬に乳をやる母犬の姿。それは数百年が経った今も、見る者の心を和ませる名画、「母犬図」の誕生秘話でもあったのだ。

＊＊＊

庭の日向にいるぶち犬の母子を見ていたギョムは、上衣の裾を翻し、部屋へと急いだ。画具が転がり、破られぐしゃぐしゃに丸められた紙が散乱する中、ギョムは真っ新な紙を広げた。胸の底からむくむくと湧いてくる衝動に、口の中が乾いた。すぐにでも描かなければ蕁麻疹が出そうだ。

点一つ打つことができずに彷徨い続けた長い日々を経て、今、ギョムの筆は再び自由に走り始めた。白い紙の上に、あっという間に母犬と、その胸に包まれる二匹の子犬が現れた。筆は尚も止まらず、母犬の背に足をかけて眠る子犬がもう一匹、描かれた。無音の調べが流れ始め、ギョムの筆は白い紙を舞台に踊り続ける。山水画の手法を取り入れた一本の木が、天に向かって高く伸びた。

中庭に夕闇が降りる頃、ギョムはようやく筆を置いた。完成した「母犬図」を眺める目は喜びに満ちている。服も顔も墨だらけだったが、目だけは炯々としていた。帰ってきた。師任堂《サイムダン》があれほど恋い慕ったあの才気が、二十年の時を経てようやく輝きを取り戻した。

胸がいっぱいになった。空も飛べそうな気分だ。一息に塀を超え、宮殿を超えて寿進坊《スジンバン》へ駆けて行きたい。何より師任堂《サイムダン》に見て欲しい。この絵を見たら、どんな顔をするだろう。きっと俺が思ったこと、描きたいと思ったことを思い、感じてくれるはずだ。ギョムは「母犬図」を絵巻のように丸めた。

ギョムの「母犬図」はすぐに師任堂《サイムダン》の元へ届けられた。使いの下男から絵を受け取った師任堂《サイムダン》は、覗き込もうとするヒャンを下がらせ、自分の部屋に入った。絵を広げる指先がわずかに震えている。そして絵を広げた瞬間、声にならない驚きに乾いた唇が震えた。やっとこの日が来た。眩しいほどの画才がようやく戻ってきたのだ。自分のすべてを賭けて愛した天才絵師、ギョムが帰ってきた。心の底から喜びが沸き起こり、涙があふれた。あの人の優しさと温もりが、指先を伝ってそのまま絵に現れている。師任堂《サイムダン》は今この瞬間を胸に刻み込むように「母犬図」を抱き締めた。

「母犬図」はまるで閃光のようだと師任堂《サイムダン》は思った。長い間、内に秘めてきた火を一瞬の衝撃で放つ火打石のように、一気に解き放たれた才能。師任堂《サイムダン》はしばらく感激に浸っていたが、不意に絵を置いて深く息を吐いた。この熱い思いを、冷めないうちにギョムに伝えたかった。

だが、長こと筆を執っていないのは師任堂《サイムダン》も同じだった。白い紙を広げたまま、しばらく途方に暮れた。雑念を払うように何度も墨を磨ってみるも、筆を持つ手は一向に動かない。そのまま、時間だけが過ぎていく。不意に、筆先から一滴の墨が落ちて白い紙の上に染みのように広がった。胸にしまった後悔も、一緒に広がっていくようだった。

やがて、師任堂《サイムダン》の筆が、ゆっくりと動き始めた。

遅日江山麗
春風花草香
泥融飛燕子
沙暖睡狗子

気だるい日差しを浴びる山川は美しく、風は草花の香を運ぶ。湿った土を銜《くわ》えた燕は忙しなく羽ばたき、温かな砂場に子犬が眠る。

翌日、ギョムは絵とともに返された師任堂《サイムダン》の詩を何十回と読み返した。丁寧に書き下された字からは師任堂《サイムダン》の手の温もりが、そしてその内容からは積年の思いが伝わってきた。二十年前、互いの絵に詩を添え合ったあの時が思い出される。百日紅の木の下に並んで座り、「金剛山図《クムガンサンド》」に思いを記し合ったのが昨日のことのようだ。歳月の幕が払われ、記憶は鮮明に蘇る。ギョムは再び描きたい衝動に駆られた。体中から熱が放たれ、指先が痺れてくるようだ。貰った詩を丁寧に畳んで引き出しにしまい、ギョムは真っ新な紙を広げた。

絵に対する渇望が、圧倒的な力となってギョムを支配していた。一晩で既に数十枚の絵を描いていたが、体の底から燃えたぎる炎は収まることを知らない。失った時間を取り戻すように、抑え込まれていた情熱が迸る。ギョムの筆が触れる所すべてに息吹が吹き込まれていく。木の根が水を吸い、山鳥が戯れ、花が咲き、川が流れる。その画風は他に似ているようでいて、筆遣いや色の感覚は独創性にあふれ、構図も新しい。

都城の内に外に、ギョムの噂は瞬く間に広がった。我こそはという絵師たちまでも、ギョムの絵を一目見ようと全土から漢陽《ハニャン》を目指した。絵に嗜みのある両班《ヤンバン》はもちろん、庶民の間でも熱狂する者は珍しくなかった。人気が高まり、その絵を慕う者が増えれば増えるほど、反対に敵が増えるのもまた世の常である。ギョムの画法を批判する者たちは、山水画の手法から逸脱していることを問題視し、無暗に宜城君《イソングン》を追従する愚昧な民百姓が増えていると声高に非難した。

図画署の役人たちが上疏し、朝廷の大臣衆がギョムの絵を巡って批判合戦を繰り広げても、中《チュン》宗《ジョン》は状況を見守るばかりで一向に手を打とうとしなかった。

ギョムを朝廷に招き入れたのは、偏に中宗《チュンジョン》の一存だった。己卯《キミョ》の一件以来、領議政をはじめ古参の大臣たちは、外部との接触を断たせ、中宗《チュンジョン》を籠の中の鳥にしたがったが、中宗《チュンジョン》は独り抗い続けてきた。だからこそ、気の置けない、本当の自分の思いの丈を話せる友人を切実に欲っした。中宗《チュンジョン》にとって、ギョムはまさに、そんな存在だったのである。当然、周囲の猛反対が予想されたが、今回ばかりは押し切ってでもギョムを側に置くつもりでいた。だが意外なことに、大臣たちはすんなりギョムを受け入れた。政治にまったく関心を見せない宜城君《イソングン》であれば問題ないと考えたのだ。ところが当初の予想に反し、ギョムの存在感は日増しに膨らんでいった。そろそろ目障りになろうかというところで、今回の問題が起きた。正確には問題が生じる余地を作ったのだ。領議政とミン・チヒョンは、この機を逃がすまいと、問題を大きく広げようと画策した。

「直ちに安国坊《アングクパン》を閉鎖すべきです。それ以外に方法がありませぬ」

領議政が言った。

「吏曹参議《イジョチャムイ》はどう思う?」

中宗《チュンジョン》は困った顔でミン・チヒョンを見た。

「宜城君《イソングン》が法度をわずかに犯したことが問題なのではありませぬ」

ミン・チヒョンは中宗《チュンジョン》の顔色をうかがいながら至って冷静に答えた。

「では何が問題だと言うのだ?」

「このところ、宜城君《イソングン》の周りに妙な連中が集まっております。法度に捕らわれまいとする者たちゆえ、今は政に関心のない宜城君《イソングン》も、この先どう扇動されるかわかりませぬ」

「相わかった、では余がこの目で確かめるとしよう。その法度に背く絵とやらをな」

中宗《チュンジョン》は安国坊《アングクパン》に知らせを出すよう尚膳《サンソン》に命じた。

「僭越ながら、今回は知らせを出さずに行かれてはいかがでしょう。その方がありのままの様子が見られ、判断もし易いかと存じます」

ミン・チヒョンの発言に、ずらりと並んで座る大臣たちは腰を屈めた。つまりは皆、ミン・チヒョンの提案に賛成したということだ。不本意だが仕方がない。中宗《チュンジョン》は席を立った。

＊＊＊

突然の王の訪問に、安国坊《アングクパン》の下人たちは大いに慌てた。全員、急いで門の外へ出て、道の脇に平伏した。ギョムは下人たちの前に出て、お辞儀をしたまま中宗《チュンジョン》を出迎えた。駕籠が門の前に留まり、その後ろに大臣たちを乗せた馬が一列に並ぶ。

「近頃、お前の絵のせいで朝廷が騒がしゅうて敵わん。一体どんな絵を描いているのか余がこの目で確かめにきた」

中宗《チュンジョン》は上座に座ると、わざとらしく厳しい口調でギョムに言った。ギョムは法度に従って一礼し、ちらと宦官を見やった。宦官はギョムの山水画を木の盆に乗せ、中宗《チュンジョン》の前に置いた。絵が置かれるが早いか、中宗《チュンジョン》は一枚一枚捲りながら注意深く絵を吟味した。

「見たことも、聞いたこともない絵にございます」

痺れを切らし、領議政が言った。

「褒め言葉と受け取ってよろしいですか?」

ギョムは余裕の表情を浮かべてそう切り返し、笑っているような、いないような、かすかな笑みを浮かべた。芸術をする者にとって「これまでにない」という言葉はむしろ賞賛である。

両人のやり取りを耳にしても、何の反応も示さずギョムの絵に見入っていた中宗《チュンジョン》が、ふと顔を上げて壁の絵に視線を留めた。壁にかけられていたのは「母犬図」だった。中宗《チュンジョン》はその絵に視線を留めたまま、おもむろに立ち上がった。

「一体、何があった?」

しばらく「母犬図」を鑑賞していた中宗《チュンジョン》は、顔を輝かせてギョムを見つめた。

「やっと、帰ってきたのだな」

中宗《チュンジョン》はギョムの肩を抱き、大そう嬉しそうに笑った。領議政とミン・チヒョンの顔が途端に暗くなった。予想外の展開である。大臣たちも気まずそうな顔で互いの顔色を見比べている。

「二十年前、宜城君《イソングン》が描いた子犬の絵に、余は甚く心を癒された。あの場に居合わせた者は覚えておろうが、あの時の絵もこれと同様に、見たことも聞いたこともない絵だった」

中宗《チュンジョン》は何の話やらと、きょとんとする大臣たちに向けて言った。

「こ奴は……皆も知っている通り、恵まれない幼少期を過ごした。それゆえに考え方や描く絵がちと人並みを外れておる。だがその自由さに、かえって余の心は安らぐのだ。誰に害を与えるわけではないではないか」

ギョムを擁護するのは気に入らないが、中宗《チュンジョン》の言い分には反論の余地がない。荒波立つ腹を抱えながらも、大臣たちは何も言い返せなかった。

「太平の世に詩《うた》と絵が花咲くのは至極当然のことであり、それは同時に王族としての務めでもあると思うております」

場の空気を逸早く察したミン・チヒョンが口を挟んだ。

「王族としての務めとな！　よくぞ申した」

中宗《チュンジョン》は大きな悟りを得たように頷いてギョムを見た。

「これから忙しくなるぞ、宜城君《イソングン》！　朝鮮の芸術を花咲かせるのは王族としての務めとまで言われたのだからな！　待てよ、だがそれにはここはちと狭すぎる……。よし、寿進坊《スジンバン》に王室所有の大きな瓦屋根の屋敷がある。さっそく明日からそこに居を移せ。あとは門にかける額も要るな」

中宗《チュンジョン》がそう命じると、大臣たちの顔は石のように固くなった。だが、命じられた当の本人は、まるで他人事のように上の空だった。寿進坊《スジンバン》に居を移せという言葉に、師任堂《サイムダン》が思い出された。

「朝鮮の芸術の中心となる場所に相応しい名前は何じゃ？」

中宗《チュンジョン》は不服そうにしている大臣たちに聞いた。

「比翼堂……比翼堂にいたします！」

ギョムは礼をして言った。

「比翼堂か」

「二つの目、二つの翼が揃って初めて羽ばたくことができると伝わる、比翼の鳥にちなんだ名前にございます。実力はあっても環境が伴わず、才能を花開かせることができずにいる者たちに、目と翼を与えるという意味も込めております。そのため、身分や男女を問わず、芸術の才ある者は誰でも集まれる場にしとうございます」

勢いよく志を語るギョムを見て、中宗《チュンジョン》は満足そうに笑った。目の上のたんこぶを取りにきたつもりが、新しいこぶを作ることになった大臣たちは、嫉妬の目でギョムを睨んだ。ミン・チヒョンの顔色が殊に暗いのは言うまでもない。

＊＊＊

漢江を跨ぐ橋の下に、貧しく家もない人たちが肩を寄せ合って暮らす掘っ立て小屋がある。師《サ》任堂《イムダン》の夫であり、四兄妹の父イ・ウォンスはその小屋の中に入れず、かといって両班《ヤンバン》が行き交う橋の上に立つこともできず、橋の下にぐったりと伸びていた。何日も腹を空かせた体は、目がくぼみ、顔は黄色く、結った頭は鳥の巣のように乱れている。小屋の中の者たちより悲惨な風貌である。現に、中から出てきた者たちも、そんなウォンスを見て「物乞いがいる」と避けて通るほどだ。

家の権利書を持って一足先に漢陽《ハニャン》へ上京してきたウォンスは、自分なりに抱負を抱いていた。これまで入り婿の立場で妻の実家で暮らしてきて、口に出したことはなかったが、肩身の狭い思いをしてきた。漢陽《ハニャン》への引っ越しを機に分家し、これからは一家の主として大口の一つも叩いてみたい、妻や子どもたちから尊敬されたいという希望もあった。

ところが、そうは問屋が卸さなかった。科挙の試験に悉く落ちた時のことを考えても、そして今のこの状況も、天地神明に見放されているとしか思えない。内々に離宮を建てることが決まった土地で、買っておけば何倍にも値が跳ね上がるという旧友の話を信じたのがそもそもの間違いだった。貧しい寺子屋の時分から机を並べた、数十年来の友に、まさか騙されるとは夢にも思わなかった。ウォンスは家の権利書から何から、持ち金すべてを旧友に渡した。その時、権利書を見た旧友は、これで家族に大きな顔ができると祝うようにウォンスの肩を叩きもした。

だがその直後にことは発覚した。旧友が姿を消したのだ。まさかと思い寿進坊《スジンバン》を訪ねてみると、案の定、家は他人の手に渡っていた。そこで初めて、騙されたことに気づき、ウォンスはその場にへたりこんだ。最初のうちは拳で胸を打って天を恨んだが、こうしてはいられないと心当たりのある所はすべて訪ね、漢陽《ハニャン》中を走り回った。そうして三月が経ったが、どこに隠れたのか、旧友の消息は依然としてつかめない。

日が経てば経つほど捜索は難航し、家族の元へ帰れない時間も長引いてしまった。師任堂《サイムダン》に向ける顔がないが、とはいえいつまでも橋の下で伸びているわけにもいかない。腹も減り、何よりも子どもたちの顔が見たかった。

ウォンスは鳴り続ける腹を押さえて身を起こした。このままでは本当に骨と皮だけになってしまう。両班《ヤンバン》の面子など、もうどうでもいい。物乞いでもしなければ本当に死んでしまいそうだ。ウォンスは立ち上がり、橋の上に上がった。そして、飢えた腹を抱えて寿進坊《スジンバン》一帯を彷徨い続け、ようやく「北坪村《ブクピョンチョン》から越してきたばかりの一家」を知る者に出会えた。

だが、家族を捜しに来てからもう丸二日が過ぎていた。もはやつかむ皮もなくなり、その場にしゃがんで慟哭しようとしたその時、「父上」と呼ぶ懐かしい声が聞こえてきた。その声に、涙も鼻水もすっと中に引っ込んだ。

「メチャン！」

ウォンスは座ったまま上体を振り向かせて腕を伸ばした。

「どこへ行っておられたのですか！」

メチャンは父を抱き締め、我慢の糸が切れたように声を出して泣いた。涙なくしては見られない父娘の再会である。

「ああ、メチャン！　父も会いたかったぞ」

「こんな格好をなさって……。早く家に帰りましょう、さ、早く」

「いや、それは些か」

「父上！　みんなも待っています」

メチャンは父の手を握り絞め、引きずるように連れ帰ろうとした。

「みんな？　母上は待っていないと思うぞ」

ウォンスは娘に手を引かれて行く最中も、妻と顔を合わせることを考えると、額に妙な汗がにじんだ
家を騙し取られた挙句、家族に一言もなく姿を消した夫に、師任堂《サイムダン》は何も言わなかった。黙って着替えを用意し、ヒャンに米を炊かせた。そんな妻の様子が、ウォンスには余計に恐ろしかった。いっそ甲斐性なしと罵り、がみがみ文句を言ってくれる方がまだ気が楽なのだが、師任堂《サイムダン》はまるで他人をもてなすように、折り目正しく接してくる。

夫婦となり、布団を並べて眠るようになって二十年になるが、妻にはいまだ気兼ねが抜けない。まるで二人の間を隔たる見えない線が引かれているようだ。その一線を越えようとどれほど足掻いても、妻との間に築かれた冷たい壁は崩せなかった。

「過ぎたことはすべて忘れて、明日から科挙の勉強に励んでください。ソンもヒョルリョンも、日に日に力をつけてきています。次の科挙には何としても合格なさらなければなりません。家のことは私が何とかいたしますゆえ、心配は無用です」

師任堂《サイムダン》はウォンスの布団を敷きながら感情のない声で言った。

「師任堂《サイムダン》……三ヵ月ぶりだな……」

ウォンスは妻の裳《チマ》の裾を手で押さえた。師任堂《サイムダン》はやんわりと裾を引くと、無表情で立ち上がり、おやすみなさいと言って部屋を出て行った。よそよそしい妻の態度に、ウォンスは切なそうに口をもごもとさせて布団に転がった。温かい食事で腹を満たし、ふかふかの布団にうつ伏せになる。これ以上の天国はないとウォンスは思った。もう二度と橋の下には行くまいと何度も心に誓い、再会の夜は更けて行った。

明くる朝、廊下を乾拭きしていた師任堂《サイムダン》は、部屋の中から漏れ聞こえてくる子どもたちの笑い声にしばし手を止めた。思わず溜息が出た。言ってしまえば馬鹿な男だが、幼い子どもたちにとっては、父親はいてくれるだけで頼もしい囲いになるようだ。

ウォンスは朝餉を済ませるが早いか、狭い部屋に籠って、もう半日も子どもたちの遊び相手をしている。お化けごっこをしていると思えば、いつの間にかお手玉をしているし、お手玉をしているかと思えば今度は昔話を聞かせてやっている。自分もウォンスを受け入れなければと師任堂《サイムダン》は思った。夫として頼りになるわけでも、男として恋情を感じられるわけでもないが、大事な子どもたちの父親は、この人しかいないのだから。

＊＊＊

その頃、ギョムは中宗《チュンジョン》の命に従い、寿進坊《スジンバン》にある王室所有の立派な屋敷へ引っ越す最中だった。大きく開かれた門を潜り、荷を運び入れる者たちの忙しそうな姿が見える。その門の上には中宗《チュンジョン》直筆の「比翼堂」と書かれた額がかけられ、塀には芸術を志す者を募るという知らせが張り出された。美しい庭園には木花が植えられ、透き通った蓮池には色とりどりの鱗を纏《まと》った魚が、水面に映る雲の間を行ったり来たりして悠々と泳いでいる。

片付けの済んだ書架には、膨大な数の書物が並んでいる。ギョムの胸に、また新たな抱負が芽生えた。比翼堂はすぐに才気あふれる者たちでいっぱいになる。この書架で自由に本を読み、考え方が合う者や合わない者同士が活発に意見を交し合い、詩を書き絵を描くことだろう。楽士は景色の良い蓮池のほとりに集まって座り、伽耶琴《カヤグム》や玄琴《コムンゴ》、琵琶を奏で、踊り手たちはその調べに合わせて舞うだろう。その光景を画幅に納める絵師もいるだろう。

想像するだけで、胸の中で白い綿雲がふわふわと浮いているような気持ちになる。わくわくする。ここをきっと、芸術家の解放の地にするのだと、ギョムは改めて誓った。

「王様が直筆の額まで下されたのを見ると、これからこの国の芸術は宜城君《イソングン》様の肩にかかっているようですな」

その抱負を打ち砕くような不愉快な声が聞こえてきた。振り向くと、ミン・チヒョンはギョムのすぐ側まで寄ってきた。お供の下男は大きな鳥籠を抱えている。絢爛な羽を広げる孔雀を持ってきたのを見ると、引っ越し祝いのつもりなのだろう。

「過分な土産物は遠慮いたします」

ギョムは嫌そうに言った。

「宜城君《イソングン》様にではなく、朝鮮の芸術の門出を祝う贈り物です」

「あなた様が考える芸術とは、高貴な両班《ヤンバン》方のためにあるもののようですな」

「いけませんか？」

「まさか、何でも良いのです。芸術に貴賤なし。比翼堂は皆に等しく門戸を開けておりますゆえ」

ギョムは乾いた笑いを浮かべて言った。その笑いの意味を推し量るように、ミン・チヒョンは咳払いをして壁の絵に視線を移した。豊かな葉に囲まれ、妖艶な輝きを放つ花の絵だ。

「何の花ですか？」

ミン・チヒョンがギョムに聞いた。

「……芍薬です」

少し間を置いてからギョムが答えた。昔、師任堂《サイムダン》に贈った唐只《テンギ》にも芍薬の花を描いたことが思い出された。

「芍薬ですか……士大夫が描く絵にしては珍しいですな」

「士大夫が描く絵としては珍しいかも知れませんが、民百姓の家の庭ではよく見かける花です」

「宜城君《イソングン》には、芍薬は民百姓の家に咲く花、ということですか」

「どこにでも咲く花、ということです、芍薬は」

ギョムは壁から絵を取り外してミン・チヒョンに差し出した。

「いかがですか？　貴重な孔雀の贈り物へのお返しに相応しいと思いますが。鳥と花、正に花鳥図だ。高価な贈り物へのお返しとして、あなた様に差し上げます」

「ははは、これはこれは。ありがたく頂戴いたします」

ミン・チヒョンは敵意を漂わせた顔をして、口では丁寧に礼を言った。

「いつでもお越しください」

「誠にございますか？」

「疑いますね」

「ひどく冗談の通じない男ゆえ、本当に、いつでもうかがうかも知れませぬ」

「芸術など特別なものではござらん。呑んで遊んで楽しんで詩を詠むだけのこと。本心ゆえ、いつでもお越しください」

ギョムは軽く頭を下げ、相手を気遣う素振りを見せた。

なかなか本音を言わないギョムに、ミン・チヒョンは苛立ちを覚えた。北坪村《プクピョンチョン》で浮名を流していた頃は特に意に介すほどの存在ではなかった。だが、中宗《チュンジョン》の寵愛が目に見えるほどに至った今では、政治的にももはや無視できなくなっている。敵と見なすべきか、仲間として巻き込むべきか、判断がつかない。

晴れない気分で比翼堂を出たミン・チヒョンは、門の前に待たせておいた手輿に乗ろうとして、側で転んだ子がいることに気づいた。年は四つくらいの、幼い男の子だ。血も涙もない冷血漢ではあったが、自身も子を育てる父親。転んで泣いている子を見て見ぬふりはできず、両手で抱き上げるように起こしてやった。その時、子どもの母親と思しき女が慌てて駆け寄ってきた。ところが、ミン・チヒョンの顔を見るや、女は氷のようにその場に固まった。みすぼらしい身なりからは想像もつかぬほど美しい顔をしている。どことなく見覚えがあるような気がした。子どもは母親に気づくや、駆け足で母の元へ向かって行った。我が子が駆けて来ても、女は何かに怯えたように身を震わせ、ミン・チヒョンから視線を逸らせないでいる。ミン・チヒョンは怪訝そうに女を一瞥し、手輿に乗った。女はようやく、裾を引っ張る我が子を抱え、逃げるように走り去って行った。

この時、ミン・チヒョンは、気づいていなかった。比翼堂の前で見かけたその女が、師任堂《サイムダン》であることを。そして二十年前、その手で殺しておくべきだった芍薬の唐只《テンギ》の少女であることを、知る由もなかったのである。

＊

ジユンは明るい陽が差し込む居間に腰かけ、師任堂《サイムダン》の日記を読んでいた。日記の中の出来事はどれも、数万光年も遠く離れた宇宙の話のような気がした。だが一方で、今、自分の身に現実に起きている出来事のようでもある。ミン・チヒョンとの偶然の再会を思うと、背中が寒くなりもする。どんなに怖かったろう。どんなに悔しかったろう。ジユンはいつの間にか、当時の師任堂《サイムダン》に自分を重ねていた。人を人とも思わないミン教授への嫌悪と恐怖が、日記の中で再現されているようだった。

ジユンは日記を閉じて部屋に入った。クローゼットを開け、隠しておいた美人図を取り出し、鏡の横にかけた。ヘジョンの言う通り、絵の中の女性はどことなく自分に似ている。ジユンは絵を見ていた目を鏡の中に移した。化粧気のない顔に薄いグレーのカーディガンを羽織る、痩せ細った自分の姿を見つめ、再び美人図の中の女性に視線を戻した。

「どうして現れたんですか？　私の所に……どうして？」

美人図の中の女性は、何とも言えない悲しい目で見つめ返すだけで、何も答えない。ジユンは心から知りたいと思った。それが夢であれ幻想であれ、師任堂《サイムダン》に会って直接答えを聞きたかった。その時、居間で携帯電話が鳴った。ヘジョンからだ。ヘジョンは差し迫った様子で、一秒でも早く保存科学室に来て欲しいと言った。ジユンはそのまま家を出た。細い路地を抜けてすぐにタクシーに飛び乗り、国立中央博物館の保存科学室に来るよう、サンヒョンにメッセージを送った。

ジユンがタクシーを降りて博物館の階段を駆け上がろうとした時、向こうにジユンを待つヘジョンの姿が見えた。ちょうどサンヒョンも到着した。

三人が初めて揃った。

「私の同期、あなたにとっては先輩ね。修復師のヘジョンよ。この博物館に勤めていて、人に気づかれないよう、こっそり協力してくれているの」

「はじめまして、ヘジョン先輩。ジユン先輩の後輩、ハン・サンヒョンです。よろしくお願いします。」

サンヒョンが礼儀正しく自己紹介をして目で会釈をすると、ヘジョンは人の良さそうな笑顔を作り、握手を求めた。

挨拶が済んだ三人は、さっそく保存科学室へと移動した。ヘジョンは組織改編と人事異動で忙しい時期で、師任堂《サイムダン》の日記の修復が遅れていると状況を伝えた。ジユンは人目を盗んでまで協力してくれるヘジョンが、ただただありがたかった。

保存科学室に到着すると、ヘジョンは師任堂《サイムダン》の日記から発見された一枚の紙を見せた。文字は色褪せていたが、韓国語で書かれたとわかる詩だった。漢文とは書体がまったく違う。師任堂《サイムダン》が書いたものでないことは明らかだ。

二人の魂は一つ
たとえ僕が君の前からいなくなっても、それは別れではない
叩いて薄く伸ばした金箔のように
ただ距離が広がるだけ

ジユンは震える声で詩を読んだ。

「これは何?」

ヘジョンが聞いた。

「『嘆くのを禁じて』という別れの詩よ。ジョン・ダン、十六世紀のイギリスの詩人で、私がとても好きな詩よ」

ジユンはわからなかった。師任堂《サイムダン》が書いたのでなければ、一体誰が? 繰り返し詩を読み返して答えを見つけようとしたが、書いた人物は見当もつかない。

その時、脳裏に幾つもの場面が、まるで映画のフィルムのようになってよぎった。

色鮮やかな上衣《チョゴリ》に身を包んだ女性が、色紙《いろがみ》に筆を滑らせて別れの詩を描いている。大海原が広がる港に立つ男の後ろ姿、その後ろ姿に近づく女、女から色紙の手紙と撫子《なでしこ》の花の種が入った巾着を手渡される男、女の首に比翼の鳥を彫った象牙の印章をかけてやる男、印章の首飾りを触って悲しく笑う師任堂《サイムダン》の顔。

「あ……」

ジユンの手から色紙のメモが落ちた。現実と非現実の境目で眩暈がしたジユンは、椅子に倒れ込んだ。

「どうしたの?」

ヘジョンが心配そうに顔を覗き込んで言った。

「ちょっと眩暈がしただけ、大丈夫、大丈夫よ……」

ジユンは無意識にうなじに手を伸ばした。つい先ほどまで比翼の鳥の首飾りが自分の首にかけられていたような気がした。頭が混乱する。

「ソ・ジユン!」

その時、いきなり蹴破るようにドアを開け、ミン教授の怒鳴り声が飛び込んできた。

「あ!」

ジユンはまるで死神を見るような目でミン教授を見た。隣にいるヘジョンも息を呑んで後退りをした。

「お前たち、ここで何をしている!」

ミン教授はジユンを睨んだまま、じりじりと迫った。

「教授こそ、何の用ですか」

ジユンは床に落ちた色紙を爪先でそっと引き寄せ、きっと睨み返した。

「ほ、ほんと……お久しぶりですね……」

ヘジョンは顕微鏡の前に置かれた師任堂《サイムダン》の日記を大きな体で隠し、しどろもどろに言った。

「ジユン、貴様『金剛山図《クムガンサンド》』のことで何を企んでいる？　私の発表を潰しただけでは飽き足りないと言うのか！」

教授はジユンに迫りながら、すべてを見透かしたように脅しをかけた。と、その時、開いたドアの後ろに隠れていたサンヒョンが、背後からミン教授の腕をつかみ、くるりと自分の方を向かせた。

「教授！　お久しぶりです！」

抵抗する間も与えず、サンヒョンは教授の肩を抱き締めた。その隙に、ジユンは床に落ちた色紙をヘジョンに渡した。ヘジョンは師任堂《サイムダン》の日記と色紙を腰のあたりに隠した。

「放せ！　よさないか！」

ミン教授はサンヒョンにつかまれたまま、手足をじたばたさせている。

「やだなぁ、恥ずかしがることないのに」

ジユンとヘジョンがひと段落ついたのを見届けると、サンヒョンは素知らぬ顔でミン教授を放した。

「何を考えているんだ、お前は！」

ミン教授はサンヒョンを怒鳴りつけた。

「久しぶりにお会いできて、嬉しくてつい。お元気でしたか？」

とぼけた顔でサンヒョンが言った。

「お前たち三人、なぜここにいる？　答えろ！」

それを聞いて、ジユンはほっと胸を撫で下ろした。師任堂《サイムダン》の日記とは、まだ知られていないようだ。隣にいたヘジョンがとっさに機転を利かせ、互助会だとごまかした。サンヒョンも大きく頷いて見せた。

「そうなんです。ミン教授を愛する友の会」

ジユンも加勢し、にこりと笑った。

「ミン教授を愛する友の会？」

教授は訝しそうに眉間にしわを寄せた。

「ミン教授を愛する人たちの集まりですよ。学部生の頃からずっと、教授を尊敬していましたから。私たちは特に」

ヘジョンが言うと、サンヒョンはまたも大きく頷いた。

ミン教授は疑いの目で三人の顔を代わる代わる睨みつけ、保存科学室の中をスキャンするかのように見回した。怪しいにおいはぷんぷんするが、証拠がない。家宅捜索をできるような立場でもなく、ミン教授は胸の中で舌打ちをした。

「よく聞くんだ、ソ・ジユン。妙な気を起こさず、大人しくしているのが身のためだ」

ミン教授は人差し指でジユンの額を差しながらそう警告すると、来た時と同じくドアを蹴破る勢いで保存科学室を出て行った。残された三人は、膝が震え、倒れ込むように椅子に座った。嵐が去った後のようだ。ヘジョンは十年は寿命が縮んだと言いながら、隠していた師任堂《サイムダン》の日記を取り出した。こうなった以上、修復作業の場所を移した方が良さそうだ。

＊

自室に戻ったミン教授は、デスクの前に座り、助手たちに集めさせた保存科学室の監視カメラの映像を見ていた。数週間前、ジユンとサンヒョンが怪しい古い本について調べているという妙な噂を耳にし、すぐに助手たちに二人を見張らせた。助手たちが報告してきたのはどれも役に立たないものばかりだったが、その中で唯一気になったのが、ヘジョンが勤める保存科学室に関する情報だった。

ＰＣの画面に映る監視カメラの映像は、思ったより画質が良くなかった。ジユンとヘジョン、サンヒョンが机を囲んで頭を寄せ合い、何かを一生懸命読んでいるように見えるが、角度と距離のせいで、それが何かはわからない。一体何を読んでいる？　サンヒョンが監視カメラの死角に消え、ジユンが立ち上がって顕微鏡の方へ向かった。ヘジョンから手渡された紙を見て何やら呟やいたと思ったら、突然倒れ込むように椅子に座った。ひどく驚いているようだ。一体、何に驚いたのだ。同じ場面を何度も巻き戻して見たが、三人が何を見ているのか、最後までわからなかった。

焦りが募り、ミン教授は握っていたマウスを投げるようにして置いた。ストレスで首の後ろが腫れ上がっているようだ。やるべきことは一つや二つではない。全力で推すと言っていたソン館長は連絡を避けているようだし、次期学長として社会科学部の学部長を有力視する向きも出ている。あれほど金をかけて接待してきた文化財委員の間では、「金剛山図《クムガンサンド》」を国宝に推す動きを危ぶむ声まで上がっているという。そればかりか、ジユンとその仲間たちが調べている古い本に、「金剛山図《クムガンサンド》」のことが書かれているという噂まで耳にした。「金剛山図《クムガンサンド》」を国宝にするのは一世一代の勝負であり、チャンスであり、名誉とプライドを賭けた大仕事だ。それほど重大なプロジェクトを邪魔するものは、それが何だろうと、誰だろうと、絶対に野放しにはしておけない。

十一

月明りの美しい夜、師任堂《サイムダン》は一人縁側に出て座っていた。夕方の出来事が頭を離れず、寝つけなかった。「比翼堂」という額のかかった屋敷にギョムが越してきたことも驚いたが、もっと驚いたのは、ギョムの屋敷にミン・チヒョンが出入りしていたことだ。

雲平寺《ウンピョンサ》で罪のない流民たちを殺害したミン・チヒョン。この国のどこかでのうのうと生きているだろうとは思っていたが、こんな形で再び会うことになろうとは夢にも思わなかった。時が経つと文字が色褪せるように、記憶も薄らいでいけば良いのだが、二十年前に目撃したあの忌まわしい光景は、薄れるどころか今も鮮明に脳裏に焼きついている。許されるなら、すぐにでも比翼堂へ行って二十年前の出来事を打ち明け、二度とあの男に近づかないようギョムに伝えたかった。

もしすべてを打ち明けるとしたら、どこから話せばいいだろうと師任堂《サイムダン》は思った。祝言を挙げる約束を破棄する前の日、ギョムではない他の男に嫁ぐと決めたあの夜のことから？　それとも比翼の鳥の印章を彫る途中、刃がこぼれて父上に道具をお借りしたところから？　そこまで考えて、師《サ》任堂《イムダン》は我に返った。何を考えているの、そんなこと許されるはずがないのに。ふと見ると、いつの間に東の空が白み始めていた。

師任堂《サイムダン》は悩ましい胸を抱えたまま、いつも通り朝餉の片づけをして床を拭いた。ウォンスは朝食を済ませるや、どこへ行くとも告げずにいなくなり、子どもたちはそれぞれ思い思いに遊んでいる。

長男のソンは木を削って何かを作っている。一人娘のメチャンはぼろになった布切れを広げてそこに絵を描き、末っ子のウは木の棒で甕の蓋を叩きながら歌を歌っている。

次男のヒョルリョンは居間の隣、本を入れた箱だらけの小部屋に籠り、埃を被った書物の山から本を選り分けている。どれも既に三、四回は読んでいて、表紙を見ただけで内容を空で言えるくらいだった。新しい本を読みたい、新しい知識を得たいという思いが、胸の奥から波のように押し寄せてくる。

漢陽《ハニャン》の都へ越して来る時、ヒョルリョンには夢があった。噂に聞いていた中部学堂に通い、勉学に励みたい。だがその夢は、この家で暮らすことになると同時に、無残にも砕け散ってしまった。何事にも泰然としていた母だが、暮らし向きが傾くにつれて頬は痩せこけ、いつも何か心配事を抱えているように見える。そんな母を前にして中部学堂に通いたいと言い出せるはずがない。幼心に夢をしまい込み、ヒョルリョンは今日も薄暗い部屋に籠って埃を被った書物を読み耽る。

まだ読んでいない本はないか探していると、突然本の山が崩れた。落ちてきた書物の中に、見慣れない古い本を見つけた。「通鑑節要」と書かれている。初めて見る本に心を躍らせたヒョルリョンは、さっそく表紙をめくった。すると、本に挟まっていた紙が落ちた。見るからに質の良さそうな紙だ。その紙には、「哀此下民喪天彝」と始まる詩が認められていた。

「嘆かわしいことだ……哀れな我が民は、天の道理さえ失くしてしまった。己卯《キミョ》の年に逐《お》われた……」

詩の意味を理解したヒョルリョンは、得も言えぬ恐怖を感じた。心臓が激しく波打っている。見てはいけない物を見てしまったような気がした。この詩は誰が書いたのだろう。母上の字ではないし、父上はそもそも詩を書くような方ではない。だとしたら、自分が生まれる前に亡くなったというお祖父様だろうか？

迷ったが、ヒョルリョンは戸を開けて外へ出た。

師任堂《サイムダン》はちょうど、庭先で脱穀をしているところだった。師任堂《サイムダン》が臼に稲穂を入れるそばから、ヒャンが杵を打ち下ろしていく。

「母上、母上！　お祖父様の本の中から文のようなものが出てきました。これはお祖父様の字でございますか？　お祖父様の遺品はすべて燃やしたのではなかったのですか？」

ヒョルリョンは紙を掲げながら母の答えを待った。師任堂《サイムダン》は稲が入った皿を下ろし、息子に差し出された紙を見た。父上が使っていた高麗紙に間違いない。そして、王の詩！

「どこで見つけたの！」

母の手が震えている。ヒョルリョンはいけないことをしてしまったと心配になり、詩を見つけた経緯を言い訳のように説明した。ヒョルリョンが話し終えるが早いか、師任堂《サイムダン》は真っ青な顔をして部屋に駆け込んだ。

取っ手に匙を差して部屋に鍵をかける。そして、部屋の隅に膝を抱えて座り、震える手で紙を広げた。間違いない。中宗《チュンジョン》の詩だ。父上が筆写したものに違いない。ミン・チヒョンとの再会に続き、父上を死へと追いやる元凶となった中宗《チュンジョン》の詩まで出てくるなんて！　何か恐ろしいことが起こる気がして、師任堂《サイムダン》は息が苦しくなった。

この二十年の間、何百回、何千回と問い続けてきた。あの日、ギョムへの贈り物にと、もし比翼の鳥の印章を彫っていなければ、道具を借りに父の部屋を訪ねなければ、父が書き写していた詩を見ていなければ、いや、それより何より、あの日、雲平寺《ウンピョンサ》に行かなければ、行かなければ、あの惨劇も目撃しなかっただろう。仏画を描き、中宗《チュンジョン》の詩を書き込むこともなかった。そうすれば父上が非業の死を遂げずに済んだはずだし、夫婦になるというギョムとの約束だって……。師任堂《サイムダン》は頭を振った。もう終わったこと、二十年も前のことだと必死に自分に言い聞かせた。繰り返し起こる罪悪感と後悔は、その度にこうして自分で消化していかなくては。私は今を生きているのだから。

師任堂《サイムダン》は喉元が詰まり、食事を無理やり流し込む時のように拳で胸を叩いた。しばらくそうしているうちに、少しずつ呼吸が整ってきた。ゆっくり深く息をしてから紙を畳み、押入れの一番奥に隠して部屋を出た。

ヒョルリョンは不安そうな顔で縁側に座っていた。師任堂《サイムダン》は両手を息子の肩に置いて目を合わせると、厳しい口調で言った。

「ヒョルリョン、今見た紙のことは絶対に口外しては駄目よ。絶対に。当分はあの部屋に入っても駄目、わかったわね？」

「学堂に通わせてもらえず、家の中にはもう新しい本がありません。その上まだ我慢しろとおっしゃるのですか！」

部屋に入ってはいけないという母の言いつけに、ヒョルリョンはとうとう不満を爆発させ、そのまま家を飛び出してしまった。

＊＊＊

まだ八つのヒョルリョンは、小さな胸を痛めていた。言いつけに逆らって母を悲しませたことにも、母が自分の気持ちをわかってくれないことにも、胸が痛んだ。その痛みを紛らわすように、息が切れても走るのを止めなかった。鼓動が激しくなり、心臓が張り裂けそうだった。

その時、どこからか本を読む声が聞こえてきた。声のする方へ向かうと、大きな瓦屋根の建物の前に出た。額には「中部学堂」と書かれてある。ヒョルリョンは、初めて恋に落ちた時のように胸をときめかせた。夢にまで見た中部学堂。まるで何かに導かれるように、ヒョルリョンは門の中へと入って行った。

書卓の前に座り、訓導の講義を聞く子どもたちの姿が見えた。外からこっそり講義の音に耳を傾ける。

「丹を蔵する所は赤くなり、漆を蔵する所は黒くなる。ゆえに君子は、必《ひっ》慎《しん》其《その》所《しょ》与《よ》処《しょ》者《しゃ》焉《いずく》んぞ」

学童は声を合わせて音読する。

「誰か、意味を説ける者はおらぬか？」

訓導の問いに、子どもたちは互いの目を見合った。

「善き人とともに過ごせば芳しい芝蘭の茂る部屋にいるのと同様に、永くその香をかぎ続けることはできないが間もなく香と同化し、不善なる者とともに過ごせば魚屋にいるように永くは臭いを嗅いでいられないが、やはりその臭いに同化する。ゆえに、赤い物を持つ者は赤くなり、黒い漆を持つ者は黒くなる」

ヒョルリョンは学堂で学ぶ子どもたちに同化するあまり、自分が講義を盗み聞きしていることを忘れ、小さな唇を動かして意味を解釈した。ちょうど庭掃除に表に出ていた儒学者の白仁傑《ペクインゴル》が、その姿を見かけて近づいた。

「明心宝鑑だな？」

「はい、交友篇です」

声をかけると、ヒョルリョンはきらきらと目を輝かせ、訓導衣を羽織った仁傑《インゴル》を見上げた。

「おや、見慣れぬ顔だな」

白仁傑《ペクインゴル》は感心した様子でまじまじとヒョルリョンを見た。

「最近、北坪村《プクピョンチョン》から越して来ました」

「北坪村《プクピョンチョン》というと、江陵《カンヌン》の？」

「はい。江陵《カンヌン》の母方の実家で暮らしておりましたが、ひと月前から寿進坊《スジンバン》にて暮らし始めました。本当はこの中部学堂に入りたかったのですが、どうにもならない事情が生じてしまい、通えなくなりました」

「もしや、祖父上の名は何と申される？」

「申命和《シンミョンファ》と申します。早くに亡くなったため、お会いしたことはありません」

「何と……ではお前は、申《シン》先生の孫か」

「私のお祖父様をご存知なのですか？」

ヒョルリョンは驚いて、目を見開いた。

「知っているも何も！」

白仁傑《ペクインゴル》の目が、心なしか赤くなっている。白仁傑《ペクインゴル》にとって、申命和《シンミョンファ》は政の道を説いてくれた先輩であり、学問の師である。申命和《シンミョンファ》が己卯士禍《キミョサファ》に巻き込まれて島流しにされた日、白仁傑《ペクインゴル》もまた罷免され都落ちを余儀なくされた。だが白仁傑《ペクインゴル》は申命和《シンミョンファ》と志をともにしたあの日々を一度も後悔したことはない。出世の道を断たれ、中部学堂で学童を教えているが、今も時折、申命和《シンミョンファ》と濁り酒を飲み交わしながら、政や学問について夜通し語り合ったあの頃を懐かしんでいる。

「白《ペク》先生」

仁傑《インゴル》がヒョルリョンに何か言おうとした時、訓導が丸く巻いた書類を振りながら書判を求めてきた。

「すぐ戻る。ここで待っておれ」

仁傑《インゴル》はそう言い残し、急いで訓導の元へ向かった。中部学堂の先生が祖父上を知っていた。ヒョルリョンは何となく誇らしい気持ちになった。一刻も早く家に帰り、兄たちに教えてやりたい。

「そこで何をしている！」

帰ろうとした時、不意に怒鳴りつけられ、ヒョルリョンはびくりとなって身を縮めた。振り向くと母と同じくらい美しい容姿の女人が、目を吊り上げてこちらを睨んでいた。フィウムダンである。

中部学堂の充員を巡って姉母会がまとめた意見を伝えにきたフィウムダンは、門前の小僧をしている子を見てかっとなった。師任堂《サイムダン》の屋敷の塀に隠れて字を覚えた、不幸な幼き日の自分の姿を見ているようだった。忘れてしまいたい過去が不意に目の前に現れた時に取る、人間の拒絶反応である。

「通りすがりに本を読む声がしたので、聞いておりました」

ヒョルリョンは戸惑い、言い訳をするように言った。

「声がしたからといって、誰もが聞いて良いわけではない。高貴な身分の子息だけが受けられる講義であることが、見てわからぬか」

「子曰く、有教無類。学びには貧富や貴賤、出身、年齢による隔たりはないとおっしゃいました」

「どれだけ勉強をして一端の口を利いているのかわからぬが、目上の者に対して守るべき礼儀というものを教えられていないようだな。子どものくせに生意気に！」

「来語不美去語何美！　来る言葉が美しくないのにどうして往く言葉が美しくなりましょうか！」

一言も負けずに言い返すと、ヒョルリョンは折り目正しく一礼し、足早に学堂の門を出て行った。恐れ知らずのその態度が余計に気に障る。フィウムダンは、裳《チマ》の裾を手で乱暴に体に巻きつけ、訓導の部屋に向かった。講義中の訓導たちがその香りに誘われ、次々に振り向いた。いつものことだ。フィウムダンは顔を上げ、鼻をつんと澄まして威風堂々進んで行った。

＊＊＊

会議用の卓子の前に座り、公文書に花押を押していた白仁傑《ペクインゴル》は、フィウムダンを見るや、立ち上がって迎えた。フィウムダンは挨拶をする仁傑《インゴル》には見向きもせず、卓子のちょうど中央に横柄な態度で座った。傲慢な態度はいつものことだと、仁傑《インゴル》は腹の中で舌打ちした。そして、そんな気色を一切出さずにフィウムダンの真向かいに座った。

「学堂の充員について、姉母会の決定を伝えに来ました」

フィウムダンは前置きもなく用件を言った。

「いやはや、保護者の方々には悪戯にご心配をおかけしたようですが、新入学童の選抜は我々教授官と訓導の裁量と決まっております」

仁傑《インゴル》は最低限の礼儀を守りつつも、きっぱりと言った。

「それはどうでしょうか。姉母会としては、この中部学堂にどこの馬の骨かもわからぬ者が入り込むのを黙って見ているわけには参りません」

「どこの馬の骨とは聞き捨てならぬお言葉。中部学堂は国が運営する学堂であり、独自の厳正な選抜基準が設けられております」

「赴任なさってどれくらいになりまして？　どうせまたすぐに他の地へ赴任なさるでしょう。これまでの教授官と同様に、いつ離れるかもわからぬ教授官に中部学堂に脈々と受け継がれてきたしきたりがわかるはずもなく、中部学堂に相応しい人材を選ぶ目をお持ちかどうか、姉母会は確信が持てずにおります」

「その程度の信頼しか差し上げられず、面目次第もございません」

「そう聞こえたなら、むしろ私がお詫びをしませんと。学識や講義の程度について申し上げた訳ではございません。ただ、これまで中部学堂における大事、小事の決め事はすべて姉母会が判断してきました。それはこれからも変りません。姉母会に口を出されたくないのなら、卑しい身分の子どもに門前の小僧の真似などさせないことです」

そこまで言うと、これ以上は話す価値もないというように、フィウムダンは刺々しく立ち上がった。

「もうお帰りですか？」

傍らについて立っていた訓導が、フィウムダンに尋ねた。

「ああ、これはささやかな気持ちです。教授官様と一緒に美味しいものでも召し上がって」

フィウムダンは袖口から包みを取り出して訓導に手渡しながら、姿勢正しく座る白仁傑《ペクインゴル》にちらと目をやった。仁傑《インゴル》は前を向いたまま、ぴくりとも動かない。卑しい門前の小僧云々という言葉に、申命和《シンミョンファ》の孫のことが思い出され、フィウムダンのことは目に入ってもいなかった。

「いつもお心遣い、有難く頂戴いたします」

金の包みを受け取った訓導は何度も腰を曲げ、教授官室の外までフィウムダンを見送った。フィウムダンが出て行くと、仁傑《インゴル》は先ほどヒョルリョンを見かけた場所へと急いだ。だがそこに、ヒョルリョンの姿はなかった。すぐに戻ると言っておきながら、うっかりしてしまったことが申し訳なかった。どうしてもまた会いたいと仁傑《インゴル》は思った。申命和《シンミョンファ》の孫だからというばかりでなく、せっかく新入の学童を募るなら、勉学に熱意のある子を受け入れたいという思いからである。

落胆して教授官室に戻った仁傑《インゴル》は、意外な客の訪問に、ぱっと喜色を浮かべた。

「どういう風の吹き回しだ！　朝鮮の芸術を両肩に背負われた御仁が、こんなむさ苦しい所に何の御用で？」

棚に並ぶ書物を見回していたギョムの肩を叩き、仁傑《インゴル》は笑った。

「学堂の仕事も楽ではなさそうだ。その顔色を見ると……八年見ない間に二十年は老けたようだ。ああ嫌だ、嫌だ。どうも兄さんには、賑やかな都の水は合っていないようだ。武陵桃源、金剛山《クムガンサン》で人が変ったかな？」

ギョムも人懐っこい笑顔を見せ、負けじと冗談を返した。

「薄情な奴だ。便りの一つもよこさないでおいて、八年ぶりにひょっこり訪ねて来て言う言葉がそれか。まあいい、比翼堂はうまくいってるそうじゃないか」

仁傑《インゴル》はギョムに座るよう勧めながら言った。

「俺は何もしちゃいないよ。勝手にうまく回ってるだけさ」

「何かコツがあるなら教えてくれ」

「コツって？」

「何もしなくても、勝手にうまく回らせるコツだよ」

冗談のつもりだったが、いざ口に出してみると冗談にはならなかった。仁傑《インゴル》は顔を近づけ、真剣な表情でギョムを見据えた。

「四部学堂の子どもたちは、早朝から夜中までひたすら四書三経を覚える。幼い時分からずっと。まるで鸚鵡《おうむ》だ。ここにいる子たちは皆、泣く子も黙る名家の子息だ」

「それで?」

「世の中のこと、民百姓の苦労など目にすることもなければ関心を持つこともない子たちだ。生まれながらに立つ位置が違いすぎる。そういう子らが大きくなって父の家督を継いで役人になり、そのまた子どもがその座を継ぎ、これで国が良くなると思うか? 比翼堂でやっているように、中部学堂に来て、子どもたちをうまく回してみて欲しいんだ」

「俺に、訓導をやれと言うのか?」

仁傑《インゴル》の話にじっと耳を傾けていたギョムが難色を示した。

「嫌なら遊び相手でもいい。そうだ、いっそ遊び相手がいい! 色んな所を見て回りながら、世の中のことを教えてやってくれ」

仁傑《インゴル》は本音を口に出せば出すほど歯痒さが募るようだった。遊び相手になるついでに、精神的に押さえつけられて育った子どもたちの心の殻を、ギョムの力で打ち砕いてくれたらという思いが切実に湧いてくる。

「誰に誰を教えろと言ってるんだ。知ってるだろ? 俺は勉学とは相容れない質《たち》だって。俺の専門は塀を飛び越えることだよ」

ギョムは首ばかりか手まで振って断った。

「わからん奴だな、だから、それを教えろと言っているんだよ」

仁傑《インゴル》は食い下がった。押し問答の末に、ギョムは考えてみるという言葉を残して中部学堂を後にした。

＊＊＊

日がゆっくりと沈んでいく。中部学堂を出たギョムは、暇潰しの種を探す人のようにぶらぶらと比翼堂の方へ歩いていた。師任堂《サイムダン》の家は目と鼻の先だというのに、容易に訪ねることのできない状況が足を重くしている。

比翼堂の中に入ると、庭を掃いていた下男がギョムに駆け寄ってきた。何でも見知らぬ子どもが文を届けに来たと言う。何気ない顔でそれを受け取ると、ギョムは蓮池のほとりの岩に腰を下ろして文を開いた。

宜城君《イソングン》様

名乗ることのできない立場でありながら、宜城君《イソングン》様に文をしたためましたのは、万が一にも不吉な事態が起こらぬよう、今のうちに申し上げておきたいことがあるためです。比翼堂という所には、芸術を志す多くの者が出入りするとうかがいました。しかしながら、中には迎え入れてはならない人物もおります。その人物の名はミン・チヒョン。あの者にはお気をつけなさいませ。烏戯れる所白鳥は近づくことなかれと申します。あの者はいつか大きな害悪となって周囲を濁らせ、きっとあなた様を貶めることでしょう。ゆえにあの者を殊に警戒し、近づきませぬよう。文を以って申し上げるしかないご無礼をどうかお許し頂き、今一度お願い申し上げます。どうか悪戯などと聞き流さず、肝に、しかと肝に銘じてくださいますように。

思いもしない内容が書かれていたことに驚き、ギョムは立ち上がった。一体誰がこの文を寄こしたのだろうか。ギョムは先ほどの下男を呼んだ。

「これを届けに来たのは誰だ？　どんな子だった？」

「ぼろを着た物乞いのように見えました」

「物乞いの……？」

差出人は恐らく、正体を知られないよう、道端にいた子どもにこの文を託したのだろう。

「四方に敵だらけということか。にしても、ミン・チヒョン……。ミン・チヒョンか」

一人ぶつぶつ言うギョムを見て、下男は訝しそうに首を傾げ、仕事に戻った。下男の後ろ姿をぼんやり眺めていたギョムは、不意に文を畳んで封に戻し、自分の部屋に向かった。

その夜、ギョムの元に意外な客人が訪ねてきた。微服姿の中宗《チュンジョン》が、内禁衛将のみを従えて比翼堂を訪れたのである。ギョムは中宗《チュンジョン》に言われるがまま人払いをし、向かい合って座り酒を酌み交わした。

「広い宮中に唯の一人も腹を割って話せる相手がおらん。お前が来るのをどれほど待ちわびていたか、わかるまい」

二、三杯呑んだところで、中宗《チュンジョン》は酒の勢いを借りて胸の内を吐露し、深い溜息を吐いた。

「申し訳ありませぬ、王様」

空いた杯に酒を注ぎながら、ギョムが詫びた。

「一体誰がこの国の王なのか、わからなくなる」

「なぜそのようなことを」

「余は……飾りにすぎん」

中宗《チュンジョン》は自嘲気味に本音を吐いた。

「王様……」

ギョムは居た堪れなくなり、中宗《チュンジョン》を見つめる目に力を込めた。

「老獪な大臣連中とその一族が代々権勢を握り続け、国政を牛耳ってきた」

「王様はこの国、朝鮮の君主であらせられます。一日も早く王の威厳、お力を取り戻し、この国をあるべき姿に正してくださらなければなりません。一体、何を恐れていらっしゃるのですか」

「余に何の力がある？　朝廷の役人どもときたら、余の前では王様と媚びへつらうが、一歩外へ出れば隠居した老いぼれと罵っておる」

「王様……」

「お前は朝廷の外にいて、この二十年の間、心赴くまま自由にさすらいながら生きてきた。そんなお前なら、朝廷の者たちも特に目を光らせはしないだろう。余の手足に、目に、なってくれ。三政丞とミン・チヒョンが、職権を盾にどんな不正を働き悪事を企てているのか、漏れなく調べ上げるのだ。あ奴らがいかに強大な権力の陰に犯した罪を隠そうとしても、一旦、それが白昼の下に晒されれば、法の裁きから逃れられない罪人にすぎん」

「ご命令、しかと心得ました」

「特にミン・チヒョンだ。あの男は顔からして悪人の臭いがぷんぷんする。間違いなく相当な罪を犯しているはずだ」

そこまで言うと、中宗《チュンジョン》はようやくすっきりしたように、酒をぐいと呷った。ギョムは揺れ動く蝋燭の火に視線を移した。中宗《チュンジョン》の命令がなくとも、ミン・チヒョンを調べようと思っていたところだ。誰が書いたかはわからないが、ミン・チヒョンには気をつけろと警告する文のことが頭から離れなかった。そこへ折しも中宗《チュンジョン》からの命令だ。ギョムは心を決めた。

＊＊＊

翌日の昼下がり、師任堂《サイムダン》の家では大変な騒ぎが起きていた。長男のソンを筆頭に、四人の子どもたちが市場で干し柿を盗み、見つかってしまったのだ。小さな耳たぶを引っ張って師任堂《サイムダン》の家に乗り込んだ干し柿屋の店主は、今にも子どもたちを役所へ突き出しそうな勢いだ。

「本当なの？　本当にお前たちが盗んだの？」

師任堂《サイムダン》は信じられない思いで子どもたちを問い質した。子どもたちは黙ってまま俯いている。その様子を見て、師任堂《サイムダン》は頭がふらっとなった。人を信じることのできない世の中であっても、我が子だけは最後まで信じ貫くのが親心というもの。ところが、そんな子どもたちが、人の物を盗んだという。心が粉々に砕かれていくようだった。

「申し訳ないことをいたしました。干し柿の御代はお支払いいたします」

師任堂《サイムダン》は胸に手を当て、干し柿屋の店主に向かって深々と頭を下げた。店主は両班《ヤンバン》の師任堂《サイムダン》に頭を下げられ、狼狽してそそくさと帰って行った。

だが、問題はその後だった。泥棒をして捕まったにもかかわらず、子どもたちは反省するどころか言い訳をし始めたのだ。

「お腹が空いていて仕方がなかったのです。北坪村《プクピョンチョン》ではよく食べていたのに、漢陽《ハニャン》に来てからは干し柿はおろか、最後にお腹いっぱい食べた日がいつだったかも覚えていません」

ソンはふくらはぎを打たれながらも負けじと訴えた。腹が減って仕方がなかったという長男の一言が、師任堂《サイムダン》の胸に釘のように突き刺さった。傍らで右往左往していたウォンスが長男を庇った。

「腹が減って仕方がなかったと言っているじゃないか。この辺で許してやろうよ」

「何もかも父上のせいです！」

ソンは父をきっと睨み叫んだ。思わぬ一言を浴び、ウォンスはみるみる意気消沈した。

「中部学堂に行けなくなったのも、父上のせいです！」

黙ってふくらはぎを打たれていたヒョルリョンも、兄の一言で不満を爆発させた。

「どうして詐欺なんかに……こんな暮らしはもうたくさんです！」

それまで手の平を擦り合わせて詫びていたメチャンまで泣き出した。子どもたちに責められ、ウォンスは顔を赤くして壁の方に視線を逸らした。

「いい加減にしなさい！」

師任堂《サイムダン》は声を荒げ厳しく叱った。他人の物を盗んだこともちろん悪いが、自分の過ちを認めず、環境のせいにし、人のせいにした挙句、親を敬うことを忘れた子どもたちの姿に、師任堂《サイムダン》は怒った。このままではいけない。師任堂《サイムダン》は気持ちをようやく落ち着かせると、立ち上がって言った。

「着替えなさい」

師任堂《サイムダン》はそれぞれの着替えを用意して子どもたちに渡した。ひとしきり叱れた後で出し抜けに着替えるよう言われた子どもたちは、状況が呑み込めずきょとんとしている。

「どうして急に、着替えなんて……」

ウォンスは妻の顔色をうかがい、恐る恐る聞いた。師任堂《サイムダン》は返事をせずに夫の前に着替えを置き、何も言わずに出て行ってしまった。ウォンスと子どもたちは怪訝そうな顔でしばらく着替えをいじるばかりだったが、やがて着ていた服を脱いで着替えを始めた。

＊＊＊

寿進坊《スジンバン》の細い路地を抜けて目抜き通りをすぎると林に出る。頬かむりをしてみんなの先頭を歩いていた師任堂《サイムダン》は、遅れてついて来る夫と子どもたちを時折振り返りながら前へ進み続けた。行き先を告げられぬまま歩かされ、子どもたちの我慢も限界だった。足が痛いのはもちろんだが、打たれたふくらはぎまでじんじんして、文句の一つも言いたそうな顔をしている。ウォンスはウォンスで、妻や子どもたちの顔色をうかがいながらの道中は、それこそ針の筵《むしろ》のようだった。

林を抜けると、急な上り坂が続いた。坂道を上り切った所でようやく師任堂《サイムダン》は立ち止まり、息を整えると顔を上げた。見渡す限り何もない、荒涼とした土地。楮《こうぞ》の木の群落がわずかに存在するだけの荒地である。

「一体、ここは何処なんだ?」

ウォンスは滝のような汗を流しながら師任堂《サイムダン》に聞いた。

「ここからあそこまで、すべて私たちの土地です」

師任堂《サイムダン》は腕を高く伸ばし、どこから始まっているかもわからない土地を端から端まで指差し、高らかに告げるように言った。

「誠にございますか?」

息も絶え絶えに、子どもたちは目を丸くして辺り一面を見渡した。

「父上がみんなのために用意してくださった土地よ。うちは貧しくなどない。満ち足りた、豊かな家庭よ」

「師任堂《サイムダン》……」

子どもたちの前で、父親としての顔を立ててくれたのだ。ウォンスは妻の心遣いに涙を浮かべた。

「あの瓦屋根の屋敷の代わりに購入した土地が何処にあるか、まさかご存知なかったのですか?」

「も、もちろん知っていたさ。来たことはなかったが……そうか、ここだったのか」

ウォンスは気恥ずかしくなり、たまらず下を向いた。その時、長男のソンが何の使い道もない土地だと唇を尖らせて言った。すると、メチャンやヒョルリョンまで、耕して畑にすることも、家を建てることもできない土地だ、どこにでもある柿の木一本生えていないと口々に文句を言い始めた。

「みんな、目を閉じてみて」

そう言うと、師任堂《サイムダン》は模範を見せるように目を閉じた。子どもたちも続いて目を閉じる。ウォンスとヒャンは、きょとんとした顔で立ち尽くしている。静寂が流れる中、師任堂《サイムダン》は低い声で言った。

「何が見える？」

「何も見えません。真っ暗です」

ソンは頬を膨らませて言った。

「ならば見ようとせず、感じてみなさい」

師任堂《サイムダン》はもどかしそうにソンの頭を撫で、優しく言った。

「花が咲いています。とても良い香りがします。梔子《クチナシ》の花のようです」

メチャンは大きく深呼吸をしながら張りのある声で言った。

「山の獣の気配も感じます」

まだ不満そうだが、先ほどよりずっと明るい口調でソンが呟いた。子どもたちは思い思いに感じたことを語っていく。ヒョルリョンは空に羽ばたく鳥の音や、谷川を流れる水の音を聴き、ウは風が頬をこしょこしょすると言って、両手を伸ばしてくすぐったそうに笑っている。

「みんな、今度は目を開けて周りを見渡してごらん。こんな小さな草虫でさえ、与えられた場所で自分の命を全うしてる。虫も花も草も風も、そして谷川の水さえも。今は何もないように見えるけど、決してそうではないわ。これからみんなが作っていく世界を思うと、この母はそれだけで胸が弾むようよ」

師任堂《サイムダン》は愛おしそうな眼差しで子どもたちを見つめた。日々の暮らしが美しいものとなるか、辛いものとなるかは、その日々を生きる人の心持ち次第でいかようにも変わるものだ。子どもたちには、美しい方に向かって生きていって欲しい。そんな母の思いを感じ取ったのか、子どもたちは、今度は生き生きとした顔で辺りを見渡した。

「絵事後素、論語の八佾《はちいつ》篇に出てくるお言葉です。絵を描くのは白い素があってこそと、孔子様もおっしゃいました。今は何もないこの土地も、きっと絵を描く前の真っ新な紙と同じなのでしょう。素はもう用意されているのですから、次は絵を描く番です」

ヒョルリョンは師任堂《サイムダン》の意図をきちんと理解していた。その発言からも聡明さがうかがえる。

「その通り！　みんな、ここにどんな絵を描きたい？」

師任堂《サイムダン》が問いかけると、子どもたちは柿の木を植えたい、花を植えたい、何々の木がいいなどと無邪気にはしゃぎ出した。

「そう、じゃあ今度はみんなが描いた絵を感じてみて」

師任堂《サイムダン》は穏やかな笑顔で言うと、子どもたちの背中を押した。天真爛漫、笑顔を取り戻した子どもたちは、青々とした草原や美しい花々、山の動物たち、そして地面を懸命に這う草虫を観察し、水の中で足をばたつかせたり、風を感じたりしていた。まるで遠足にでも来たような喜びようだ。

師任堂《サイムダン》とウォンスはひさしぶりに親として寄り添い、子どもたちが生き生きと駆け回る姿を見守った。末っ子のウが不思議な木の枝を発見したと言いながら、母の元へ駆けてきた。

「かんかん、おとがします。おとのきです」

「これは楮《こうぞ》といって、この木から紙が作られるの」

師任堂《サイムダン》はウの頰に自分の頰をすり合わせながら言った。ウは楮《こうぞ》の枝を持ったまますぐったそうに笑い、母の腕をすり抜けて兄たちの方へと駆け出した。

＊

昼は学習ドリルの訪問販売、夜は運転代行、それから明け方まで続く師任堂《サイムダン》の日記の研究と、ジユンは一息もつく暇がなかった。目の下からクマが消える日はなく、立ち上がる時には眩暈がして目の前に星が飛ぶほどだった。

体の疲れはまだ誤魔化しが利くが、精神的な疲労はそうはいかない。家も財産も一瞬で失う原因を作った挙句、行き先も所在も告げずに姿を消した夫への恨めしい思いと心労が心を苛んでいく。実の母娘のようだった姑、ジョンヒとの関係に生じた不和も、気持ちを重く沈ませていた。息子のウンスに対しても、小学校のクラスメイトや担任の先生に、父が仕事で香港へ行くので、家族で香港旅行をするのだと嘘をつかせてしまったことにも胸が痛たんだ。常に行動を見張り、脅しをかけてくる債権者たちも怖かったし、重箱の隅を突くように追いつめてくるミン教授の目も恐ろしく悍ましかった。これまで利用してきた保存科学室も、もはや安全地帯ではない。文句一つ言わず、親身になって力を貸してくれているヘジョンとサンヒョンに対しても、申し訳ない気持ちでいっぱいだった。

夜分遅く、運転代行の仕事を終えたジユンは、その胸の内を表すような重い足取りで帰宅の途に就いた。バスの中で読んだ師任堂《サイムダン》の日記の内容も、ジユンの心をさらに重くしていた。日記を読み進めるうち、これまで知り得なかった師任堂《サイムダン》の内面に触れ、その度に家庭はおろか自分の気持ちさえどうすることもできない未熟さに情けなくなった。

そんなことを思いながら、暗い玉仁洞《オクインドン》の路地を歩いていたジユンの背後に、黒い影が近づいた。しばらくしてその影に気づいたジユンは、足を速めた。だが次の瞬間、暗闇の中からぬっと手が伸びてきて、ジユンの手首をつかんだ。悲鳴を上げようとしたが、もう片方の手に口を押さえられ、そのまま細い路地に引きずり込まれた。

ジユンは声にならない悲鳴を上げながら、必死にバッグを振り回した。

「しっ！　俺だよ！」

ミンソクはジユンと目を合わせ、低くはっきりとした声で言った。夫の声と顔を確認して、ジユンはようやく抵抗するのを止めて荒い息を整えた。ミンソクは手を離して表通りに目を向けたまま、声を潜めてジユンが誰かにつけられていることを伝えた。ジユンは怪しみながらも夫が指さす方へ目を凝らした。すると、見たこともない男たちが、今通って来た道を慌てた様子で見回っていた。突然姿を消した自分を捜しているのがすぐにわかった。ミン教授の取り巻きか債権者といったところだろう。顔は暗くて認識できなかった。ミンソクはジユンを連れて裏道を抜け、人気のない公園に場所を移した。

公園とはいえ、古い木のベンチに痩せた松の木が一本生えているだけだ。もう久しく手入れをされていないようで、あちこちゴミが落ちている。月明りも届かない公園には、心寂しい雰囲気が漂っていた。二人はベンチに並んで座り、しばらく黙ったままだった。ジユンは先ほどの男たちが誰なのか、いつから尾行されていたのか、頭の中で心当たりを探した。一方のミンソクは、これから妻に伝えるべき話の重大さから、慎重にタイミングを見計らっていた。

ミンソクがソンギャラリーの館長室でコピーしたデータには、証拠になり得る資料は含まれていなかった。月別の来場者数と展示計画、それに広報資料がすべてだった。最後に開いたフォルダに期待したが、出てきたのはギャラリーが所蔵する作品の画像だった。それも念のため一つ一つクリックして確認したが、絵の画像や新ギャラリー建設のための図面、どこにでもある街の風景写真ばかりだった。いっそあの時、館長と会長の会話を録音しておくべきだったとミンソクは思った。ミンソクの会社をはじめ、他にも複数の投資家がソンジングループのせいで破綻に追い込まれた。潰された会社の社員の中には、家庭が崩壊した者や家を失い路上で生活する者、そして自ら命を絶った者もいる。ソンジングループの罪を裏付ける証拠を見つけない限り、自分の将来もどうなるかわからない。これまでは何とかジユンが頑張ってきてくれたが、債権者たちの取り立ては日に日にひどくなるはずで、このままではジユンまで道連れになりかねない。ミンソクは決心し、今のうちに手を打つことにした。せめて家族だけは、この危険な状況から救いたかった。

ミンソクは溜め込んでいた重い息を吐き、ソンジングループに絡む事件の経緯についてジユンに説明した。ジユンは何も言わず夫の話に耳を傾けた。

「つまり何？　ソンジングループがわざと株価を落として、あなたの会社を倒産に追い込んだということ？」

「それだけじゃない。奴らは『金剛山図《クムガンサンド》』を担保に五百億ウォンもの違法な融資を受けていたんだ」

「『金剛山図《クムガンサンド》』を？」

ジユンは思わず叫んだ。ミンソクはとっさに辺りを見渡し、大声を出すなと抑えた。

「ソンギャラリーは裏金作りの窓口になっていたんだ。うちの会社だけじゃない、多くの投資家がこの件で破産してる。被害額は相当なものだ」

「ソンギャラリーにある『金剛山図《クムガンサンド》』、あれは偽物よ」

ジユンはきっぱりと言い切った。

「ジユン」

「偽物を本物に仕立てて国宝にしようとしているの。違法な融資まで引き出した『金剛山図《クムガンサンド》』が偽物だという事実が証明できれば、ソンギャラリーはもちろん、その背後にあるソンジングループの不正が明るみに出るのは時間の問題よ。あなたも被害を受けた人たちもみんな、元の生活を取り戻せるはず。私がその……」

「長く話す時間はない」

ミンソクはジユンの話を遮り、内ポケットから書類の入った封筒を出して手渡した。

「これは？」

ジユンは封筒を受け取りながら聞いた。

「離婚届だよ」

ジユンの顔色から途端に血の気が引いていく。

「君は判を押すだけでいい。押したら役所へ届けろ」

ミンソクはあえて抑揚のない冷たい言い方をして顔をそむけた。封筒を握るジユンの手が震え出し、ついには夫の肩を叩いて泣き出した。

「落ち着けって」

ミンソクはジユンの手首をつかんで、両目で真っ直ぐに見据えた。

「落ち着け？　離婚？　何を考えてるの！」

ジユンは興奮を抑えられず泣きじゃくった。

「冷静になれ！　俺の負債はすべて貸金業者に渡った。あいつらは絶対に諦めない。地獄の果てまで追いかけて、君を苦しめるだろう。だが俺と離婚すれば、君はこの苦しみから解放される」

ミンソクは悔しさをにじませながら言った。

「家族だけでも、守りたいんだ」

「聞きたくない」

ジユンはぽろぽろと涙を零した。

「俺が全部抱えて行く。だから君は逃れてくれ。生きるために」

「嫌よ！」

「嫌とか言ってる場合じゃないんだよ！　理性的に考えろ！　これが一番なんだ」

ミンソクは悲しそうにジユンを見つめた。ジユンは涙を湛えた目で見返す。二人は今、人生で一番苦しい時期を過ごしている。だがこの苦しみも、いつか終わりが来るだろう。

「俺を信じてくれ」

ミンソクはジユンの肩を抱き寄せた。小さな肩が震えていた。


夫と別れ、家に戻ったジユンは、寝ているウンスの顔をぼんやりと撫でながら、込み上げる涙をぐっと飲み込んだ。

どうしてこんなことになってしまったのだろう。人生は、こんなに簡単に崩れてしまえるものなのだろうか。離婚なんて……。大声を上げ、泣き疲れるまで泣くことすらままならない状況に、胸が潰されそうになる。息子をきつく抱き締めて横になったジユンは、そのまま吸い込まれるように眠った。朝が来るのが怖い。このまま永遠に目覚めなくて済む方法があればいいのに。


上手く足を運べない、ぬかるみを歩いている。濃い霧で一歩先も見えない、真っ白に漂白された超現実の世界。でもわかる。ここは山の中だ。何も見えないので周りに何があるかはわからないが、金剛山《クムガンサン》の中にいるのだという確信がある。あてもなく霧の中を歩き続けていると、深く窪んだ谷間に辿り着いた。一切の音のない静寂に、圧迫感を覚える。と、その時、目の前で火が勢いよく燃え上がった。茫々と火を噴く薪の山。誰かがその中に絵を投げ入れている。火の手は山水画や花虫図、肖像画を次々と飲み込んでいく。やめて！　燃やさないで！　手を伸ばすが届かない。すると火の中にもう一枚の絵が投げ込まれた。比翼の鳥の印章がはっきりと押された「金剛山図《クムガンサンド》」だ。その絵を守ろうと火の中に飛び込む男の後ろ姿。間一髪、火の手を逃れた「金剛山図《クムガンサンド》」を抱き締めるその男の激しい嗚咽が聞こえてきた。

夢から覚めたジユンは起き上がり、顔中を覆う汗を拭いて辺りを見渡した。寝返りを打って掛布団を蹴ったウンスに布団をかけてやり、ジユンは壁にもたれて座った。夢というにはあまりにリアルだった。火の中に絵を投げ入れていた男は誰なのか。身を挺して「金剛山図《クムガンサンド》」を守ったあの男は誰なのか。

十二

秋も深まったある日の午後、師任堂《サイムダン》の家に思わぬ客が訪れた。中部学堂の教授官、白仁傑《ペクインゴル》である。仁傑《インゴル》は、申命和《シンミョンファ》の孫で頭脳も明晰なヒョルリョンのことがずっと気にかかっており、直接家を訪ねることにしたのだった。

「ご子息を中部学堂の校舎で見かけました。あの齢で、本の内容を鸚鵡のようにただ暗唱するのではなく、そこに込められた意味まで深く理解していました」

仁傑《インゴル》は縁側に座り、師任堂《サイムダン》が出した茶をすすりながら言った。

「ありがとうございます」

茶を淹れながら、師任堂《サイムダン》は頭を下げた。

「申命和《シンミョンファ》先生の令孫だそうですね。ご子息から聞きました」

「亡くなった父をご存知なのですか?」

「よく存知上げております。先生はよく、四書三経をすらすら暗唱する多才な娘さんのことを、それはもう嬉しそうに自慢しておられました。ご子息は、御母上に似たようですね」

「あの、ここへいらした訳をうかがえますか?」

「このたび、中部学堂に欠員が出ました。ご家庭の事情で学堂に通わせられないという話はうかがい知っております。一緒に解決できる方法を見つけられるかも知れません。明日、ご子息とともに中部学堂へお越しいただけませんか？」

仁傑《インゴル》は湯呑を置いて用件を伝えた。師任堂《サイムダン》にとっては思いも寄らない提案である。だが、安易に決められることではない。子どもたちの表現を借りれば、まだ下絵も描けていない白紙状態の家計である。考え込んだまま、なかなか返事をできないでいる師任堂《サイムダン》に、仁傑《インゴル》は一晩よく考えて、明日、中部学堂で改めて話そうと言い残して去って行った。

その夜、師任堂《サイムダン》とウォンスは灯蓋の灯りを挟んで、押し黙ったまま座っていた。隣の部屋から子どもたちの寝息が途切れ途切れに聞こえてくる。

「話がある」

ウォンスは決心したように、口を開いた。

「このままではいかん。今度の科挙には、何が何でも合格せねば」

「……当たり前です」

ヒョルリョンのことかと内心期待していた師任堂《サイムダン》は、がっかりした顔で溜息を吐いた。

「今度という今度は本気なんだ。正直なところ、前回までは義務として受けていた。だが今回は違う。何かこう、腹の底から次こそ受かってみせるという強い思いが突き上げて来るのだ。もしまた落ちたら、この髪を刈り寺に入る覚悟で、夜が明け次第、山に籠って試験勉強に励むつもりだ」

ウォンスは手で胸を打ち、高らかに宣言した。

「それは良いお考えです。ぜひそうなさってください」

師任堂《サイムダン》はまるで空想に浸る子どもの相手をするかのような口調で言い、灯りを消した。部屋はふっと暗闇に沈んだ。灯りのない部屋では、夫婦は互いの表情をうかがい知ることもできない。

ウォンスは先ほどから溜息ばかり吐く妻が心配でもあり、恨めしくもあった。馬鹿な夫のせいで子どもたちに不自由な思いをさせてしまい、一人胸を痛める妻には本当に申し訳なく思っている。だが一方で、いかに不甲斐ない夫であっても、あの子たちの親であることに違いはない。二人の子どものことなのに、目の前にいる自分とは話し合おうともせず、一人溜息を吐くばかりの妻に、ウォンスは寂しさを募らせた。灯りの消えた部屋の中、決して通い合うことのない二つの心が目に見えない溝を深めているうちに、鶏が鳴き、朝になった。

＊＊＊

ミン・チヒョンの家の朝は、秋の終わりの霜のように冷たい。それぞれに一汁八菜の膳を用意された父と二人の息子の間に会話はない。静かというより、温かみがない。もう数ヵ月もすれば志学の年を迎える長男のジギュンは、端正ですっきりとした顔を深く俯かせ、父の視線を避けている。悪いことをした訳ではないが、父の前にいるといまだに身が縮んだ。眉毛が豊かで鼻筋の通った次男のジソンも、まるで叱られた子のように座って匙を口に運んでいる。その隣でおかずを運ぶフィウムダンは、そんな息子たちと夫の顔色が気になって息が詰まる思いだった。

「よく噛んで食べなさい」

ジソンの匙に胡瓜《オイ》キムチを乗せようとして、フィウムダンが言った。ジソンは嫌いな胡瓜を見て、そっと匙を引いた。

「胡瓜は血をきれいにし、記憶力を良くする」

父のミン・チヒョンに言われ、ジソンは慌てて胡瓜のキムチを箸でつまんで口に入れ、噛み砕く音を立てた。

「兄上を見なさい。好き嫌いをせず何でもよく食べるから、何をしても一番なのよ」

フィウムダンはジギュンを見ながらジソンに言った。

「中部学堂などという狭い所で一番になっても仕方がない。それでも科挙に落ちる者はごまんといる。現状に満足せず、もっと精進しなさい。我がミン家に、戦いに勝てぬ者は要らん。一生懸命やるのは当たり前、すべては勝ってこそだ」

ミン・チヒョンの声音は非情なほど冷たい。二人の息子は手に汗がにじんで匙を滑らせそうになった。フィウムダンは匙を下ろした夫に白い布を渡した。妻というより、よく飼い馴らされた随従である。手渡された布で一通り口を拭いてから、ミン・チヒョンは部屋を出て行った。

父がいなくなると、ジソンは口の中の胡瓜をご飯茶碗の銀の蓋の上に吐き出した。夫を見送って部屋に戻ったフィウムダンは、長男に比べてできの悪い次男の傍らに座り、布で口元を拭いてやった。

自分の腹を痛めて生んだ子だ。フィウムダンの胸の中にも滾るような母の情はある。だがその無条件の母の情にも勝るのが、生き残りたいという欲望、もっと高くのし上がりたいという、塀を這う蔓のような野心である。フィウムダンにとって、二人の息子は正に自分を押し上げ、塀を飛び越えさせてくれる飛び石のような存在だった。卑しい旅籠屋の娘に生まれた自分を、吏曹参判の正妻にまでしてくれたのは、他ならぬこの幼い二人の息子である。残る願いは二人が早く大きくなり、科挙に合格して官職に就くこと。そうなればミン・チヒョンにいつ捨てられるかという不安から解放される。

二人の息子は威圧的な父が恐ろしくてたまらない上に、そんな母に息を詰まらせていた。

午後になると、フィウムダンは充員の件を話し合うため、中部学堂を訪れた。教授官の部屋に向かう途中、思わぬ人物に出くわした。師任堂《サイムダン》である。師任堂《サイムダン》はちょうど、ヒョルリョンの入学について教授官との話を終えて出てきたところだった。みすぼらしい木綿を着ているが、筆で描いたような目鼻立ちのはっきりしたどこか陰のある女人を見て、一目で師任堂《サイムダン》だとわかった。しかし一方の師任堂《サイムダン》は、目の前で射抜くように自分を見据える派手なご夫人が、二十年前、烏竹軒《オジュクホン》の塀に隠れて講義を聞いていた旅籠屋の娘だとは気づかない。

フィウムダンの前を素通りしようとした時、師任堂《サイムダン》は何かに驚いたようにはたと足を止めた。師《サ》任堂《イムダン》の視線を追ってフィウムダンが振り向くと、向こうからイ・ギョムがこちらに向かって廊下を歩いて来た。その眼差しは当たり前のようにフィウムダンを素通りして師任堂《サイムダン》に向けられている。師任堂《サイムダン》の視線もまた、フィウムダンの後ろに迫るギョムに留めたまま動かない。

師任堂《サイムダン》とギョムの間で、フィウムダンはまるで壁や家具になった気分だった。二人ともフィウムダンが誰か気づきもせず、気にも留めない。訳あり顔で互いを見つめ合いながらも、二人は言葉を交わすことなくそのまま擦れ違った。

　誰もいなくなった廊下で、フィウムダンは両手を震わせ、奥歯を噛み締めた。これで二度目だ。自分には目もくれなかった。羞恥心で震えてくる。二十年前、雲平寺《ウンピョンサ》で死にかけた師任堂《サイムダン》を、体中傷だらけになりながら助けたのは誰だった？　はした金を投げつけ、自分を見捨てた男をそれでも熱く乞い続ける女がどこにいる？　もう二度と、私に恥をかかせるような真似はさせない。フィウムダンは両目をきっと見開き、誰もいない空を睨んだ。

　白仁傑《ペクインゴル》に会わずにそのまま家に引き返したフィウムダンは、帰宅するなり下男を呼び、師任堂《サイムダン》がどこで何をしているのかこと細かに調べるよう言いつけた。考えれば考えるほど、二人が互いを見つめた時の眼差しが気にかかる。二十年ぶりに再会した者同士のそれでは明らかになかった。

「他の男の元へ嫁ぎ、子どもまで生んだ女の何が良くて……。宜城君《イソングン》の縁談が破談になり、その直後に上京したと聞いていたが、まさか！」

　フィウムダンは珍しく感情を露わにし、髪に差した簪《かんざし》を引き抜くと、力任せに床に叩きつけた。

　しばらくして戻ってきた下男は、その足でフィウムダンの部屋を訪ねた。下男はフィウムダンの前に座るが早いか、今しがた見聞きした師任堂《サイムダン》の情報をこと細かに報告した。師任堂《サイムダン》が北坪村《ブクピョンチョン》から越して来た日のこと、夫のイ・ウォンスが詐欺に遭い、寿進坊《スジンバン》の瓦屋根の家が人手に渡ったこと、金を掻き集めて元王妃シン氏が住む家の隣、廃屋同然の家を買って暮らしていること、さらに、中部学堂の教授官である白仁傑《ペクインゴル》が、師任堂《サイムダン》の息子、ヒョルリョンを入学させようとしていることまで残らず伝えた。下男の報告を一切口を挟むことなく聞き終えたフィウムダンは、目尻を吊り上げた。

「姉母会を開く」

フィウムダンは平伏したままの下男を見下ろして命じた。中部学堂への入学などさせるものか。この機に、この私の力をとくと思い知らせてやる。


フィウムダンは自分の手を汚すことなく思い通りに物事を運ぶ術を心得ている。小さな火種を投げてやるだけで、勝手に燃え上がるのが姉母会である。我が子のこととなると見境がなく、子ども自身の素質は棚に上げて立身出世に目を眩ませる女たちは、まるで腹を空かせた狼のようだ。同じ学堂に通い机を並べる子を持つ母同士、互いに悩みを打ち明けたり、励まし合ったりすることもあろうものだが、女たちは決してそんなことはしない。会えばにこやかに振舞うが、裏では足の引っ張り合い、悪口の言い合いである。フィウムダンはそんな女たちを手なずける方法をよく心得ていた。それに加え、今や権勢の中心でもある。

フィウムダンの呼びかけに応じた姉母会の夫人たちは、案の定、元王妃シン氏の家の隣に住んでいるという一言で早くも火がついた。

「そんな勝手なことをされては困りますわ！　私たち姉母会の意見も聞かないで。中部学堂は烏合の衆ではございませんのよ！」

フィウムダンの次に立場の強いソ氏夫人がいきり立った。

「あちらが好き勝手するのを黙って見ているおつもりですか？　王妃の座を奪われた罪人の隣の家

ですよ！　どの程度の暮らしぶりか、見るまでもありませんわ」

ソ氏夫人の隣に座っていた別の夫人が、その通りと膝を叩いて言った。女たちは顔を見たことすらない師任堂《サイムダン》とその家族を槍玉に挙げ、口撃を強めていく。フィウムダンは火種を投げただけだ。その火種に油を撒き、扇ぎ、燃え上がらせるのが姉母会である。出て来る言葉は徐々に激しさを増し、ますます感情的になっていく。女たちはヒョルリョンなどというどこの馬の骨かもわからぬ子など、死んでも受け入れられないという結論をまとめ、床を蹴るようにして立ち上がった。フィウムダンは陰気な微笑みを湛え、満足そうに夫人たちを見送った。

＊＊＊

その頃、白仁傑《ペクインゴル》から師任堂《サイムダン》の息子のことを伝え聞いていたギョムは、胸を痛め、何日も眠れぬ夜を過ごしていた。できることなら師任堂《サイムダン》とその子どもたちを比翼堂に迎え入れたい。だがそれはできない話だった。そんな提案をあの師任堂《サイムダン》が受け入れるはずもなく、余計なことをしてかえって傷つけるようなことはしたくなかった。それに、師任堂《サイムダン》には夫がいる。だがこのまま見て見ぬふりをするわけにもいかない。心がそれを許さないのだ。食事をしていても、絵を描いていても、比翼堂に集う者たちの作品を見ていても、気づけば師任堂《サイムダン》のことばかり考えている。

そうして幾日か過ぎたある朝、ギョムは朝食も摂らずに比翼堂を出た。心は決まった。ギョムが中部学堂に到着した時、白仁傑《ペクインゴル》はちょうど姉母会の夫人たちに取り囲まれていた。女たちはヒョルリョンの入学を巡って仁傑《インゴル》に猛抗議をしているところだった。ギョムは教授官の部屋の前に立ち、黙って女たちの声に耳を傾けた。

「教授官、単刀直入にうかがいます。教授官が入学させたがっているその子と教授官とは、どういうご関係ですの?」

ソ氏夫人は一言一言を強調して問い質した。

「何か誤解をなさっているようですが……私は中部学堂を担う教育者として、あくまで客観的な基準を以て判断しているのであって、他意などありません」

仁傑《インゴル》は冷や汗をかきながら答えた。

「いいでしょう。では中部学堂の姉母会として、私どもの客観的な基準についてお話しいたします。その新しい学童について調べた結果、大きく、基準を下回っておりましたわ」

ソ氏夫人が毅然として言うと、周りの夫人たちはそうだそうだの大合唱を始めた。ギョムは堪らず戸を開けて中へ入った。

「何の騒ぎです? 私も一緒にうかがいましょう」

颯爽と登場すると、ギョムは話に割り込み、その場に座ると夫人たちを見渡した。噂通りの美男子である花の宜城《イソングン》君の登場に、女たちはたちまち頬を上気させた。ソ氏夫人は目尻を垂らし、問題の事案について猫撫で声で説明した。

「うむ……思うに、教授官と姉母会の考える基準には大きな隔たりがあるようです」

ギョムは頭の痛い問題だというように人差し指で額をとんとんしながら言った。

「そうなんですの、やはり宜城君《イソングン》は話が早いですわ」

ソ氏夫人は鼻声混じりである。

「では、こうしてみてはいかがでしょう」

ギョムは夫人たちの視線を自分に向けさせてから、にこりと笑った。何て官能的な微笑み！

氷のような女たちの表情が一瞬で溶けていく。ヒョルリョンのことなど遥か彼方である。

ギョムは一人ひとりと目を合わせて、新入生の選抜試験を行おうと提案した。夫人たちは芥子《けし》の花に惑わされたかのように、恍惚として頷いている。あっという間に状況を一変させてしまった。

仁傑《インゴル》はギョムのわかり易い色仕掛けに、込み上げる笑いを噛み殺した。

夫人たちが去った後、ギョムは仁傑《インゴル》と向かい合って茶をすすった。悩んだ末に出した結論だが、いざ口に出そうとするとうまく言葉にならない。そんなギョムの胸の内など露知らず、仁傑《インゴル》は姉母会のご夫人連中の鼻柱を折ることができて、胸のすく思いだった。湯呑を回しながら、話を切り出す頃合いを見計らっていたギョムが、ついに口を開いた。

「兄さんが私財を擲ってでも勉強させてやりたいと言っていた子のことだが……その子の家、そんなに苦しいのか？」

「苦しかったら、どうする」

「いや、そういう子どもが多いのかと思ってさ。実力はあっても、家の事情で勉強もままならない子が……」

「探せば幾らでもいるだろうな。さっき見た通り、これが近頃の四部学堂の有り様だ。国費で賄われているとは名ばかりで、その実は名家の子じゃなきゃ通い続けるなんてとても無理だよ」

仁傑《インゴル》の口調は徐々に真剣味を帯びていく。

「ではこうしよう。家計の事情で四部学堂に通えない子には、俺が援助する。あとは兄さんに任せるよ。ただ、俺が援助をすることは絶対に秘密にしてくれ」

ギョムは意を決したように音を立てて湯呑を置いた。

「大人になったな」

「元は物乞いだぜ。弱い者を思う気持ちは並みじゃないんだよ」

ギョムの冗談に、仁傑《インゴル》は声を出して笑った。

＊＊＊

頭の痛い宿題をやり終えた気分で中部学堂を出てきたギョムは、そのまま目抜き通りに向かった。中宗《チュンジョン》から密命を与えられた日から、甥のイ・フにミン・チヒョンについて調べさせている。少し叩いただけで、すぐに数え切れないほどの埃が出た。その一つが、紙の卸し先を独占して暴利を貪っているというものだった。ギョムは出たついでに紙問屋を見て回ることにした。手始めに色とりどりの紙を店先に並べている店に入り、一枚一枚を入念に確かめていく。

「一枚いくらだ?」

「へえ、五分になります」

店主は鼻を穿りながら気だるそうに答えた。

「この程度の質で五分か……ちと高すぎやしないか？」

ギョムは紙の質感を確かめ顔をしかめた。

「高いもんですかい！」

店主は先ほどまで鼻の穴を穿っていた指で向こうの方を指しながらむきになって言った。

「他所に行けばわかりますよ。うちは幾らも儲けを出さずに売ってるんですから」

「朝廷の御用たちの店が買占めているものだから、言い値が罷り通ってやがる。この紙はどこから仕入れた？　仕入れ先はどこだ」

「もしや、お役人さんで？」

「ふむ……」

嘘をつけない性分のギョムは、答えに窮して咳払いをした。店主はそれを「そうだ」という意味と捉え、手の平を返したように声音まで変えて擦り寄ってきた。

「そうならそうと先に言ってくださればいいのに。いい物はいい値で売るってね。お勤めでお疲れでしょうから、この辺りで一杯……」

店主は不意に辺りを見渡したと思ったら、突然小銭の包を出してギョムの手に握らせた。

「何をする！」

ギョムは包みを投げ捨てると怒った顔で店を出て行った。落ちた小銭を拾いながら、店主は遠ざかるギョムの後ろ姿を首を傾げて見送った。

＊＊＊

その夜、比翼堂の門の上には辺り一面が明るくなるほどの灯りが灯された。大きく開かれた門の横に下人たちが長い列を作り、客人を迎える支度を整えていた。間もなく中宗《チュンジョン》が馬を降りて内禁衛将に付き添われながら中へ入り、三政丞とミン・チヒョンがその後ろに続いた。ギョムは中宗《チュンジョン》に駆け寄り、深々と一礼した。

中宗《チュンジョン》はギョムに案内され、比翼堂の庭園を見回った。蓮池や庭のあちらこちらでは、絵師や楽士たちが灯りの傍に座り、伸び伸びと芸術に打ち込んでいた。王が近づくと、皆立ち上がって頭を下げた。中宗《チュンジョン》は手を上げて自分に構わず続けるよう伝えると、ギョムに顔を向けた。

「宮中にはまるっきり姿を見せないものだから、黄金の子犬でも飼い始めたかと思ったが、さてはこの武陵桃源で時が経つのも忘れておったな？」

中宗《チュンジョン》はわざと怒ったような顔を作って言った。

「王様、朝鮮の芸楽を担えとおっしゃったのはつい先日のこと、これでは宜城君《イソングン》の体が十あっても足りませぬ」

左議政は髭を撫でて空笑いをした。

「ゆっくり中を見て回りながら絵でも描くようにと比翼堂を与えたが、おかげで年老いた王は見向きもされず、そちなら寂しくならぬか？」

口ではそう言いつつも、才気あふれる者たちが集う比翼堂の様子に、中宗《チュンジョン》はたいそう満足そうである。少し下がってやり取りを見守るミン・チヒョンは、中宗《チュンジョン》とギョムの仲の良さが面白くない。

「王様がこれほどお怒りになるとは思いませんでした。生まれて初めて職というものに就くことになり、朝廷の皆様のご苦労を半分はわかるようになった気がいたします」

ギョムは中宗《チュンジョン》と大臣衆をかわるがわる見ながら言った。

「職？　何の仕事だ」

中宗《チュンジョン》は蓮池のほとりの東屋に座って聞き返した。

「王家の者の義務として何ができるか考えていたところ、相応しい役目を見つけたのでございます」

ギョムはミン・チヒョンを一瞥してから中宗《チュンジョン》に向き直って答えた。

「王族の者の義務に相応しい役目か？」

「中部学堂で学童を教えてみようと思います」

ギョムの言葉に、王を始め東屋に座る大臣たちまで反応を示した。

「学童の訓育は、礼曹が派遣する教授官と訓導の役目ですぞ」

右議政は不満げにギョムを睨んだ。

「左様！　これは王族の義務というより越権に他なりませぬ」

左議政も加勢した。

「ご心配には及びませぬ。なあに、大したことを教えようというのではありません。そんなもの、教える能もござらん」

ギョムは手を振り否定した。

「まだ宜城君《イソングン》のことをわかっておらぬようだのう」

中宗《チュンジョン》がギョムを庇うと、大臣衆はますます表情を硬くした。

「中部学堂は官学のため国費で賄われておりますが、学堂外での習い事にとんでもない費用がかかるそうです。ゆえに、それが叶わない家の子らは勉学など夢のまた夢と聞いております」

ギョムはそのまま、今度の充員では公平に試験を行うことにしたという話まで一気に伝えた。

「公平な試験とな？」

興味をそそられ中宗《チュンジョン》が問い返した。

「しかし競争を用いても結果は同じになるのではないかと案じております。そこで王様、折り入ってお願いがございまして……」

「お願い？」

ギョムは試験の審査官として参加できる権利をいただきたいと願い出た。当然一部から反対の声が上がったが、中宗《チュンジョン》は一言でそれを遮り、ギョムの願い出を受け入れると明言した。ミン・チヒョンは額に青筋を盛り上がらせ、煮えくり返る腹を抑えていた。

＊＊＊

「試験とはどういうことだ？　勝手な真似をさせおって。王様は審査官として宜城君《イソングン》の参加をお認めになった。どうするつもりだ？　宜城君《イソングン》が中部学堂をのし歩く間、一体お前は何をしていた！」

中宗《チュンジョン》の前では口を開くこともなかったミン・チヒョンだったが、帰宅するなりフィウムダンを責め立てた。

「申し訳ございません」

フィウムダンは深く頭を下げたまま言った。

「今のままでもう満足だということか？　お前はそうでも、俺は違う！　この程度で満足してたまるか！　田舎役人の端くれからここまで来るのに二十年だ。あれほどの辱めを甘んじて受けながら今日まで耐え抜いてきたというのに、たかが吏曹《イジョチャム》参議《イ》で止まる訳にはいかん！」

「おっしゃる通りです」

「領議政たっての頼みで引き受けた子だ。全羅道《チョルラド》の穀倉はあの家の土地で成り立っているそうだ。このミン・チヒョンの最後の飛躍のため、なくてはならない金づる……心得ておるな？」

「しかと存じております」

「それを知っていながら！」

ミン・チヒョンは力任せに書案を叩き、声を荒げた。全羅道《チョルラド》から上京してきた両班《ヤンバン》の子息を中部学堂に入学させ、それを機に後ろ盾を得たい考えだった。こういうことは日常茶飯事で、これまで一度も狂いが生じたことはなかった。フィウムダンが姉母会の管理を徹底して行い、上に下に人脈を張り巡らせてあるため後に問題になったこともない。それに、これまでは姉母会の推薦で入学者を選んできた。夫人たちが喜びそうな袖の下を使えば、意のままにことを運ぶのは容易かった。だが、試験となると話は別だ。

「そのご子息は必ず入学させます。私を……信じてください」

フィウムダンは顔を上げミン・チヒョンの両目を真っ直ぐ見据えた。その目に確信を得たミン・チヒョンは、ようやく表情を和らげ頷いた。

翌日、フィウムダンはありとあらゆる手段を使って学堂の訓導から試験の質問内容と正解を聞き出し、全羅道《チョルラド》の両班《ヤンバン》の子息に丸暗記させ始めた。

＊＊＊

師任堂《サイムダン》の元に、白仁傑《ペクインゴル》から良い知らせと悪い知らせが届けられた。良い知らせというのは、優秀で学問への熱意はあるが、家計の事情で学堂に通えない子どもたちのために、礼曹が特別に予算を組むことになったという話だ。もちろん事実ではない。陰で支えてやりたいというギョムの意向を尊重した仁傑《インゴル》の作り話である。しかし、それを知る由もない師任堂《サイムダン》は、これで学費の心配をせずに通わせてやれると内心ほっとしていた。ただ、悪い知らせの方、ヒョルリョンの入学は決定ではなく、他の子らと競い合わなければならないというのが気がかりだった。

心配する母に、ヒョルリョンはその方が面白そうだ、安心して良いと胸を張った。師任堂《サイムダン》はそんな息子が頼もしく、頭を撫でた。撫でながら、気がかりなもう一つの問題、ギョムのことを考えた。中部学堂の廊下で擦れ違ったあの日から、師任堂《サイムダン》はずっとそのことを考えていた。ギョムと中部学堂とはどういう関係なのか。ヒョルリョンが通うことになったら、ギョムと度々顔を合わせることになるのではないか。胸の中に、喜びと不安が交差した。断ち切るべき人。それなのに、ほんの一瞬擦れ違っただけで恐ろしいほど胸は燃え上がり、いつまた顔を合わせることになるかわからないという予感にときめいてさえいる。だが、夢にまで見た中部学堂に入学できるという希望に胸を膨らませ、試験の準備に励む我が子に察せられるようなことがあってはならない。師任堂《サイムダン》は一人思い悩んでいた。

＊＊＊

いよいよ試験当日の朝、ヒョルリョンは爽やかな秋の風に吹かれながら、足取りも軽やかに学堂の中へ入って行った。試験を控え緊張はしていたものの、どんな問題が出されても落ち着いて解く自信はある。

一方、ヒョルリョンと競うことになった全羅道《チョルラド》の両班《ヤンバン》の息子テリョンは、家を出る時から石のように固まっていた。これまでフィウムダンがつけた先生が、怖く、厳しく、付きっ切りで覚えさせた答案は、早くも雪のように溶けて形を失っていた。今、テリョンの頭の中には点一つ残っていない。真っ白である。もし落ちたらご飯もおやつもなしだという母コン氏の言いつけに背中を押され、テリョンはべそをかきながら学堂に到着した。

「ようこそ！　今日の主役のお揃いだ」

教授官の部屋でヒョルリョンとテリョンの二人を迎えたのはギョムだった。ギョムはヒョルリョンの頭を撫で、じっと目を覗いた。ヒョルリョンの澄んだ瞳は、一目で師任堂《サイムダン》の息子とわかった。だが、ギョムのことなど知らないヒョルリョンは、中部学堂の訓導が来たと、深々とお辞儀をした。

「どうだ、試験の準備はできているか？」

仁傑《インゴル》が入って来て、二人に尋ねた。仁傑《インゴル》を見るや、ヒョルリョンはぱっと顔を輝かせ嬉しそうに挨拶した。

「準備など要るものか。基本的な実力を見るための試験なんだから。なあ、お前たちもそう思うだろ？」

ギョムは緊張してかちこちに硬直したテリョンが可愛いのか、ぽっこり出た腹を指でつつきながら冗談を言った。

「目的は果たせずとも、項羽ほどの人財は今後出てこないでしょう！」

不意にお腹を突かれ驚いたテリョンは、思わず覚えていた答案を口走った。仁傑《インゴル》とギョムの顔色が同時に暗くなった。はっとしたテリョンは、ぽってりとした両手で口を押さえ、ぶるぶると震え始めた。

「問題を、知っているのか？」

仁傑《インゴル》はテリョンを見ながら厳しい口調で聞いた。テリョンは大粒の涙をぽろぽろ落とすだけで何も答えられない。ギョムと仁傑《インゴル》は互いの目を見合い、子どもたちを残して部屋を出た。

大人たちが出て行くと、テリョンはこの世の終わりのように声を上げて泣き出した。

「君も、中部学堂で学びたいんだね」

何も言わず立ち尽くしていたヒョルリョンも、しゃくりあげて泣くテリョンを心配そうに見つめた。

「そうじゃないよ！　僕は中部学堂なんて興味もない！」

テリョンは手の甲で涙や鼻水を拭きながら訴えた。

「それなら、どうして泣くの？」

「試験に落ちたら……僕は死ぬしかないんだ」

「死ぬの？」

ヒョルリョンは目を皿にしてテリョンを凝視した。

「もし入れなかったら、母上がご飯もおやつもくれないって」

「お母上が通わせたがるんだ……いいなぁ」

「何がいいの？」

テリョンは泣くのを止め、不思議そうにヒョルリョンを見た。

「うちの母上は、僕がどんなに頼んでも駄目だって言うんだ。ご飯もいらない、だから中部学堂に通わせて欲しいってあれほどお願いしたのに」

「えっ？　ご飯、いらないの？」

「うん！　僕は本を読んでいるとご飯を食べるのも忘れてしまうんだ。ご飯より本が好きだから」

「うちの母上は、ご飯の中に答えがあるとおっしゃったよ。結局はご飯が一番だって」

テリョンの突拍子もない言葉に、ヒョルリョンは笑い出した。何だか気恥ずかしくなって、テリョンもやはり手の甲で鼻水を拭いながら笑った。まだ八つ、同い年の二人は互いに顔を見合わせ、そのうち顔をくしゃくしゃにしながら大笑いし始めた。

＊＊＊

出題の流出という問題はあったが、姉母会や中部学堂の学童たち、そして訓導が見守る中、試験は予定通り執り行われた。ギョムが新しい問題を用意したのだ。

「ここに箱を一つ用意した。各自の前に引き出しがある」

ギョムはヒョルリョンとテリョンを箱の前に来させ、説明を続けた。

「引き出しを引く者がない時は、二人とも失格とする！　時間は一刻だ」

そう言うと、ギョムは後ろに下がった。

箱を間に挟んで立つヒョルリョンとテリョンは、その箱を穴が開くほど見つめている。

突拍子もない出題に不服そうな姉母会も、箱と子どもたちを固唾を呑んで見守った。仁傑《インゴル》はわずかに面白がる表情を浮かべて状況を見守っている。フィウムダンは予想外の展開に焦りをにじませた。テリョンが先に箱を取るのを願うばかりだ。引き出しの取っ手が命綱のように見えてくる。だが、どちらも一向に手を伸ばそうとしない。いや、できなかった。ヒョルリョンは中部学堂に入れなければ死ぬしかないと言ったテリョンの言葉が思い出され、テリョンは中部学堂で学びたいと誰よりも強く願うヒョルリョンを思っていた。二人の間には、既に友情が芽生えていたのである。

「それまで！」

ギョムは一刻が過ぎたことを知らせ、ヒョルリョンとテリョンの前に出た。

「二人とも失格だ」

それを聞くや、ヒョルリョンとテリョンの目から涙があふれた。

「どうして引かなかった？　今泣いているのは、この学堂に入りたいからだろう？　ならば相手より先に引けば良いものを、なぜ手を伸ばさなかった？」

ギョムが言うと、二人は涙をぽろぽろ流し、そうできなかった理由を打ち明けた。子どもたちの返事を聞き終えたギョムは、にこりと笑顔を作った。

「二人とも同じ答えを出したから引き分けだ。二人とも失格とすべきか、合格とすべきか、逆にこちらが答えを問われることになりました。姉母会のお考えはいかがですか？　二人とも失格にしますか？」

ギョムは満面に笑みを浮かべたまま、姉母会や学童たちの顔を見渡しながら言った。

「当落の判断も、まともな試験であってこそでは？」

フィウムダンは怒りを抑えて聞き返した。

「王命により慎重に決めた出題が事前に流出したため、致し方なく内容を変えたまで。それをまともでないとおっしゃるのなら、事前に出題を教え、答えを覚えさせ、王の命令を蹂躙した罪を問う他ありませぬが」

ギョムはテリョンとフィウムダンを交互に見ながら鋭く核心を突いた。テリョンはギョムから目をそむけたまま、ぽっちゃりした両手を大きな腹の前で握り締め震え上がっている。フィウムダンは目を伏せ、奥歯を噛み締めるのがやっとだった。

「いいでしょう。では定員を増やし二人とも合格させます。王様にも既にご了承いただきました」

ギョムは決定を高らかに告げた。ヒョルリョンとテリョンは互いに抱き合い飛び跳ねている。仁《イン》傑《ゴル》はその様子を嬉しそうに見守った。一方の姉母会は、ばつが悪そうに互いに目を見合いながら、顔を真っ赤にして震えているフィウムダンの顔色をうかがった。

＊＊＊

試験が終わり、姉母会の夫人たちはフィウムダンの屋敷に集まった。フィウムダンを中心に車座になって座り、不満を爆発させている。不満の大半は姉母会の意向を無視してヒョルリョンを入学させたことと、ヒョルリョンのような貧しい家柄の子を受け入れたら学堂の品位が落ちるというものだった。

いつもなら火種を投げるだけだが、今日のフィウムダンはそこへ油を一、二滴、さらに投げ入れた。宜城君《イソングン》がヒョルリョンという子に対し陰で援助していると言ったのだ。果たしてその効果は抜群だった。日頃から宜城君《イソングン》に好意を抱いていた夫人たちの嫉妬に火がついたのだ。

「自分の足で出て行かせるのが一番です。入る時は勝手でも、通い切れるかどうか、見てやりますわ！　中部学堂を何だと思って」

人知れずギョムに横恋慕していたソ氏夫人は、わなわなと震えて両目を血走らせた。フィウムダンは自分の投げた一言にまたも踊らされる姉母会の夫人たちを見ながら、陰気な笑いを浮かべた。

「新しい学童の母親たちも、姉母会に参加させなければ」

フィウムダンは余裕を取り繕い、茶を啜りながら言った。

「こんな所によく住めるわね」

フィウムダンの屋敷を出たソ氏夫人は、付和雷同する夫人たちを引き連れてそのまま師任堂《サイムダン》の家に乗り込んだ。ヒャンとともに庭で畑仕事をしていた師任堂《サイムダン》は、驚いた顔で夫人たちを迎えた。

枝折戸を開けて突然押し掛けた夫人たちは、嫌な物でも見るかのような顔で家の中を見渡した。

「それにしても、これ何の臭い？　牛の糞でも撒いたのかしら」

ソ氏夫人は手拭いで鼻を押さえた。

「何かご用ですか？」

師任堂《サイムダン》は手についた土を払いながら恐る恐る聞いた。

「中部学堂という所は、無責任に子どもを預けて置くだけの場所ではないの。学堂のすべては私たち姉母会が取り仕切っています。教育に関わるあらゆる情報を交換し合い、話し合うのも私たちの務めです。子どもを中部学堂に通わせたいのなら、まずは姉母会に来てちゃんと挨拶をしていただかないと」

ソ氏夫人は師任堂《サイムダン》の目を真っ直ぐ見据え、投げつけるように言った。

「あの……」

師任堂《サイムダン》は当惑を隠せない。目を真ん丸にして自分を見つめ返す師任堂《サイムダン》を、ソ氏は上から下まで舐めるように見て舌を打った。

「こうやって心優しい宜城君《イソングン》の援助を引き出したのね」

「宜城君《イソングン》の……援助とは、何のことですか？」

師任堂《サイムダン》の顔色が変わった。

「姉母会の場所は追って連絡しますわ。ああ、絹の韓服《チマチョゴリ》くらいは持っていらっしゃいますわね？　姉母会に初めて参加する時は必ず、格式高い絹に身を包んで出席するのが中部学堂姉母会の伝統ですの。必ずね！　それじゃ」

その家の主人の表情など気にも留めず、言いたいことを言い終えたソ氏夫人は裳《チマ》をなびかせて師《サ》任堂《イムダン》に背を向けた。後ろに続く夫人たちもつんとした顔で背を向けると、枝折戸を開けて出て行った。

突然のことに茫然と立ち尽くしていた師任堂《サイムダン》は、事実を確認するために中部学堂へ向かった。その頃、ギョムはちょうど中部学堂の教授官の部屋で仁傑《インゴル》とともに茶を飲み談笑していた。

「今度のことでは、苦労をかけたな」

仁傑《インゴル》は爽やかに言った。

「口だけか？」

ギョムは湯呑を下ろして悪戯っぽく笑った。

「この野郎！　俺から取れる物があると思うか」

「元々、金持ちの方が欲深いって言うだろ。先に行くよ。授業の準備もあるし」

ギョムは裾を叩いて立ち上がった。

「こいつは驚いたな。何も教えられるものはないと言っていた奴が、授業の準備とは」

「表立って何もしないように見せるためには、見えない所で相当の努力をするものさ。白鳥だよ。一見優雅に水面に浮かんでいるが、水の下では必死に足掻いてる」

「達者だな」

仁傑《インゴル》は呆れたように笑い、立ち上がった。その時、師任堂《サイムダン》が赤く上気した顔で教授官の部屋に入ってきた。

「これはこれは、どうなさいました」

仁傑《インゴル》は驚いた顔で師任堂《サイムダン》を見て尋ねた。師任堂《サイムダン》は仁傑《インゴル》には答えず、硬い表情でギョムを見つめた。

ギョムもまた、その場に打ちつけられたように固まって師任堂《サイムダン》を見返した。二人の間に只ならぬ気配を感じた仁傑《インゴル》は、首を傾げながら席を外した。

「ご厚意は受け取れません」

仁傑《インゴル》が居なくなると、師任堂《サイムダン》は辛そうに言った。

「何を言っているのか、さっぱりわからんよ」

どうして知っているのだ。あれほど秘密にしてくれと頼んだのに。ギョムは胸の中で舌打ちした。

「どういう意図で援助を思われたのかわかりませんが……誤解を買うような行いはしたくありません」

師任堂《サイムダン》は毅然としている。

「何を言う！　俺はただ、教授官からもったいない人財がいると聞いて手助けしたまでだ」

とぼけて済む問題ではなさそうだ。ギョムは言い訳をした。

「誠にございますか？　本当に、私の子とは知らずになさったのですか？」

師任堂《サイムダン》は食い下がった。

「一体何が問題なのだ？　四部学堂すべてに支援することにした。それに、そなたの子どもだという理由で、ここで学べる好機を手放せというのか？　聞けば実に賢い子だそうじゃないか。勉学への熱意も並々ならぬものがあり、つい先日まで教室の外でこっそり講義を聞いていた子が、早くも学堂一の実力を見せているそうだ。そんな子どもの将来を、俺とそなたのつまらぬ悪縁のために、閉ざしてしまっていいと言うのか？」

言葉にすればするほど、感情が激しさを増していく。ギョムは声も大きくなった。

「馬鹿な親の下に生まれたせいです。ゆえにこれから償っていきます。私の子どもたちには私が！あなた様はもう何もせず、ご自分の周りのことをしっかりと見てください」

「……」

「失礼いたしました」

師任堂《サイムダン》は落ち着き払った顔で頭を下げると、背を向けて行ってしまった。

「はっ！　偉いよ、師任堂《サイムダン》。一つも変わらない」

ギョムは無情に背を向けた師任堂《サイムダン》を見送りながら、溜息交じりに独りごちた。訳のわからぬ寂しさが、胸を満たしていた。

十三

朝九時を過ぎ、遅く起きたジョンヒが居間に出ると、ジユンは玄関先にいた。孫のウンスを学校へ送ってきたところのようだった。ジユンはいつもとは違い、声をかけることなくそのまま部屋に入ってしまった。ジョンヒは一言言いたい気持ちを抑えて浴室に入った。

浴室の床には、昨夜洗いかけたワイシャツを浸け置いたたらいがある。眠れない時や、息子が心配で落ち着かない時、ジョンヒはこうしてクローゼットの中の息子のワイシャツを出してきて手洗いをする。洗濯板の上で水気を絞っていると、居間に人気がした。ジユンが出かける支度をしているようだ。

「行ってきます。ご飯は用意しておきました」

気持ちのこもっていない、乾いた声が浴室のドアの向こうから聞こえ、それから間もなくして玄関が閉まる音がした。ジョンヒは洗濯板に擦りつけていた息子のワイシャツをたらいに投げ入れ、勢いよく立ち上がった。急に立ち上がったせいで眩暈がした。壁に手をついて体を支えながら、ジョンヒは深呼吸をして込み上げる感情を抑えた。

共同研究を止めるようにという姑の言いつけを鼻であしらい、自分のわがままを通す嫁が憎らしくて許せない。だがジユンが教授になれば、何とか家族で食べていく道ができる。そう考え、ジョンヒはそれ以上とやかく言わないことにしていた。一方で、干し葡萄のように日に日に痩せて小さくなる体で、弱音一つ愚痴一つこぼさずに、母として、嫁として、仕事をする女性として、自分のやるべきことから逃げずにこなし続ける嫁を尊敬し、心配もしている。だが我慢が限界に達した時などは二度と顔も見たくないほど憎らしくなり、裏切られた気持ちにもなる。

その日の午後、ジョンヒは孫のウンスの帰宅時間に合わせて夕飯の支度をしていた。ぐつぐつ煮立った味噌汁に豆腐を入れようとした時、玄関のベルが鳴った。濡れた手を布巾で拭いながら玄関に向かう。「おかえり！」とドアを開けると、ウンスがわんわん泣きながら入ってきた。顔中に痣や引っ掻き傷が出来ている。鼻血が出たのか、鼻には詰め物をしていた。

「どうしたの！　誰にやられたの！」

ジョンヒは腕の中で激しく泣きじゃくるウンスを抱き締めた。怒りなんてものじゃない。動転して腰が抜けそうになった。しばらく泣いてばかりだったが、徐々に落ち着きを取り戻したウンスは、学校での出来事を話し始めた。同じクラスのチャンミンという子が、ウンスの父の会社が破綻し、母親は大学をクビになって今はドリルの訪問販売をしているとクラスメイトたちに言いふらし、みんなにからかわれたという。怒ったウンスがチャンミンを押したのだが、そこから殴り合いの喧嘩に発展したということだった。そこまで聞いて、ジョンヒは緊急連絡網にあるチャンミンの家に電話をかけた。何度目かの呼び出し音が鳴り、チャンミンの母親が出た。電話がつながるなり、ジョンヒは物凄い勢いで責め立てた。

「大事な孫の顔を傷だらけにされたんですよ！　でたらめな話まで言いふらされて迷惑です！　う

ちの嫁は、そうよ、大学の講師よ。今は講師だけど、今年中にはきっと教授に……」

「ウンスのお母さん、韓国大学の美術史が専攻ですよね？　うちの夫の兄弟がその大学で社会学部の学部長をしているんです。先日、懲罰委員会が行われたそうですよ、ウンスのお母さんの件で。学期の途中で解雇されたって、まだご存知ないんですか？　確か問題を起こしたとか……」

「そ、そ、そんなこと！　そんなこと！」

ショックで言葉が出なかった。

「あとは本人に聞いてください。もしくは韓国大学に直接問い合わせるとか」

チャンミンの母親は、子どもの喧嘩は子どもたち同士の問題ですからと、もっともらしい言葉を残して電話を切った。受話器を置いたジョンヒは手が震えた。

＊

その日の夜は、まるでいつまでも続くのかのように、時計の針は遅々として進まなかった。ジョンヒはウンスが宿題をする間、埃一つ落ちていない部屋の拭き掃除をし、一度拭いた所をまた拭いては込み上げる怒りを抑えていた。ウンスを風呂に入らせ、寝かしつける頃になってもジユンは帰って来なかった。ジョンヒは眠りについたウンスの顔の傷に塗り薬をつけ、居間に出て座り込んだ。嫁に対する怒りで胃液が込み上げて来そうだ。

「お義母さん」

夜十時を回ってようやく帰宅したジュンは、居間に座るジョンヒの顔色を見て言った。

「ジユン！」

ジョンヒは飛び上がるように立ち上がり、乱暴にジユンの手を引いて部屋に入った。大声でウンスを起こさないようにだ。

「どういうことよ？　どうして大学をクビになったの？　何を考えているの。ねえ、自分が何をしたかわかってるの？」

ジョンヒは抑えていた怒りを爆発させ、感情に任せて怒鳴りつけた。

「事情があったんです……全部お話しします」

そう言って、ジユンはジョンヒの手を握った。

「事情があるならどうして今まで黙っていたの！」

ジョンヒがその手を荒々しく振り払うと、その拍子にジユンのバッグが床に落ちた。

「クビになったくせに図々しい。共同研究？　よくも私を騙したわね！」

ジョンヒは思いつくままにジユンを責め立てた。ジユンは散らかったバッグの中身を一つ一つ拾ってバッグに戻した。どこからどう説明したら良いかわからなかった。誰に何を聞いたのか、頭ごなしに怒鳴りつけるジョンヒにも理不尽さを感じる。その時、床に落ちている書類の封筒が目についた。ミンソクに渡された離婚届だ。ジユンは慌ててそれをしまおうとしたが、ジョンヒの手が早かった。中身を見たジョンヒの顔が歪んだ。

「お義母さん、それは」

「離婚届？　離婚するって言うの？」

「お義母さん、違うんです」

「こんなことをさせるために、あなたを支えてきたと思ってる？　結婚してウンスが生まれて、修士に博士に……十年よ！　一年や二年じゃなく、十年！　実地調査に学会に論文にと、家事ができなくても私は一度だって文句を言わなかったわ。だって私の家族だから！　教授になる人だから！　そう信じていたから！　それなのに、こんな裏切り方ってある？　自分の夫が生きているか死んでいるかもわからない、こんな時に離婚？　あんた、そんな人だったの？　あんまりじゃない！　ひどいわ！　自分の夫がどうしているのか、ちゃんとご飯を食べているのか、気にもならない？　どうしてそんなに身勝手なのよ！」

ジョンヒはこれまで我慢して我慢して、抑え続けた感情を一気に吐き出した。ジユンは何も言えず、ただ涙を流すことしかできなかった。

＊

次の日もまた朝が来た。ジユンは窓から差し込む陽の光にぼんやり視線を投げてベッドに座っている。一睡もできず、ぱんぱんに腫れた目元を手の甲で擦りながら、ジユンは居間に出た。色んなことを一気に経験したせいか、不思議と心は落ち着いて、動じなくなった気がする。

ジユンは息子のウンスが起きる前に急いで朝の支度をした。食欲がないであろう姑のジョンヒには粥を用意する。水に浸しておいた米に胡麻油をかけて混ぜ、水を足し入れて沸かし、柔らかくなるまでしゃもじで優しく混ぜ合わせる。出来上がった粥を器に移して盆の上に置き、ウンスを起こしに行った。

息子の傷ついた頬や痣のできた目元を見て、ジユンは昨夜、ジョンヒがあそこまで怒って怒鳴りつけてきた訳を理解した。

ウンスは服を着替える途中、学校に行きたくないのか、ジユンの胸にぎゅっと抱き着いた。昨日の経緯を伝え聞いていたジユンは、胸が張り裂けそうな思いで息子を抱き締めた。

「ウンス……」

ジユンは温かい声音でウンスの名前を呼んだ。

「お母さん……もう、教授じゃないの？」

ウンスは今にも泣きそうな顔で聞いた。

「ああ、それは……うん……」

ジユンが辛そうに答えると、瞳いっぱいに涙を湛えていたウンスの目から、とうとう涙が零れた。

「悲しい思いをさせてごめんね。お母さんも、お父さんも……ごめんね。お母さん、お父さんの分まで謝るね」

ジユンはウンスを抱き締めて頭を撫でながら、声を落ち着かせて言った。母の胸の中で、ウンスはこちらが居た堪れなくなるほど悲し気に泣いた。

「お母さんも、お父さんも、お祖母ちゃんも、家族みんな辛いの。でもお母さん、強くなるわ。だってウンスがいるんだから！　今は辛くても、きっと乗り越えられる。お母さんを護ってくれる天使がここにいるんだもんね。お母さんのこと、信じてくれる？」

ウンスは大きく頷いて見せた。ジユンはウンスの涙を拭き、もっと強く抱き締めた。

傷ついた小鳥のように母の胸を離れようとしない息子に根気よく言い聞かせ、二人は支度を済ませて家を出た。

＊

ウンスを学校へ送り届けた後、地下鉄に向かったジユンは、ちょうど駅の入口で足を止めた。不意に、自分がどこへ向かおうとしているのかわからなくなった。四方を壁で囲まれたように息が苦しい。通勤ラッシュの駅前を行き交う人々が、茫然と立ち尽くすジユンの肩にぶつかりながら通り過ぎて行く。その時、バッグの中で携帯が鳴った。サンヒョンからだ。弘大《ホンデ》のクラブでヘジョンと会う約束をしたのでそこへ来るようにとのことだった。電話を切ると、ジユンは急いで地下鉄へ続く階段を下りた。

ミン教授に知られた以上、国立中央博物館で師任堂《サイムダン》の日記を修復することはできない。三人は数日前から修復作業ができる場所を探してあちこち駆け回っていた。だが一向に見つからず、教授の監視もより露骨になっていた。

クラブや居酒屋が立ち並ぶ弘大《ホンデ》の裏通り。その朝の光景はまるで、華やかな夜のメイクを落とした素顔のように疲れて見えた。地下鉄の駅を出て十分くらい歩くと、サンヒョンに指定されたクラブが現れた。サンヒョンとヘジョンはその前で待っていた。

「修復作業を、ここで？」

ジユンは目を丸くして二人の顔を交互に見た。

「その通り！　教授を欺くのにも、もってこいの場所じゃない？」

そう言うと、サンヒョンは先に階段を下りて行った。ジユンはヘジョンとその後に続いた。そこはクラブの倉庫だった。

ドアを開けて中へ入ると、壁に寄せて置かれた古いソファと鉄製のキャビネットが見えた。

「必要な備品を揃えれば、科学室代わりに使えそうじゃないですか？」

サンヒョンは古いソファに腰かけて言った。

「ちょっと狭いけど、光学顕微鏡とデジタル顕微鏡があればいけると思う。室温もエアコンを置けば何とかなるし……」

ヘジョンは倉庫が気に入った様子だった。

「好きに使っていいの？」

ジユンも悪くないと思った。他に場所がない以上、ここが一番だと思う。

「知り合いがここのオーナーなんです。ホールを手伝ったりＤＪをしたり、普段からよく出入りする店だから安心だし」

サンヒョンは太鼓判を押した。その時、ドアが大きく開いたと思ったら、ギターを抱えた髪の長い女の子が入ってきた。破れたシーンズに「指鹿為馬」と書かれたTシャツ姿の細い女の子は、クラブで歌手をしているアンナだった。

「曲はいつくれるの？　ホリック」

アンナはサンヒョンを見るなり目を潤ませて言った。ヘジョンとジユンは互いに目配せをして視線を泳がせた。

「今は話せないんだ。後にして、後に」

サンヒョンは動揺した様子でアンナの背中を押した。

「どうしたの？　あのおばさんたちは誰？」

「後にしてくれってば。ほら行けよ」

そう言ってアンナを追い出すと、サンヒョンはドアに鍵をかけた。ヘジョンがドアの方を見て、誰なのと聞くと、サンヒョンは平静を装って、ただの知り合いだから気にしないでと言った。一方のジユンは別のことを考えていた。アンナが着ていたTシャツの文字が脳裏に焼きついていた。

指鹿為馬――。「鹿を指して馬と為す」、誤った言動で人を篭絡するという意味の四字熟語だ。偽の「金剛山図《クムガンサンド》」を本物と言い張って世間を騙すミン教授のことを指しているようで、ジユンは苦笑いを浮かべた。

「そうだ、これ。『金剛山図《クムガンサンド》』の国宝化に異議を唱える嘆願書と資料よ」

ヘジョンは思い出したようにバッグからファイルを取り出した。

「あれ？　この資料って、中初寺跡の三層石塔じゃないですか？」

サンヒョンは嘆願書と資料を見比べ首を傾げた。

「うん、元々は重要文化財五号だったけど降格になったの。こっちは国宝二七四号に指定された直後に取り消された別黄字銃筒。亀甲船に装着されていた艦砲だと捏造されて、国は大恥をかくことになったわ。今も、現在進行形でね」

ヘジョンはジユンとサンヒョンに資料を見せ、一つ一つ説明して聞かせた。

「どうして発覚したの？」

資料を見てジユンが聞いた。

「わからない。内部告発があったか、捏造に加担した人が怖くなって吐いたか……その経緯は今も明らかにされていないわ」

「馬鹿にもほどがあるよ」

「こんなのいくら持って行ったって、相手にしてもらえないだろうけど」

ヘジョンは懐疑的だった。

「映画『タイタン 選ばれし勇者』を知らないんですか？ 待ってろよ、『金剛山図《クムガンサンド》』がデイビッドの投げ石となる日は近い！」

サンヒョンが言い、ジユンは頷いた。「金剛山図《クムガンサンド》」が偽物だとわかれば、ソンギャラリーに捜査の手が伸びる。そこまで行けば、ソンジングループの不正が芋づる式に発覚するのは時間の問題だ。「金剛山図《クムガンサンド》」には、今やジユン一人の問題を超え、家族全員の命運が賭かっていた。

「はぁ……そりゃとんとん拍子に進めばいいけどさ。世の中そう上手くはね……」

ヘジョンは顔を左右に振った。

「見つければいいんですよ、本物の『金剛山図《クムガンサンド》』を！　寿進坊《スジンバン》の件の修復を進めて、小さな手がかりでも虱潰しに掘り下げていけば、きっと何か出て来るはずです。志ある所に道あり！　求めよ、さらば与えられん！」

さながら戦いに挑む勇者のようにサンヒョンが言った。ジユンは肩の荷が軽くなったような気がした。さっきまでずっと、出口のない所に閉じ込められて息を吸うのも苦しかったが、今はそこに一筋の光が差したように感じられる。サンヒョンとヘジョンの存在に、ジユンは目頭が熱くなった。

＊＊＊

中部学堂から戻った師任堂《サイムダン》は、焚口の中の火花を眺めながら物思いに耽っていた。どれくらい経っただろう。薪が白い灰を残して黒い炭になり、弾ける音を出した。

「ははうえ、たきぐちのなかに、おとのきがあります。かんかん、おとがします。このあいだ、のはらであそんだときのきです」

竈《かまど》に座り足をぶらつかせて遊んでいたウが降りて来て、師任堂《サイムダン》を揺さぶった。

「音の木？」

不意のことに驚いて、師任堂《サイムダン》は焚口の中を覗いた。

「かん、かんかん！　かんかん！　かん、かん！　ほら、あのときの、おとのきです」

ウは焚口の中から聞こえる音に合わせ、楽しそうに笑った。

「楮《こうぞ》の木、そう、あの時の、紙を作る木だね」

あの荒地にあった木と同じ楮《こうぞ》の木だとウに教え、師任堂《サイムダン》ははっとなって立ち上がった。幼い頃、雲平寺《ウンピョンサ》の製紙工房で見た光景が稲妻のように脳裏を駆け巡った。

「この薪はどこから持ってきたの？」

師任堂《サイムダン》は庭で掃き掃除をしていたヒャンを呼んで言った。

「この間、あの荒地に行った時に」

「子どもたちをお願い。先に夕飯の支度をしていてちょうだい」

師任堂《サイムダン》は慌てて前掛けを脱ぎ捨てると、枝折戸の外へ飛び出した。

真っ赤な顔をして寿進坊《スジンバン》の路地を抜け、林道に入った。遠く、西の山に赤々と日が沈んでいく。木が茂る林道はたちまち暗くなった。師任堂《サイムダン》は裳《チマ》をつかみ林道を駆け抜けて、先日の、あの土地に辿り着いた。荒涼とした広い土地で、何かを探していた師任堂《サイムダン》は、楮《こうぞ》の群落の前で立ち止まった。どこからか小川の流れる音がする。楮《こうぞ》の木と小川、そして紙を広げて乾かせるだけの広々とした土地！

「これならできる。紙を作って売るのよ！」

紙作りにこれ以上適した土地はない。師任堂《サイムダン》は何もない土地を希望にあふれた顔で見渡した。頭上には、夜空の星が瞬いていた。

＊＊＊

同じ頃、比翼堂の庭の東屋には、夜空の星より明るい灯りが灯され、大きな酒の膳が用意されていた。その膳を囲んで座る絵師や楽士らは、玄琴《コムンゴ》の調べに合わせて踊る舞姫を眺めていた。黒い笠の上から長く垂らした布で顔を隠しているので表情はわからないが、その動きは何とも蠱惑的だ。酒を二口、三口呑んだ男たちは、舞姫の指先が動くたびに胸を波立たせ、身悶えた。赤黒色の牡丹の刺繍が施された顔隠しの下に、わずかに覗く線の細い顎、赤い唇の傍には小さなほくろが一つ、儚げだがどこか力強い踊り。花の周りを舞う蝶のように軽やかに、それでいて木の枝を踏み込んで天高く舞い上がる鳥のような強さを感じさせる舞い。わずかに上げた裳《チマ》の裾からほっそりとした脚が覗くと、男たちは腰をよじり感嘆の声を漏らした。

「牡丹に香がないとは誰が言った？　芳しい香がここまでぷんぷんして参りますものを」

「これまで数多くの名の知れた踊り手を見てきたが、これほどの肢体は見たことがない」

「それも赤い牡丹ではなく、黒牡丹ときた！」

男たちは口の中が乾くほど賞賛を惜しまなかった。そこへ、偶然通りかかったギョムが、玄琴《コムンゴ》の調べに顔を上げ、東屋の方に目をやった。その目に、関心の色はない。

「叔父上！　我が比翼堂に天女が舞い降りました。一輪の牡丹のような、妙な色気のある女なんです。黒牡丹といって……」

ギョムに駆け寄り、フが口をだらしなく開けながら言った。

「そうか」

甥の話には興味を示さず、ギョムは何か考え事でもしているのか、溜息を吐いて自分の部屋に向かって行ってしまった。

と、同時に黒牡丹の手も止まった。黒牡丹の舞姫は、遠ざかるギョムの背中をしばらく見つめていたが、不意に裳《チマ》を握り締めると、そのまま夜の闇の中に消えて行った。

部屋に戻ったギョムは書卓の前に座り、手で額を抑えた。今しがたの中宗《チュンジョン》とのやり取りを思い返していた。

「ミン・チヒョンの力は宮中はもちろん、四部学堂に至るまで及ばぬ所がございませぬ。王様、学堂と学童はこの国の未来です。ミン・チヒョンのような貪官汚吏《たんかんおり》に好きにさせてはなりませぬ。ミン・チヒョンの汚職や不正が次々に出てきております。製紙所の納品先を独占して暴利を貪るだけでなく、膨大な資金力を盾に、全国に開かれる市場で買占めや売り惜しみを行って値を恣《ほしいまま》に釣り上げておりました。もっと心配なのは、各地のやくざ者や組にも影響力を広げており、いつかは武力を備えるだろうということです。王様、これはミン・チヒョン一人の問題ではございませぬ。あのような者が出てこぬよう、国を改革するのです。言論を司る三司の機能を高め、人事改革を行ってミン・チヒョンのような政治腐敗を招く者が二度と官職に就けぬようにしなければなりませぬ」

ギョムはこれまで調べた結果を中宗《チュンジョン》に伝えた。

「お前、もしや、政をしようと言うのか？」

中宗《チュンジョン》は意に満たない様子だった。思いもしない反応に、ギョムは当惑を隠せなかった。

「あ奴が裏で何をしているか調べろと言いはしたが、政をしろと命じた覚えはない」

「王様……」

「余がその事実を知らないでも思うたか？　過去にもお前と同じことを言う者たちがいた。改革を掲げて余を追い詰めようとした。その者たちの末路がどうだったか？　安易に政に足を踏み入れるでない」

中宗《チュンジョン》はもう何も聞きたくないというように顔をそむけてしまった。その胸中がわからず、ギョムは途方に暮れたまま比翼堂に帰ってきた。

ギョムは額を押さえていた指で書卓を叩いた。政に足を踏み入れるなという中宗《チュンジョン》の言葉が耳元を離れない。中宗《チュンジョン》がどういう意図で言ったのか、ギョムにはわからなかった。それに、気のせいか中《チュン》宗《ジョン》との間に小さな隙間ができたように感じる。もし気のせいでないとしたら、どうすれば良い？　得体の知れない影が二人の間に入った亀裂に忍び込んで来る絵が浮かび、ギョムは悪寒がした。

＊＊＊

暗闇の中、落ち葉を踏む乾いた足音が響いている。黒い布で顔を隠した男が、裏口を開けてミン・チヒョンの屋敷の中に入って行く。

「ミン様」

男はミン・チヒョンの部屋の前で声を潜めて言った。

「入れ」

障子の向こうからミン・チヒョンの声がした。顔を隠した男は履物を脱いで縁側に上がると、音を立てずに部屋の中に入った。ミン・チヒョンは書卓の前に座って本を読んでいた。男は緊張を多分に漂わせながらミン・チヒョンの前に膝をついた。

「して、行方をくらましていた二十年もの間、どこで何をしていた？」

ミン・チヒョンは抑揚のない声音で聞いた。

「はい、江原道《カンウォンド》の江陵《カンヌン》で王族である大おばに育てられたようですが……」

男は頭を下げたまま、ギョムに関する情報を伝えた。

「江陵《カンヌン》？　江陵《カンヌン》と申したか」

ミン・チヒョンは顔を上げて男を見た。

「左様にございます」

「……続けろ」

「江陵《カンヌン》にて婚儀が破談となった直後に頭を刈り、金剛山《クムガンサン》に入ったきり、数年は戻らなかったそうです」

「頭を丸め金剛山《クムガンサン》に入ったか」

ミン・チヒョンは上唇を歪ませ、にやりとした。

「その後も耽羅《タンラ》や于山島《ウサンド》など人気の少ない島々を転々とし、こちらに戻ってからはまだ五年も経っていないそうです」

「ふむ、ところで江陵《カンヌン》で婚儀が破談になったと言うたか？」

「はい」

「ほう、その相手はどこの家の娘だ」

「それが、申命和《シンミョンファ》の娘と恋仲にあったそうにございます」

「申命和《シンミョンファ》？　申命和《シンミョンファ》か！」

ミン・チヒョンは眉をぴくりと歪ませた。二十年前、烏竹軒《オジュクホン》の門の前での一件が脳裏を過った。

「そうか、申命和《シンミョンファ》の娘と婚儀の話まで……」

「しかし、申命和《シンミョンファ》の娘は突然、宜城君《イソングン》との縁談を破棄し、徳水李氏《トクスイシ》の家の息子に嫁いだそうにございます」

「宜城君《イソングン》と申命和《シンミョンファ》の娘が恋仲にあった。ではその娘は？」

「他の男に嫁いだ後も烏竹軒《オジュクホン》に暮らしておりましたが、このほど漢陽《ハニャン》へ越してきたそうにございます」

「何、漢陽《ハニャン》だと？　宜城君《イソングン》も漢陽《ハニャン》に上京して間もない。そして、その女も漢陽《ハニャン》に越してきた」

「左様にございます」

「比翼堂に出入りする者たちのこと、特に女がいるか密かに調べるのだ」

「承知いたしました」

顔を隠した男は頭を垂れて返事をすると、立ち上がって部屋を出て行った。ミン・チヒョンは書卓の引き出しから巻かれた紙を出して広げた。ギョムにもらった芍薬の絵だ。こちらが贈った孔雀と芍薬の絵で、花鳥図のできあがりだと言っていた。初めて見た絵にもかかわらず、どこかで見たような気がしていた。今再び絵を広げて見ても、やはり説明し難い既視感に襲われる。どこで見たのか、思い出せそうで思い出せない。

ギョムについて調べるのは弱みをつかむためである。味方につけることができないのなら、早々に芽を摘むのが賢明だ。それがミン・チヒョンのやり方である。しかし、中宗《チュンジョン》が全幅の信頼を寄せている以上、摘み取るのは容易ではない。そこで、裏を調べることにしたのである。ミン・チヒョンは芍薬の絵を凝視した。必ずや中宗《チュンジョン》の傍から引き離してやる。その決意は蝋燭の火のように燃え上がっていた。

＊

ミン教授がレイド（Rade）に目をつけられているという噂は文化財委員の間にも瞬く間に広がった。何者かが「金剛山図《クムガンサンド》」の鑑定を依頼する嘆願書を提出し、レイド側がそれを引き受けたというのだ。レイドは芸術作品の中から贋作を見つけ出す天才集団と称され、美術界では顔のない審判として知られている。レイドに目をつけられたという噂が事実である可能性が高まると、「金剛山《クムガンサン》図《ド》」の国宝推進委員会に名を連ねた文化財委員たちは、レイドからの集中砲火を恐れ、一人また一人と委員会から手を引き始めた。

ソンギャラリーの館長は、怒り心頭だった。ソンジングループ会長である夫は、噂を聞きつけるや、容赦なく妻である館長を責め立てた。館長は煮えくり返る思いでミン教授を呼びつけた。レイドの問題を解決するため奔走していたミン教授は、館長の連絡を受けるが早いか、ギャラリーに飛んできた。

「嘆願書の件、いくらなの？」

館長はかすれた声で聞いた。

「どういったことでしょう？」

教授はわからないふりをして目を大きく見開いた。

「いくらかかるの！　解決するのに！」

館長はヒステリックに髪をかき上げて怒鳴った。

「嘆願……書？　一体何のことか……」

「定年を迎える前に締め出すことだってできるのよ」

「申し訳ございません。できる限り、早期に解決いたします！」

ミン教授は観念して頭を下げた。

「解決できなければ、責任はあなたが取るのよ。よく覚えておきなさい」

「承知いたしました」

館長は両目をかっと見開き念を押した。

「ねえ、教授」

「はい」

「最近は実力のある若い子がとても多いわ。そう思わない？」

館長は一方の目を釣り上げ試すように言った。

「決してご迷惑をおかけすることがないよう、抜かりなく解決いたします」

教授はそう答えるのがやっとだった。ぞっとして、嫌な汗が出た。

「以上よ」

館長室を出たミン教授はすぐに助手に連絡を入れ、ジユンの住所を問い合わせた。嘆願書の発端はジユンだと確信があった。ジユンの家に押しかけ、嘆願書はもちろん、例の怪しい古い本の正体も今度こそ突き止めるつもりだった。

＊

玄関を開けたのは姑のジョンヒだった。ミン教授は名を名乗り、玄関の中に入った。ジユンの指導教授と聞いたジョンヒは丁重に教授を迎え入れた。ジユンがまた大学に戻れるかも知れないという一抹の希望を抱いたのだ。

「ずいぶんと……こじんまりした家ですね」

居間に入り、家の中を見渡すと教授は嘲笑気味に言った。

「お恥ずかしい限りです。わけあって少しの間だけ住む家なので、特に構いもせず」

ジョンヒは顔を赤らめ、居心地悪そうにしている。

「ソ先生は？」

教授はジョンヒが用意した座布団に太々しい態度で座ると、さっそくジユンの居場所を尋ねた。

「すぐに戻るはずです」

ジョンヒは小走りで流しの隅へ行き、ジユンに電話をかけた。指導教授が訪ねてきたと聞いたジユンは、わかったと言うなり電話を切った。ジョンヒは教授をどうもてなせばよいかわからず、困っていた。冷蔵庫の中には果物一つなく、台所の収納棚にはどこの家にでもあるインスタントコーヒーすらない。その上、台所でうろうろしている姿が居間から丸見えなのを思うと、恥ずかしくてたまらない。仕方がないので教授にはジユンの部屋で待ってもらうことにした。ミン教授はむしろ喜んで立ち上がり、ジョンヒに促されるままジユンの部屋に入った。

十分あまりが過ぎ、慌ただしく玄関を開けてジユンが帰宅した。走ってきたのか、顔にはびっしょり汗をかいている。

「教授は？」

家の中を見回しながら、ジユンは教授を捜した。

「あなたの部屋よ。早く行って。お出しできるものが何もないの。乾いたリンゴが一つだけ、やっと見つかったわ」

テーブルでリンゴを剥きながら、ジョンヒは何度も溜息を吐く。だが、ジユンの耳には姑の愚痴など届かない。自分の部屋の中にミン教授が、それも一人でいると聞いてジユンは心臓が止まるかと思った。

勢いよくドアを開けると、教授は狭い部屋の真ん中に座っていた。

「何ですか、こんな所まで」

ジユンはわずかに開いたクローゼットの扉を見ながら教授に問い質した。ジユンの顔は、唇まで白くなっている。クローゼットの中に隠した美人図を思うと気が気でなく、声が出そうになる。

「座ったらどうだ。立ち話じゃ何だろう？」

ミン教授は顔を上げて詰るように言った。

「用件だけ言って早く帰ってください。勝手に家まで来られて、不愉快です」

ジユンの両目が怒りで血走っている。

「国宝推進反対の嘆願書が提出されたそうだ。わざわざ確かめなくても、裏にソ・ジユンがいることくらい、わかる人間にはわかる」

ミン教授は立ち上がると正面からジユンを見据えた。

「どう思っていただいても結構です」

ジユンは教授の視線を避けなかった。

「この家はいくらだ？　大方、保証金二千に月五十万ウォンといったところだろう。にもかかわらず子どもは相変わらず私立に通い続けている。授業料だけで年間二千万ウォン。そこに修学旅行や習い事まで含めれば、少なくとも三、四千は必要だ。いつまでもつか……長くて半年？」

教授は助手たちが調べた情報を盾に脅しをかけた。子どもの話を出した途端、ジユンの瞳が揺れ始めた。

「経済犯罪で行方をくらました夫、取り立ての債権者たちはいつまた押しかけて来るかわからない。金が底をつくのも時間の問題だ」

教授はさらに脅しをかけた。

「何を恐れているんですか？　何が怖くて、保証金二千に月五十万の家に住む教え子の家まで押しかけて、こんなことをなさるんですか？」

もはや逃げ場はない。ジユンは覚悟を決め、顎を突き上げて言い返した。

「生意気な口は相変わらずだ」

「潔白なら堂々と勝負すればいいことです。嘆願書が何枚出されたってどうってことはないはずです。あの『金剛山図《クムガンサンド》』が本物なら！」

「ジユン、君はとんだ勘違いをしているよ。勝負というのは、力の程度が対等な者同士がするものだ。お前たちのような虫けらなど踏み潰してしまえばそれまでだ！　今がどん底だと思っているんだろう？　だが直にわかるはずだ。本当のどん底は、これから始まるということがな！」

ミン教授が言い終わるより早く、ドアを蹴破る勢いでジョンヒが入ってきた。

「ジユン、今何て言ったの、この人！」

ジョンヒは教授に向かって声を張り上げた。

「何でもありません、お義母さん」

ジユンはジョンヒを止め、ミン教授に出て行くよう叫んだ。

「冗談じゃないわ！　この子が何をしたと言うんです？　勝手に人の家に押しかけて来て、挙句の果てに恐ろしい言葉を並べて脅迫までするなんて。これが教授のすることですか！　無礼にもほどがあるわ。何、虫けら？　よくも言ったわね。ちょっと待ちなさいよ！」

ジョンヒは出て行こうとするミン教授の背中に罵声を浴びせた。ジユンはジョンヒを落ち着かせようと力いっぱい抱き締めた。ミン教授はそんな二人を嘲笑うように一瞥すると、乱暴に玄関のドアを閉めた。

「教授ともあろう人が、人の家まで来て侮辱して馬鹿にして！　一体大学で何があったっていうの……もう、嫌よこんなの。もう嫌！」

ジョンヒはミン教授が出て行った後も、しばらく怒りが収まらなかった。

第三部
希望

十四

紙作りに取り組もうと決めた師任堂《サイムダン》はまず、荒れ放題の土地を隅々まで見て回った。顔は桃色に上気し、その目は希望と喜び、やるのだという決意に満ちている。遠く、屏風のように広がる稜線の向こうに陽が沈み、月が昇った。そうしてひと月ほど過ぎたある日、荒地の程近くに人の住んでいない家を見つけた師任堂《サイムダン》は、製紙工房として利用することにした。

磨り減った木の戸は腐り、崩れそうな古い壁や大きな穴の開いた屋根。その家は触っただけで倒れそうなほどがたがきていた。師任堂《サイムダン》は下女のヒャンとともに裾や袖をたくし上げ、製紙工房作りに取りかかった。

平らな石の上に板を乗せて紙漉き置き場を作ってその横に漉き舟を置き、土で作った竈を丁寧に拭いて煮塾釜《しゃじゅくがま》を乗せた。灰汁《あく》を取れるよう甕の下に穴を開け、綿を敷いて不純物を漉すための網を作った。江陵《カンヌン》の北坪村《プクピョンチョン》から取り寄せた黒竹に、包丁刀や杵臼、竹の笊まで用意すると、それなりに製紙工房らしくなった。

工房の準備の次は人探しだ。師任堂《サイムダン》はあちこち尋ね歩いた末に、紙職人のマンドゥクに辿り着いた。マンドゥクは酒焼けした赤い団子鼻に左右の眉がつながった気難しそうな五十頭の男で、一時は造紙署の紙匠をしていた紙職人である。酒で失態を犯して造紙署を追われて以来、酒と賭け事に明け暮れていた。そこへ、家の仲介屋から師任堂《サイムダン》を紹介されたのである。

「この俺に、家の台所みてえな所で紙を作れってのか？　おい、俺はな、造紙署の紙匠を務めた男だぞ。女子どものままごととは訳が違うんだよ！」

師任堂《サイムダン》の案内で製紙工房を訪れたマンドゥクは、素手で鼻をかみながら開口一番、師任堂《サイムダン》を怒鳴りつけた。

「やっと形を整えたところで、まだ完璧ではありません。どこがいけないのか、何が足りないのか、詳しく教えてくださいい。すぐに手直しいたします」

師任堂《サイムダン》はかしこまった言い方でマンドゥクに指示を仰いだ。

「だから、その了見からして間違ってるんだよ！　すぐに手直しだと？　紙作りを甘く見てる証拠だ馬鹿野郎！　こんな舐めくさった女どもと仕事ができるか！　俺はお断りだよ！　雌鶏がぴーぴーぴーぴー、うるせえったらねえや」

マンドゥクは手で払うようにしながら、軋む木の戸を吹き飛ばす勢いで外へ出てしまった。

「儲けは半々！　等しくお分けします」

師任堂《サイムダン》は慌てて引き留めた。それを聞いたマンドゥクは足を止め、ちらと後ろを向いてごくりと喉を鳴らした。

「約束します。紙を売って儲けた分の半分をお渡しします」

「ふむ、楮《こうぞ》は？　楮《こうぞ》の木を用意できて言ってるんだろうな？」

悪い話ではないと思ったマンドゥクは、師任堂《サイムダン》に向き直った。師任堂《サイムダン》は大きく笑って頷いた。話は決まった。

明朝、師任堂《サイムダン》とヒャンは分厚い鎌を手に、額に汗して楮《こうぞ》を刈り取った。マンドゥクはその傍らで偉そうに指図をするばかりで、肝心な刈り取りの方はまったく進んでいない。見かねたヒャンは師任堂《サイムダン》に向かって口を尖らせた。だが師任堂《サイムダン》は黙々と大粒の汗を光らせ、楮《こうぞ》を刈るのに没頭している。

師任堂《サイムダン》とヒャンは刈り取った楮《こうぞ》を釜に寝かせて煮た。しんなりした楮《こうぞ》を干した後、再び水に浸けて黒皮を剥がす。剥がし終えた皮は長さを揃え、灰汁《あく》の入った煮塾釜で煮る。

師任堂《サイムダン》は衣服が汗でびっしょり濡れてもお構いなしに、長い棒で釜の中を掻き回した。ヒャンは裳《チマ》の裾をまくり上げ、小川のほとりに座って白皮を濯いだ。濯ぎ終えたら、白皮をたらいに入れ、不純物を取り除く。それが終わると、師任堂《サイムダン》は洗い落とされたきれいな白皮を大きな石の上に広げ、繊維を叩きほぐした。

作業がそこまで進むと、それまで口うるさく指図するばかりだったマンドゥクが腕をまくった。いよいよ職人の出番である。どろどろになった白皮を漉し舟に流し入れ、水に溶かすように棒でかき混ぜる。そうして二百回あまり掻き回した後、竹の簀で紙を漉いていく。広く平らな板に漉いた紙を重ねて重石を置き、時間をかけて水を抜く。水気がなくなったら、紙を土壁に貼りつけて天日乾燥させる。

師任堂《サイムダン》とヒャンは乾いた紙を数枚重ねて砧《きぬた》打ちを始めた。叩くほどに紙は光沢を増していく。マンドゥクは酒を煽りながら厳しい顔つきでその姿を見守った。

そうやって、ようやく紙ができあがった。何日も重労働を続けた体は疲れ切っていたが、できあがった紙を見る師任堂《サイムダン》の目は生き生きと輝いていた。師任堂《サイムダン》はそっと紙を撫で、指先から伝わるその感触を確かめた。不意に、真っ白な紙を何かで満たしたいという衝動に駆られた。

「ついにできたんですね！　私たちの紙！」

ヒャンの興奮した声に、師任堂《サイムダン》は我に返った。

「ここまで、よく頑張ってくれたわね」

師任堂《サイムダン》は目に涙を溜めてヒャンを見つめた。

「頑張られたのは、お嬢様です。紙じゃなくて金に見えます。紙一枚作るのがこんなに大変だなんて知りませんでした」

ヒャンは手で自分の肩と腕を揉みながら言った。頬を一層上気させているのを見ると、嬉しくてたまらないのだろう。

「ご苦労でした」

師任堂《サイムダン》は早くもできあがったマンドゥクを労った。

「女だてらにどうやって、どうやってあれを……ええい、しゃらくせえや！」

師任堂《サイムダン》に労われてきまりが悪くなったのか、マンドゥクは伸び放題の髭を撫でながら外へ飛び出した。それを見たヒャンは、やっぱり好きになれないと口を尖らせた。

＊＊＊

師任堂《サイムダン》が紙作りに励んでいたちょうどその頃、ギョムは中部学堂の教室に座り、学童たちと向き合っていた。初めて見る訓導に、子どもたちは好奇心に満ちた目で盗み見るようにしていた。ギョムのあまりの美形ぶりに、ひそひそ話をする子もいる。中部学堂の新入生となったヒョルリョンとテリョンはひどく緊張した面持ちで座っている。傍らのジギュンは書卓に開いた論語を読んでいた。ギョムは子どもたち一人一人の顔を確かめるように見ると、本を閉じて目をつぶるように言った。

「先生！　今は論語の時間です。今日は里仁篇へ進む予定でした」

ジギュンは不満そうに真っ直ぐギョムを見て言った。

「そんなものを習ってどうする？」

ギョムは興味もなさそうに返した。

「え？」

ジギュンは呆気にとられた。

「何のためにそれを学ぶのかと聞いているのだ」

「国の役に立つ立派な人になるためです。本当に賢明な人になるには、行動の一つ一つを正しく収めていかねばなりません」

「立派な人か。では立派な人とはどんな人だ？」

「教えてください。どんな人が、立派な人なのですか？」

ギョムに上げ足を取られ、ジギュンは口ごもった。

「そうです。先生は私たちを教えるためにいらしたのではないのですか？」

一番大柄な子が手を挙げて質問した。

「先生は教えることしかしてはいけないと言うのか？」

隣に座る子が加勢する。

「答えは常にお前たちの心の中にある。それを自分で気づけるように手助けすること。これも師たる者の役割である。お前たちがその答えを自分の力で見つけられるまで、私は何も教えるつもりはないぞ」

ギョムが聞き返すと、子どもたちはきょとんとした顔をしてお互いを見合った。

ギョムは立ち上がり、後ろ手に部屋の中を歩き出した。ジギュンは開いた口を塞ぎもせずにギョムを見上げ、ヒョルリョンは首を傾げた。

「私の心の中にある答えを、そのまま申し上げれば良いのですね？」

ヒョルリョンは恐る恐る言った。ざわめいていた子どもたちの目が、一斉にヒョルリョンに向けられた。

「正解のある質問ではない。思いのままに言うてみろ」

ギョムは師任堂《サイムダン》の息子をじっと見つめた。

ヒョルリョンが答えようとした矢先、ジギュンが割って入った。

「立派な人と言えば、当然、孔子様でございます」

ジギュンが言い終わると、今度はヒョルリョンが言った。

「母上です」

「なぜ、そう思う？」

ギョムはジギュンの前を通り過ぎ、ヒョルリョンに近づいて聞いた。

「母上は、どんなに辛くとも、その時々、最も善い道を選ばなければならないとおっしゃいました。漢陽《ハニャン》に来て大変なことがたくさんありましたが、その度に母上は一つ一つ、最善の選択をなさいました。ですから私の母上は、強くて優しい、とても立派な方です」

製紙工房で昼夜なく働き詰めの母の姿が浮かび、ヒョルリョンは目の前がにじんだ。それをようよう堪えながら、ヒョルリョンは最後に母を立派な人だと言った。ギョムはそんなヒョルリョンを温かい眼差しで包むように見た。できれば褒め言葉の一つでもかけ、頭を撫でてやりたかった。師《サ》任堂《イムダン》の息子だからではなく、幼心に母を思い、胸を痛めることを知るその心に、胸を打たれたのである。

「私も、母を誰より尊敬しています！　食べることに関しては、この世で一番、気前の良い立派な方です。しかし漢陽《ハニャン》の人々は違います。都の食べ物はどれも量が少ないくせに、値段が高すぎます！」

それまで石のように硬い面持ちで大人しく座っていたテリョンが、勇気を振り絞って言った。突拍子もないその発言に、子どもたちは書卓を叩いてげらげら笑い出した。その中でジギュンだけが、先生に見てもらえなかったと、赤い顔をして唇を噛んでいる。幼心に悔しさが込み上げ、ジギュンは小さな拳を握った。

＊＊＊

「初めての授業はどうだった？　子どもたちの相手をするのも、傍から見るより楽じゃないだろう」

授業を終え教授官の部屋に戻ったギョムに向かって、仁傑《インゴル》が声をかけた。

「四書三経を暗記して何になる」

ギョムは即座に言って座った。仁傑《インゴル》は何の話だとギョムを見返した。

「品よく、行儀よく、どんなに大人ぶっていても所詮子どもは子どもさ。みんな面白がって、夢中で話を聞いていたぞ」

ギョムはにっと笑って言った。

「あの母親連中にそれが通じるか？　今に蜂の大群のように押し寄せて、うちの子に何をおしえていらっしゃるの！　と雷を落としに来るぞ」

「安心しろ。中部学堂の姉母会の心はつかんである」

「いやはや、恐れ入りました」

仁傑《インゴル》は声を上げて笑った。その時、教官室の戸が開き、艶やかな絹の服に身を包んだフィウムダンが中へ入ってきた。

「何のご用ですか」

仁傑《インゴル》は黙礼した。

「実に斬新な授業をなさったそうで」

フィウムダンはつんと澄ました顔で座ると、ギョムに向かって棘のある言い方をした。

「授業のやり方までいちいち裁可をもらう必要があるとは聞いておりませんが」

ギョムは不愛想に受け答えた。

「まさか！　宜城君《イソングン》様の比翼堂は、朝鮮芸術の殿堂とうかがいましたが」

「確かにそうですが」

「中部学堂では毎年恒例で、百日場《ペクイルジャン》という作文大会を催しております。今回は特別に、母子で参加する詩歌展にしてはどうかと、提案に上がった次第です」

「母子で参加する詩歌展ですか？」

仁傑《インゴル》が口を挟んだ。

「ええ、我こそはという芸術家が比翼堂に会しているのでしょう？　ならば子どもたちにも良い刺激となりましょう」

フィウムダンはギョムの目を真っ直ぐ見据えて品良く言った。

「悪い話ではなさそうですが……」

仁傑《インゴル》はギョムに顔を向け、早く答えるよう目で急かした。

「良いでしょう」

しばらくフィウムダンの意中を探っていたギョムが頷いた。

「日時は今月半ば。見分を広げる貴重な機会となりましょうから、何卒、よろしくご指導のほどを」

フィウムダンは用は済んだというようにおもむろに立ち上がりギョムに黙礼すると、蝶のように軽やかに教官室を出て行った。

「何がしたいのかな？　比翼堂で詩歌展を催そうとは」

フィウムダンがいなくなると、仁傑《インゴル》は訝し気に呟いた。

「あの女人……吏曹参議《イジョチャムイ》、ミン・チヒョンの奥方ではなかったか」

ギョムが聞いた。

「ああ、何をやっても一番のミン・ジギュンのお母上だ。草虫図の絵師としても有名だそうだ」

「草虫図？　知らない奴が見たら、あっちが教授官だと勘違いするぞ」

「まったくだ」

「次は講学計画書まで持って来かねないな」

「ところが実のところ、そうしていたらしいよ。俺が赴任して来るまではな」

「舌打ちせずにはいられんな。官学である四部学堂まで役人の女房どもにいいようにされては世も末だ。これだから教育が富める者の特権になっているだの、貧乏人は貧乏を受け継ぐしかないなどと言われるんだ」

ギョムは苦々しい思いで舌打ちをした。

「だからお前を呼んだんじゃないか。どいつもこいつも、見たくない顔ばかりだ。詩歌展の日だが、俺は抜けるぞ。比翼堂で姉母会の鼻っ柱を折ってやれ。目で笑うばかりじゃなくてな」
頭を軽く振り、仁傑《インゴル》は冗談めかして言った。

＊＊＊

できあがった紙を早く子どもたちに見せてあげようと駆け足で帰宅した師任堂《サイムダン》は、思いも寄らない文が届いていたことに驚いた。すぐ隣に住む元妃のシン氏からだった。

春の花はとうに散ってしまったのに、部屋中が花の香に満たされ、子どもたちの笑い声は塀を超え、花弁のように、蝶のようにこの部屋にも入って来ます。四方を囲われ枯れてしまったこの身を憂いた天からの贈り物でしょうか。子どもたちが食べたいと言っていたので、干し柿を作ってみました。赤く実った柿が風と陽に乾かされるのを待つ間、この胸が高鳴るほど楽しゅうございました。短い間ながら、とても幸せなひと時でした。ありがとうございました。

文はそう結ばれていた。師任堂《サイムダン》は奇麗な花の紙にしたためられた文と干し柿の入った籠を見て複雑な思いがした。今は妃の座を追われたシン氏だが、かつては歴とした王妃ではなかったか。この家に越して来て、配る物がなく、仕方なく餅をついて挨拶に行ったのだが、そのお返しにしては身にあまる心遣い。師任堂《サイムダン》は感激する一方で、一語一語ににじむシン氏の寂しさに胸が痛んだ。

「ははうえ」

ウが師任堂《サイムダン》の服を引っ張ってぐずっている。

「どうしたの？」

師任堂《サイムダン》が見ると、ウは干し柿に目を釘づけにしていた。

「これは父上の分。残りはお前たちが分けて食べなさい。ヒャンも」

皿にいくつか取り分けてから、残りを子どもたちの前に差し出した。師任堂《サイムダン》が言うが早いか、子どもたちは干し柿を目がけて紅葉のような手を伸ばした。

「母上、中部学堂の詩歌展が近く開かれるそうです。母上と一緒に詩を作り、絵を描くんです。他の姉母たちもいらっしゃるので、母上もお越しください。きっと来てくださいね！　ね？」

ヒョルリョンは干し柿をよく噛みながら言った。

「そうね……」

師任堂《サイムダン》はシン氏の手紙が気になって、ヒョルリョンの話には上の空だ。

「ねえヒャン、紅花を干したの、残っていたかしら」

師任堂《サイムダン》は思い立ったように顔を上げ、ヒャンに尋ねた。

「先日、メチャンお嬢様がヒョルリョン坊ちゃんの手拭いを染めた時に使ったのが少し残ってます」

ヒャンは干し柿のついた指を吸いながら答えた。メチャンは母の肩にそっと頭を預けてなぜそれが必要なのかと聞いた。服を新調してくれるのかと期待して、ごろんと甘えて見せたのである。

「紙に色をつけてみようと思うの。干した紅花の花弁を水の中で揉んで黄色を抜いて、その水で染料を作ると、きれいな桃色になるのよ。抜いた黄色の水からは、肌色に近い薄い黄色の染料も作れるわ」

師任堂《サイムダン》はメチャンの頭を撫でながら優しく説明した。メチャンは鼻筋にしわを寄せ、ぷいと母の肩から顔を離すと、干し柿をもう一つ取って口に放り込んだ。

「いいお考えですね！　工房の周りに少しですが紫草もありました。それも採って来ましょうか？」

紙作りが面白くなっていたヒャンは、やる気に満ちている。

「いいわね！　紫根を使えば紫色も作れるわ！」

「はい、お嬢様」

ヒャンは嬉々として立ち上がり、工房へと向かった。日が暮れる前に花を摘んで来よう。足が自ずと速くなった。

＊＊＊

翌朝、師任堂《サイムダン》は紅花や紫草、梔子《クチナシ》の実、竹の葉で色とりどりの美しい染料を作った。縁側に腰かけていた子どもたちは、好奇心に目を輝かせて紙が色に染まる工程を見守っている。染料を溶かした大釜に紙を入れると、白い紙があっという間に美しい色に染まった。ヒャンは師任堂《サイムダン》から渡される紙を紐にかけて乾かした。風がそよぐ度、紙が揺らめく。

「わぁ、きれいですね！」

干された色とりどりの紙を眺め、ヒャンは思わず感嘆を漏らした。

「見た目だけではいけないわ。昔の詩に、『花を踏んで帰ると、馬の蹄から花の香がした』というのがあるの。ある画家がこの詩を聞いて、馬の蹄から漂う花の香を絵で表現できないかと考えたのだけど……」

師任堂《サイムダン》の声が萎んだ。何か考え込んでいるようである。

「蝶を描いたらどうですか？　蝶は花の周りをひらひら舞うものですから」

メチャンが駆け寄って話に加わった。

「それがいいわ！　メチャンが香を表現する方法を見つけてくれたのね」

師任堂《サイムダン》は感心して娘を見た。

「なるほど、わかったぞ！　梔子《クチナシ》の色を見ると自然と梔子《クチナシ》の花が思い浮かび、つまり色のついた紙を見れば花々が思い浮かぶという事ですね？　ではこの紙は、見えないものを見えるようにしてくれる、不思議な紙ということか。学堂にも持って行きとうございます」

ヒョルリョンが姉に続いて駆け寄ってきた。師任堂《サイムダン》は子どもたちと並んで、風にそよぐ色紙を眺めた。紙から鮮やかな野花の香が漂ってくるようだった。

師任堂《サイムダン》はできあがった色紙《いろがみ》を平らに伸ばして箱に入れ、今ある一番良い服に着替えた。一番良い服と言っても木綿の韓服《チマチョゴリ》である。ヒャンと子どもたちは、突然出かける支度をし始めた師任堂《サイムダン》を見て首を傾げた。着替えを済ませた師任堂《サイムダン》は、ヒャンに子どもたちを預けて家を出た。

師任堂《サイムダン》が訪ねると、オンドルの焚口に近い方に座って針仕事をしていたシン氏は、ぱっと顔を明るくした。師任堂《サイムダン》は箱を置き、挨拶をしてからシン氏の前に座った。人生のどん底を知る二人である。見ているだけで、相手の悲しみが手に取るように感じられた。言葉にしなくても、お互いを理解し合えるような気がした。

「王妃の座を追われた私に近づいても、良いことはありませんよ」

シン氏は向かい合って座る師任堂《サイムダン》を穏やかに見ながら、物悲しい口調で言った。

「隣近所に住む者同士、助け合うのは当然のことです。ご心配には及びません」

師任堂《サイムダン》は微笑み、思慮深く答えた。するとシン氏の乾いた目にみるみる涙が込み上げた。そういう人がいる。目の前にいるだけで心が慰められるような、そんな人が。四十年という歳月を、独房の中の罪人のように、囲いに閉ざされた屋敷の中ですごしてきたシン氏にとって、師任堂《サイムダン》はそんな人だった。そこにいるだけで、心が救われるような人。

＊＊＊

翌日は朝から風が強く吹き、空は次第に雨雲に覆われた。下女に化粧をさせていたフィウムダンは、唸るような風の音に顔を歪めた。激しく吹きすさぶ風が、まるで自分の胸中を表しているように感じられた。

フィウムダンは自分の存在を否定するかのように一瞥もくれなかったギョムと師任堂《サイムダン》に、目に物を見せようと誓った。あの二人に自分という存在を刻みつけ、忘れたくても忘れられないようにしてやりたい。比翼堂での母子参加の詩歌展の開催を申し出たのもそのためだった。

フィウムダンはもっと華やかに、もっと艶やかに、化粧を施すよう下女に注文をつけた。下女は冷や汗をかきながら粉を塗り、唇の色を選ぶ。装身具が目いっぱい詰まった箱から、顔の周りに差す簪《かんざし》や胸元から垂らす装飾品、後ろにまとめた髪に差す簪《かんざし》、それに指輪を選んではまた選び直すことを何度も繰り返している。

ようやく身支度を終えたフィウムダンは、鏡に映る自分の姿に満足そうに微笑んだ。頭から足の先まで眩いほど美しく着飾った姿にうっとりする。

「朝鮮一の草虫図の巨匠、フィウムダン！　文武官の妻の証である外命婦の位を頂いた淑夫人である！　体に鞭打つような仕事でその日暮らしをする貧しい師任堂《サイムダン》……お前が筆を握れるかどうか、この私の目で確かめてやろう」

フィウムダンの笑い声は、荒ぶる風に乗り、ミン・チヒョンの屋敷の庭に響いた。

＊＊＊

朝の激しい風も、午後になると徐々に収まった。雨雲が去り、白く薄い雲が綿のように漂う空の下、比翼堂の庭は大きな宴でも始まるような賑やかさである。「中部学堂詩歌展」と記された旗が天高く掲げられ、庭の片隅には日除けが張られている。

蓮池のほとり、裏庭では、楽士たちが集まって祝賀演奏を行い、その傍らでは絵師たちが絵を描いている。先に到着していた学童たちは、遠足にでも来たような様子で浮き浮きと比翼堂を見て回り、訓導や下人たちは庭の真ん中に敷かれた大きな筵《むしろ》の上に、等間隔で座布団を置いていく。

フィウムダンは堂々とした出で立ちで夫人たちを引き連れ、石段に至るまで、比翼堂の門をくぐった。

「なんて素敵なんでしょう！　木一本、花一輪、ここの主の趣味の良さが伝わってきますわ。そうは思いませんこと、フィウムダン様」

色とりどりの絹で一層めかし込んだソ氏夫人が鼻にかかった高い声で言うと、フィウムダンは眉間に皺を寄せた。

「物見遊山に来たのではありません。詩歌展も勉学の一環、私たち姉母会も子どもたちとともに競い合わなければならないのですよ」

「ええ……それはもちろんですわ。まあ、今日の詩歌展も、フィウムダン様とジギュンが一等でしょうけれども、私たちも最善を尽くさなくては。ですよねえ？」

ソ氏夫人が後ろにいる夫人たちに言った。

「もちろんです。私たちも最善を尽くしませんと。頑張りませんとね」

夫人たちはフィウムダンの顔色をうかがいながら口を揃えた。

「いらっしゃいましたか」

ギョムが現れ、夫人たちに近づいて挨拶をした。

「宜城君様《イソングン》！　ここでまたお会いできるなんて。ここは見たこともない夢の都ですわ、夢の都！斧の柄朽つとはこのこと、正に武陵桃源ですもの。外に出たくないのも頷けます」

ソ氏夫人は人目もはばからずにギョムに擦り寄った。

「中部学堂のため詩歌展を開いてくださって、ありがとう存じます」

フィウムダンは品の良い微笑を湛えてギョムに言った。

「本日の詩歌展が、子どもたちの自由な発想を助ける機会になることを願っています。ではこれで」

ギョムは無表情で形ばかりの返事をすると、その場を離れた。フィウムダンは冷たく立ち去ろうとするギョムを、射抜くように見据え、拳を握った。

その時、向こうから貧しげな木綿の服を着た師任堂《サイムダン》が、ヒョルリョンの手を引いて比翼堂の中へ入ってきた。仕事の合間に駆けつけたのだろう、服の裾が汚れている。

「一体誰？　あんなみすぼらしい格好をして！　力仕事でもしてるのかしら。中部学堂にあんな親子がいたなんて信じられない。開いた口が塞がらないわ」

夫人たちは師任堂《サイムダン》を見て聞こえよがしに騒ぎ立てた。

「静まりなさい！」

フィウムダンは冷や水を浴びせるように夫人たちをたしなめた。先ほどまで騒がしいほど賑やかだった比翼堂から、一瞬で音が消えた。楽士の演奏も、絵師の筆もぴたりと止んだ。無邪気にはしゃいでいた子どもたちは、氷のように固まってフィウムダンを見た。訓導や下人たちの視線もフィウムダンに向けられている。その場にいた全員の視線を一身に受け、フィウムダンは堂々とした足取りで一歩一歩、師任堂《サイムダン》へと近づいた。

向かい合う師任堂《サイムダン》とフィウムダン。二人の女人は白と黒、天と地ほど対照的だ。頭から爪先まで派手に着飾ったフィウムダンの華麗さは孔雀のようで、木綿を着た化粧気のない師任堂《サイムダン》は孤高の白鳥のようだ。

「まあ！　これほど美しい絹の裳《チマ》を見るのは初めてですわ！　どうやってこの色を出したんです、フィウムダン様」

ソ氏夫人の声が静寂を破った。

「臙脂《えんじ》の色よ。臙脂《えんじ》虫の糞から作った色……」

これでも思い出せない？　フィウムダンは挑発的な目で師任堂《サイムダン》を凝視して言った。師任堂《サイムダン》の顔が一瞬、ぴくりとなった。臙脂《えんじ》虫という言葉が、遠い記憶を呼び起こした。

どうして忘れることができよう。毎日が眩く輝いていたあの頃、ギョムが描いてくれた芍薬の唐只《テンギ》。その唐只《テンギ》を染めた色。臙脂《えんじ》虫の分泌物からあんなにも鮮やかで美しい色が出るのが不思議で、その色に臙脂《えんじ》色という名をつけたのは他でもない師任堂《サイムダン》である。

だが、そこまで考えが至っても師任堂《サイムダン》にはわからなかった。今、目の前にいる女人が誰なのか、どうしてこの女人が臙脂《えんじ》色の話を知っているのか、見当がつかなかった。

「新入生のお母上ですね？」

フィウムダンは努めて優雅さを漂わせた。

「は、はい。イ・ヒョルリョンの母でございます」

師任堂《サイムダン》は恭しく答えた。

「ずいぶんと遅かったですね」

「申し訳ありません」

「もうすぐ詩歌展が始まります。ひとまず席に着かれては」

フィウムダンに促され、師任堂《サイムダン》は自分の席を探した。学童と母親たちが用意された座布団に座ると、楽士たちは再び演奏を始めた。皆が自分の席を探して慌しく動く中、ギョムは裏庭に回ってフを呼びつけた。

「今すぐひとっ走りして木綿の前掛けを買ってこい。そうだな、二十着くらいあれば足りるだろう」

フが来るや、ギョムは出し抜けに言いつけた。

「前掛け？　どうしてまた」

フはきょとんとして聞いた。

「つべこべ言わずに行け！　早く買ってくるんだ」

「わ、わかりましたよ！」

フは腑に落ちないまま、木綿の前掛けを買いに走った。

「それにしても、なぜあのようなみすぼらしい身なりを……誰よりも美しいあの師任堂《サイムダン》が……」

一人になったギョムは、胸を痛め、深い溜息を吐いた。

間もなくして木綿の前掛けを両手に抱え、フが戻ってきた。きめの粗い木綿の布でできた前掛けを配ると、姉母会の夫人たちはとんでもないとでもいうように、手で払う仕草をした。

「まさか、こんなものを着ろというの？　うちでは雑巾にしかならないものを？」

例の如くソ氏夫人が言った。木綿の前掛けを配っていたフは、どうして良いかわからず、ギョムの顔を見た。

「せっかくの美しいお召し物が汚れてしまうと思うと忍びなく、特別にご用意いたしました。前掛けをして、詩に書に絵に、存分にお楽しみください」

ギョムはその場を収めるべく、目を細めて夫人たちを惑わすように言った。

「そんなお心遣いとは露知らず……」

ソ氏夫人は迷わず前掛けをして猫なで声で笑った。師任堂《サイムダン》は無言で木綿の前掛けをする。この人は、こういう人なんだ……。自分の身なりが目立たぬようにというギョムの気遣いがありがたくもあり、悲しくもある。

師任堂《サイムダン》がギョムの気持ちを慮るように、フィウムダンもその心遣いに気づいていた。師任堂《サイムダン》を庇うために雑巾も同然の前掛けを用意したギョムの思いやりが、フィウムダンには腹立たしくもあり、悲しくもあった。

＊＊＊

いよいよ詩歌展が始まった。木綿の前掛けをした姉母会の夫人たちは、我が子と並んで座り、一点を見つめている。すべての視線が集まる先に、フィウムダンがいた。

「ゆくゆくはこの国の希望となる我が中部学堂の学童たちは、これまで勉学に邁進し続け、身も心も疲れているはず。そのため今年は特別に、恒例の百日場《ペクイルジャン》に代わり、朝鮮芸術の中心であるここ、比翼堂で母子合同の詩歌展を行うことに相なりました。無理な要望を快諾してくださった宜城君《イソングン》様に心からの感謝の印として、此度の詩歌展の詩題を読む栄誉を贈りたいと思いますが、いかがですか？」

フィウムダンは水が流れるように滑らかに言った。

「ふむ、そのような栄誉などいただく謂れはありませんが……」

しばし悩んだが、ギョムは前に進み出た。フィウムが目配せをすると、訓導が詩題の入った封を手渡した。

「発表してください」

フィウムは白目が際立つほど大きく目を開けてギョムに言った。

「水平而不流　無源則遬竭」

ギョムの朗々とした声が響いた。

「水は平らでは流れず、源がなければ枯れるのもまた早い」

隣に立つ訓導が意味を解する。

「雲平而雨不甚」

「雲は平らでは多くの雨を降らせず」

「無委 雲雨則遨巳」

不意に、フィウムダンがギョムの声を遮った。

「雲平！　詩題を雲平にしてはいかがでしょう」

「雲平……雲が平安である」

訓導は甚く気に入った様子で大きく頷いた。そこにいるすべての者がそれはいいと満足そうな顔で同意を示している。ただ一人を除いて。雲平……雲平寺《ウンピョンサ》……。師任堂《サイムダン》は雲平という詩題を聞くや、顔から血の気が引いて視点が定まらなくなり、手が小刻みに震え出した。

その姿はちょうど座中を見回していたギョムの目に留まった。――なぜ震えているのだ？　顔色が青白く、今にも倒れそうだ。師任堂《サイムダン》なら、この程度の詩画など数百枚は容易いはずなのに、なぜだ？

ギョムは先ほどとはうって変わった師任堂《サイムダン》の顔色に戸惑い、本能的にフィウムダンの方を向いた。フィウムダンはいたぶるような目で薄ら笑いを浮かべて師任堂《サイムダン》を見据えている。一枚も描けぬだろう、死ぬまでずっと！　数多の命がお前の絵のせいで奪われたのだ。市井の女人として一生ひっそりと生きるがいい。お前にできる罪滅ぼしはそれしかないのだから！

二人の女人の間に漂うただならぬ気配に気づいたギョムは、不審に思い、考えを巡らせた。一体、二人の間に何があったのか。いくら考えても思いつかなかった。

＊＊＊

姉母会の夫人たちは我が子と対《つい》になり、楽しい親子の時間を過ごした。各々が用意した画具を前に、詩題について話し合ったり、笑い合ったりする声がそこかしこから聞こえてくる。

「母上が読んでくださった金時習《キムシスプ》の詩の中に、『乍晴乍雨』という作品がありましたね？　こうして考えてみると、金時習《キムシスプ》はまるで空に浮かぶ雲のような人です。母上もそう思いませんか？」

ヒョルリョンは小さな指で空の雲を指しながら楽しそうに話している。だが、師任堂《サイムダン》の耳には届いていなかった。頭の中に蜂の群れが羽音を立てて押し寄せてきているようだった。目の前に置かれた白い紙は、空に浮かぶ雲のように無常で儚い。

一方、ジギュンと並んで座るフィウムダンは、手元の筆を躊躇なく滑らせた。白い雲がかかる山の峰から清らかな小川が流れ、木々が茂り、不思議な花々が咲き乱れている。尾根の下には華麗な楼閣が現れた。フィウムダンの絵を見た学童や夫人たちは皆、賞賛の声を上げた。

「できたわ。先生に出していらっしゃい」

フィウムダンは満足そうに自分の絵を見てから筆を置いた。

「私たちが一番ですね」

ジギュンは自分が書いた詩と母の絵を交互に見て、自信満々に言った。

「やっぱりジギュンが一番に出したわね。今日の一等もきっと……結果は一目瞭然だわ」

テリョンの母親は羨ましそうにジギュン母子を見つめた。

「フィウムダン様は本当に恵まれたお人ね。美貌に絵の才に、夫は吏曹《イジョ》参議《チャムイ》で出世街道まっしぐら。息子は秀才で何をやらせても一番。天は二物も三物も与えたのね」

ソ氏夫人は聞こえよがしにフィウムダンを褒め称えた。

「あのご夫人のご亭主は吏曹参議《イジョチャムイ》なんですか？」

近くに座っていた夫人が、好奇心を露にして聞いた。

「そうですってよ。影の権力者、吏曹参議《イジョチャムイ》ミン・チヒョン様」

テリョンの母親は羨ましそうに答えた。それを聞いた師任堂《サイムダン》は、手から筆を落とした。

「どうなさったのです、母上」

ヒョルリョンは急かすように、母の腕をつかんだ。

「な、何でもないわ」

師任堂《サイムダン》は抜け殻のような顔で息子を見た。

「何でも描いてくだされば私が手伝います」

点一つ描かれていない白い紙を見て、ヒョルリョンは今にも泣き出しそうな顔で懇願するように言った。

「できないわ」

師任堂《サイムダン》は独り言のようにそう言うと、手をついて立ち上がった。ヒョルリョンは倒れそうにふらつきながら出て行く母を追いかけた。

「どこへ行くのですか、母上」

ヒョルリョンは涙声になっている。

「ごめんね……ちょっと、体調が悪くて……」

師任堂《サイムダン》は息子に顔を向けることができず、遠くの山の方を見ながら言った。

「どうしてそんなことをおっしゃるのです！　このまま行かれたら私はどうすれば良いのですか。ぼろぼろの古い本しかなくても、紙一枚満足に使えなくても構いません。涙垂れのウの子守を私だけに押し付けられても我慢します。私がここまでお願いしたことがありましたか？　このまま行ってしまわれたら、私は一人でどうすれば良いのです！」

そう言って、ヒョルリョンは声を上げて泣き出した。

「ごめんね、本当にごめんね」

「聞きたくありません！　私一人でも最後までやります」

ヒョルリョンは泣きながら恨むような目で母を見上げ、振り返って中へ戻って行った。

「ヒョルリョン……」

遠ざかる我が子の背中を追いかけようとしたが、師任堂《サイムダン》はその場にへたり込んでしまった。足に力が入らず、吸う息が苦しかった。

塀に寄りかかってその様子を見守っていたギョムは、胸が焼かれていくようだった。人目があるので手を貸して起き上がらせる訳にはいかないが、見て見ぬふりなどできるはずもない。不意に、訓導の呼ぶ声がした。詩歌展の授賞式が始まるらしい。ギョムは引き裂かれるような思いで師任堂《サイムダン》を振り返りながら、促されるまま奥へ戻った。

授賞式が行われる蓮池のほとり、東屋に向かう途中、どこからか詩を詠む女人の声が聞こえてきた。

「小雨は降り続け庭には風が吹くばかり。目元に愁い深まるも待ち人は姿現さず」

ギョムははっとして声のする方を向いた。塀の前で待ち構えていたフィウムダンが、ギョムの前に現れた。

「歐陽脩《オウヨウシュウ》の『蝶恋花』でございます」

聞いてもいない言葉を残し、フィウムダンは去って行った。ゆらめく紅葉のように遠ざかる細い後ろ姿を見送るギョムの脳裏に、一枚の記憶の葉が舞い落ちた。二十年前、師任堂《サイムダン》を待ちわびて欧《オウ》陽脩《ヨウシュウ》の「蝶恋花」を一人詠んだあの夜、塀の下で出会った一人の少女。ミン・チヒョンの妻が、まさか北坪《プクピョンチョン》村の旅籠屋の娘だったというのか？　ギョムは信じられない思いでフィウムダンの後ろ姿を見据えた。

＊＊＊

その夜、ギョムは暗くなった比翼堂の庭を歩きながら、昼間の出来事を思い返していた。北坪《プクピョン》村《チョン》の旅籠屋の娘が、どういう経緯で吏曹参議《イジョチャムイ》ミン・チヒョンの妻になったのか。詩題を聞いてなぜ師任堂《サイムダン》は顔色を変えたのか。それに、旅籠屋の娘と師任堂《サイムダン》の間にどういうつながりがあるのか。なぜフィウムダンは師任堂《サイムダン》をいたぶるような目で見ていたのか。しばらく庭を行きつ戻りつしながら考えていたギョムは、ある結論に達した。詳しいことはわからないが、雲平寺《ウンピョンサ》が関係しているに違いない。

考えがそこまで及んだ時、不意に比翼堂の門を叩く音がした。下人が駆け寄り門を開けると、憔悴した顔の師任堂《サイムダン》が立っていた。

「こんな時間にどうしたのだ？」

ギョムはとっさに駆け寄り、師任堂《サイムダン》を中へ入らせた。師任堂《サイムダン》は下唇をぎゅっと噛んでなかなか口を開かない。急かせばそのまま逃げて行ってしまう気がして、ギョムは黙って師任堂《サイムダン》が話し出すのを待った。しばらく押し黙っていた師任堂《サイムダン》が、躊躇いながら一言、ヒョルリョンがいなくなったと告げた。見ると目に涙を溜めている。息子を案じる母の心境はいかばかりかと、ギョムは直ちに家中の下人を集め、ヒョルリョンを捜すよう命じた。下人たちは比翼堂の宿所はもちろん、屋敷中を虱潰しに捜した。


「おりました！　こちらです」

しばらくして下人に手を引かれ、ヒョルリョンが姿を現した。

「帰りますよ。夜も遅いわ」

師任堂《サイムダン》は厳しい口調で言うと、ヒョルリョンに背中を向けて歩き出そうとした。

「嫌です。帰りませぬ！」

だがヒョルリョンは逆らい、ギョムの背中に隠れてしまった。

「お前一人のためにどれだけの人が動いてくれたと思っているの！　家族は皆、漢陽《ハニャン》中を走り回り、ここにいらっしゃる方たちも、お前を捜すために比翼堂を虱潰しに」

「私をここに置いて行ったのは母上です！　私はもう母上の息子ではなく、他に行く当てもありません！　だから一生ここで暮らします！　母上は母上の家にお帰りください！」

ヒョルリョンは頑として動こうとしない。師任堂《サイムダン》は途方に暮れた。ヒョルリョンを慰めるべきか叱るべきか判断がつかず、何より恥ずかしくてギョムに向ける顔がない。そんな思いに気づきもせず、ギョムは笑い出した。言い出したら聞かないヒョルリョンの姿に、幼き日の師任堂《サイムダン》の面影が重なって見えた。師任堂《サイムダン》は呆れてギョムを睨んだ。その視線に気づき、ギョムはまずいとばかりに咳払いをした。

「この様子じゃ一歩も動かんだろう。今宵はここで預からせていただきます。夜が明け次第送り届けるゆえ、心配しないで家でお待ちください」

ギョムは師任堂《サイムダン》に言った。

「ヒョルリョン！」

師任堂《サイムダン》は最後の警告とばかりに息子を呼んだ。

「嫌と言ったら嫌です！　絶対に帰りませぬ！」

ヒョルリョンは大声で言い返し、庭を駆け抜けて行ってしまった。

「……それでは、よろしくお頼み申します」

師任堂《サイムダン》は憮然として言うと、安堵に背中を丸めて比翼堂を出て行った。やつれたその後ろ姿を心を痛めて見送っていたギョムは、ふと昼間の一件を思い出した。

「雲平寺《ウンピョンサ》！」

そう叫ぶギョムの声が、門をくぐろうとする師任堂《サイムダン》を引き留めた。

「一体あの寺で何があった？　雲平寺《ウンピョンサ》と聞いて、その場を飛び出すほど震え上がったのはなぜだ。二十年もの間、筆を置いてしまった理由も、雲平寺《ウンピョンサ》に関係があるのか？　一体どうしてそんな風になってしまったんだ？　昔のそなたなら、どんなことがあっても決して絵を手放すことはなかったはずだ。安堅《アンギョン》先生の『金剛山図《クムガンサンド》』を一目見ようと塀を超えてきた、あの情熱に満ちた少女はどこへ行ってしまったのだ！」

ギョムはずっと胸に留めてきた思いをぶつけた。吐き出された言葉たちは空に散って消え、師任《サイム》堂《ダン》とギョムの間には暗い静寂が漂うばかりである。しばらく凍りついたようにその場に立ち尽くしていた師任堂《サイムダン》だったが、不意に背を向けると、振り返ることなく比翼堂を出て行った。師任堂《サイムダン》が去った後には暗い沈黙だけが残り、ギョムは焦燥に駆られた。

十五

紅葉した木々が秋風に吹かれてひらひらと葉を落とす。フィウムダンは縁側に座り、広い庭に色づいた葉が落ちる様子を眺めていた。不意に、一枚の葉が風に乗って裳《チマ》の上に落とされた。フィウムダンはその落ち葉を握り潰した。そして手を開くと、粉々に砕かれた落ち葉が風に舞った。

「お客様がお見えになりました」

下人が駆け寄り、慌てた様子で伝えた。

「お客？」

フィウムダンは眉を吊り上げた。

「へえ、宜城君《イソングン》様でございます」

宜城君《イソングン》と聞いて、フィウムダンは口元に嘲笑を浮かべ、壁の方に視線を向けた。壁には詩歌展で一等に選ばれたジギュンの詩と、自身の絵が飾られている。詩歌展が行われたあの日、フィウムダンは二つの石を投げた。一つはギョムに、もう一つは師任堂《サイムダン》に。フィウムダンは刺々しい表情を浮かべて立ち上がり、客間へと向かった。

「宜城君《イソングン》様が何用でこちらへ？」

フィウムダンは東屋の傍に立つギョムに近寄り、白々しく言った。

「ちょうど近くを通ったので、吏曹参議《イジョチャムイ》様と談笑でもと思い、立ち寄りました」

ギョムは茶を運んできた下人に顔を向けたまま答えた。

「生憎ですが、主人は出かけております」

「ああ、そうでしたか」

ギョムは何食わぬ顔で自分を見つめるフィウムダンを、内心鼻で笑っていた。

「せっかくですので、お茶をどうぞ」

フィウムダンは恭しく言った。ギョムは何も言わずに腰かけ、茶を淹れるフィウムダンを見据えた。本当に北坪村《プクピョンチョン》の旅籠屋の娘なのか。分厚い化粧の下に隠れた顔、煌びやかな装身具や明の絹の服に包まれ、油を塗ったように艶やかな肌。ギョムは記憶の引き出しをひっくり返し、旅籠屋の娘と目の前の女人をつなぐ接点を探した。ふと、茶を淹れるフィウムダンの手の甲の傷跡が目に留まった。同時に、ギョムはあることを思い出した。意識を失った師任堂《サイムダン》のために医者を呼んで来ようと馬を走らせた道の途中に現れた少女がいた。自分もひどい怪我を負ったのにと泣き叫んでいた。

「美しい手に、なぜそのような傷が？」

ギョムは湯呑を取り、茶をすすりながら試すように聞いた。

「子どもの頃に負った傷だそうですが、覚えてはおりませぬ」

フィウムダンは白を切った。

「雲平寺《ウンピョンサ》へ行く道すがら、手の甲に同じような傷を負った娘を見たことがありました」

ギョムが言うと、フィウムダンは持っていた湯呑を荒々しく置いた。

「薬代を握らせてやりましたが、その後、あの娘がどうなったのか」

ギョムは間を置かずに話を続けた。二人の間の空気が張り詰める。

フィウムダンが言った。

「傷というものは、その時に治療しないと生涯消えぬ跡になります。薬代を渡すだけでなく、どれくらい痛いのか、大事はないか、一度でも振り返ってあげればよかったのではないですか？　そうすれば、傷の痛みも少しは和らいだかも知れません」

特に顔色を変えたわけではないが、ギョムを見据えるその目に、恨みが籠っている。ギョムは単刀直入に言うことにした。

「どういう事情かはわからぬが、もし誰かを傷つけるのが目的ならば、己の手の傷だけを見て、いたずらに他人の心に矢を放つようなことはなさいますな」

「おかしなことをおっしゃいますのね？　誰かを傷つけたいという願いをもし抱いたのなら、きっとそれだけの理由があるのでは？　受けた分だけ返したいと思うのは、人の情《なさけ》というもの」

「ご夫婦ともに大変な野心家でおられるようですが、何事も過ぎたるは及ばざるが如しと申します。内にも外にも、自重なさる方が良いでしょう」

ギョムは鋭く忠告した。

「このようなお話を、なぜ長々と聞かなければならぬのか、わかりません」

フィウムダンは冷めた茶を東屋の外に捨て、熱い茶を注いだ。この茶のように熱い思いを抱いたこともあった。目の前に座りながら他の女を想う男、イ・ギョムに対する身を焦がすような恋心を抱いていた。だが、それはもう消えてしまった。残ったのは底知れぬ憎悪と呪わしいほどの恨みだけだ。フィウムダンは淹れたばかりの茶を一気に飲み干した。喉を鳴らして茶を飲むフィウムダンの首筋に青筋が盛り上がった。

＊＊＊

物事には順序がある。フィウムダンはそれをよく心得ていた。己の身の上を恨むほど何かに飢えていたのはもはや過去のこと。今や師任堂《サイムダン》の生き死にを決める立場にある自分が誇らしい。師任堂《サイムダン》が紙作りを始めたという噂は、フィウムダンに新たな活力を与えた。師任堂《サイムダン》が雇った職人が、できあがった紙を持って夜逃げをしたという話を聞いた時などは、二十年来の胸のつかえが下りた気がした。

フィウムダンは信用の置ける下人を使って師任堂《サイムダン》の一挙一動を見張らせる一方で、都中の紙問屋を呼び集めた。

「元締めがお越しになるというのは本当かい？」

「女だっていう噂もあるじゃねえか」

「まさか」

「造紙署を牛耳るほどの強力な後ろ盾があるって言うぜ」

「とにかくだ、直接お越しになるからには、それだけことは重大ってことだな」

一堂に会した紙問屋の店主たちは、会合に呼ばれた理由を巡り興奮気味に推測し合った。

「元締めがお見えになりました」

部屋の外から地響きのような声が聞こえると、店主たちは立ち上がり道を開けた。するすると戸が開き、フィウムダンが中に入ってきた。一歩一歩、踏み出す足にも威厳が漂う。一同は頭を下げた。中には女元締めが気になって上目遣いでちらちらのぞく者もいる。黒い笠を被り、黒牡丹の刺繍がされた薄い布に隠れて顔は見えない。だが、薄く透けて見える顔の輪郭だけでも十人並み以上に魅惑的な美貌がわかる。

「近頃、我ら紙問屋を脅かす輩が現れたと聞く。どこでどう作られたかもわからない紙が流通し、紙問屋全体の格を貶めている。そのような真似をもはや放っておくことはできないと判断した。万が一にも裏で取引をしたり、出所の知れぬ紙を仕入れたりしたことが発覚した折には、漢陽《ハニャン》はもちろん、朝鮮八道で二度と紙商売はできないと心得よ」

フィウムダンが言うと、店主たちは肝に銘じますと声を張り、一斉に頭を下げた。男たちの頭を見下ろし、フィウムダンは快心の笑みを浮かべた。今日を限りに、師任堂《サイムダン》の紙は二度と世に出回ることはない。師任堂《サイムダン》、お前は奈落の底へ落ちるが良い。そして、私がもっと高くのし上がる様を指をくわえて見上げるのだ！

フィウムダンはさっそく次の行動に出た。明の使臣に取り入り、朝鮮全土はもとより明との貿易権を獲得し、商いの拡大を図らなければならない。屋敷に戻ったフィウムダンは袖を捲り、明の使臣のもてなしに万全を尽くした。最高級の錦山の高麗人参を取り寄せ、朝鮮一の人気を誇る妓生を呼び、使臣の口に合うよう豪勢な膳を用意した。

「これはこれは、手厚いもてなしをいただきまして」

額に大きな黒子のある明の使臣は、フィウムダンの厚遇に溜息を漏らした。

「遠路はるばるお越しくださった使臣様のために、ささやかな宴席を設けました。お恥ずかしながら、贈り物として、一つ詩をお詠みしとうございます」

フィウムダンは深く頭を下げ、慎み深く言った。

「あなたのような麗しい女人の声で詠まれる詩ならば、それは音楽を聴くようなもの。どうぞ、お詠みください」

蝶恋花　欧阳脩
画合归来春又晚
燕子双飞
柳软桃花浅
细雨满风满院
愁眉敛尽无人见
独倚阑干心绪乱

フィウムダンは流暢な明《ミン》の言葉で欧陽脩《オウヨウシュウ》の「蝶恋花」を詠んだ。

「欧陽脩《オウヨウシュウ》の詩をこれほど完璧にお詠みになるとは！　いやはや感服いたしました。天下一の才色兼備、ミン殿のおかげでしばし仕事を忘れることができました」

使臣は歯茎を露にして笑った。その様子に、ミン・チヒョンは甚く満足そうな顔でフィウムダンに頷いた。

「馬子や下人たちにまで贈り物をいただき、明の使臣の間では吏曹参議《イジョチャムイ》への賞賛が絶えませぬ」

明の使臣は杯を傾けながらミン・チヒョンに言った。

「つまらぬ物にございます。これからも朝鮮の高麗紙が明で広く使われるよう、一つよろしくお願いいたします」

「お任せください」

そう言って笑う使臣とミン・チヒョンのやりとりを聞いていたフィウムダンが、安堵の笑みを浮かべた。

＊＊＊

眩いほどの日差しが降り注ぐ目抜き通りは、今日も変わらずごったがえしている。師任堂《サイムダン》と下女のヒャンは、紙の束を抱えて紙問屋に向かっていた。その後ろを、色紙で折った船を手に、末っ子のウがよたよたと追いかける。

「裏地から麻骨紙、白紙、背接紙、簡紙に扇子紙まで、用途別、大きさ別、色別と何でもござれだ！

さあ、買った買った！」

紙問屋の店主が大声で行き交う客を呼んでいた。

「もし」

師任堂《サイムダン》は店主を呼んだ。

「へい、どんな紙をお探しで？」

店主は師任堂《サイムダン》たちの身なりを素早く一瞥した。

「紙を売りたいのですが」

既に何件もの紙問屋で門前払いに遭っていた師任堂《サイムダン》の声は、小さくなっている。

「十両」

紙を一瞥し、店主が言った。

「紙一枚に十両も？　お嬢様、これならあっという間に屋敷が建ちますよ！」

ヒャンが目を輝かせた。

「誠ですか？」

師任堂《サイムダン》は案ずるような表情で店主に聞いた。

「十両くれたら、代わりに売りさばいてやるってんだよ。大体こんなものが本当に売れると思ってるのかい？　ただのちり紙じゃねえか！」

師任堂《サイムダン》が見本として手渡した紙を放り投げ、店主が言った。

「かみが、おちる！」

ウはその紙を拾おうとしたが、そのせいで手に持っていた紙で作った船を落とした。

「この程度じゃ、買い手なんてつかないよ」

店主は戸惑い呆然と立ち尽くす師任堂《サイムダン》にそう言うと、落ちた紙の船を拾って手渡した。

「そうだ、色紙！　近頃は色紙を欲しがる客が多いんだよ。どうせ作るなら色紙を作ったらどうだい」

「本当ですか？　色紙を、どれくらいご用意すれば？」

師任堂《サイムダン》の表情がたちまち明るくなった。

「五千だ。五日で五千枚、作れるかい？」

爪の黒い店主は、鼻の穴をほじくりながら言ってきた。

「五千？」

隣で、ヒャンの口が大きく開いた。

「五百でもなく、五千も？」

師任堂《サイムダン》は言葉を失った。

「まずは手付金だ」

店主は筒の中から金の束を取り出し、ぽんと投げるように置いた。

「納期を守れない時は違約金としてこの十倍を払ってもらう」

「十倍？」

とっさに金に手を伸ばしたヒャンが、店主の脅しにぎょっとして聞き返した。

「嫌なら結構。やりたい人間は大勢いるさ」

そう言うと、店主は服で指を拭き、筒の中に戻そうと金に手を伸ばした。

「やります、五千枚！」

師任堂《サイムダン》の言葉に店主の手が止まった。

「お嬢様！　五千枚ですよ？」

ヒャンは心配そうに師任堂《サイムダン》の顔を覗き込んだ。

「紙商売ってのは紙の質がいいだけで成り立つもんじゃない。約束した枚数を期日通り納められるか、やり取りが水の流れのように滞りなく進むかが重要なんだ」

紙問屋の店主は偉そうにそう言った。

「もちろんです！　ありがとうございます、本当に、ありがとうございます」

師任堂《サイムダン》は満面の笑みで礼を言った。

「女だてらに頑張る姿が不憫で、機会をやろうってことさ」

店主はいつ用意したのか、尻に敷く板の下から証文を取り出した。師任堂《サイムダン》はすかさず期日と枚数を確認した。五日で色紙五千枚、容易ではない。だが、不可能ではない。子どもたちのためを思えば、できないことなどなかった。師任堂《サイムダン》は腹を決め、証文に書き判をした。

師任堂《サイムダン》とヒャンが手付金を持って出て行くと、紙問屋の店主は奥に入った。奥には牡丹の刺繍が施された薄い布で顔を隠したフィウムダンが座っていた。

「お言いつけ通り、手付金を渡しました。これが証文です」

店主は頭を下げてへつらうように言った。フィウムダンは嘲笑を浮かべた。壁の穴から外の様子をうかがっていたフィウムダンは、店主が尊大な態度で二人に接していたのを見たばかりだ。人間というものは、自分より弱い立場の者の前ではどこまでも偉くなり、反対に強い者に対してはいくらでも卑屈になれる。

「ご苦労だった」

フィウムダンは袖から金の袋を取り出して投げた。

「そんな、このようなお気遣いなどいただかなくとも」

店主は金に飛びついてしきりに頭を下げた。フィウムダンの視線が、金を取る店主の指先に止まった。腐って黒く色変わりした爪が目に入った。

「しばらく豊基《プンギ》の製紙工房に行っておれ」

フィウムダンは眉間に皺を寄せながら言った。

「ぷ、豊基《プンギ》というと……まさか、慶尚道《キョサンド》の？」

「そこの書院から注文が殺到し、人手が足りぬらしい」

「何か、粗相でも……」

鼻の穴をぴくぴくさせながら店主が言った。漢陽《ハニャン》の都で順調に商いを営んでいるのに、田舎に下がって紙を作れというのか。

「私の指示にケチをつけた。それがお前の過ちだ」

フィウムダンは顔をしかめ、切り捨てるように言った。その冷酷さに気圧された店主は、金を持って逃げるように部屋を出て行った。

「五日で五千枚？　作れるものなら作ってみろ。芽は早々に摘み取ってやらないと。無駄な希望など抱かぬようにな」

一人部屋に残ったフィウムダンは、師任堂《サイムダン》が書き判した証文に目を通した。三つ目の仕事が終わった。

＊＊＊

その頃、金を抱えて店を出た店主は、鼻の穴をほじりながら悔しさに歯軋りした。たとえ大きな後ろ盾があろうと相手は女、色気を振りまくしか能のない女に頭を下げるのも癪だったが、さらに左遷ときた。自棄を起こして手当たり次第に紙を焼き払ってしまいたい心境だった。その時、顔馴染みの身なりのいい男が、ゆっくりとこちらに近づいて来るのが見えた。

「旦那は先日の？　一体何用で、こう何度もうちの店を覗きに来られるんです」

袖の下を握らせようとして拒絶した役人の顔を覚えていた店主は、慌てて駆け寄った。

「用事というほどのものではないが、まあ、あれだ、庶民の暮らしぶりを見守るためにだな……」

ギョムは半歩下がって言った。

「うちが何か、悪さをしているとでもおっしゃりたいので？」

店主は鼻息を荒くした。その時、ふとある考えが閃いて、店主は威勢よく鼻をかんだ。

「旦那が喜びそうな話があるんでさ」

店主は鼻をかんだ手の平を服に擦りつけて声を潜めた。ギョムが興味を向けると、店主はその手首をつかんで一目のない所へ連れ込んだ。

紙問屋からだいぶ離れた裏路地に差しかかると、きょろきょろと辺りを見渡して人がいないのを確かめ、袖から一枚の紙を取り出した。

「ミン様のこれまでの不正のすべてを裏付ける証拠でさ。旦那にお渡ししてもいいと思いましてね」

店主はギョムの目の前に証拠を突き出し、そしてまた引っ込めると、下卑た笑いを浮かべた。

「例えば？」

ギョムは聞き返した。

「納品先を牛耳り口利き料と称して手数料をがっぽり、京市監の役人に袖の下を渡して税を逃れ、司諫院から承文院、校書館まで、紙を使う所はもちろんのこと、正一品から位の低い下っ端まで朝廷中に賂《まいない》をばら撒いている事実を記した証拠が……俺の手の中にあるんですわ」

「それを、俺に信じろというのか？」

ギョムが言うと、店主はまた紙を見せてきた。

「先月一日から三日間の紙問屋の日程です。誰と会ったか、どんな話を交わしたのか、どんな品を取り引きしたのか。こういうのが年に一冊……もう十冊近くになるかな」

十冊ということは、つまりは十年。ミン・チヒョンの犯した罪を十年に及び記した証拠があったのか！　ギョムは紙と店主の顔を交互に見た。

「五十両だ」

そして、袖の中から絹の巾着を出して投げるように渡した。

「これはこれは」

巾着の中の金を見て、店主はだらしなく口を開いた。

「残りの情報と十年間の不正の証拠を持ってくれば、もう百両やる」

「か—っ！　話の通じるお方だ、旦那は！」

店主は欲に目をぎらつかせながら、手の中の金をまじまじと見た。金を見ていると、先ほどフィウムダンに受けた侮蔑が洗い流されていくようだった。店主は袖の中に金をしまい、ギョムに頭を下げると、店の方へ急ぎ足で戻って行った。その後ろ姿を見送って、ギョムは手渡された紙を改めて確認した。途端にギョムの顔に暗い影が差した。紙には師任堂《サイムダン》が交わした契約の真相も記されていた。

「師任堂《サイムダン》が紙を作る。それも、五日で五千枚も……」

ギョムは急いでそれをしまうと、裏路地を抜け寿進坊《スジンバン》へと走り出した。ギョムがいなくなると、それまで物陰に身を潜めていたミン・チヒョンの下僕が姿を現した。走り去るギョムの後ろ姿を見届けて、下僕は紙問屋へと向かった。

その夜、店を閉めた店主の前に見知らぬ男が現れた。その後ろに、氷のような表情をしたミン・チヒョンが立っていた。

「ミン様！」

店主は腰を抜かしそうになり、後退りをした。

「貴様……それで生き延びられると思うたか」

「ち、違います！　あれこれ言いはしましたが、肝心なことは一言もしゃべっていません！　本当です！」

店主は跪《ひざまず》いて平伏し、ミン・チヒョンの足に縋った。だが、ミン・チヒョンが傍らの男に目配せをすると、男は剣を振り下ろした。店主の衣服が斬られ、中からフィウムダンが渡した金の袋と、ギョムからの絹の巾着が落ちてきた。

「一言もしゃべっていないにしては……ちと多すぎやしないか、ん？」

ミン・チヒョンは上唇を歪めた。紙問屋の店主は死神を仰ぐように激しく身を震わせながらミン・チヒョンを見上げた。再び目配せをすると、男は素手で店主の急所を突いた。店主はその場に倒れ込んだ。男はまるで狩った獣を担ぐように店主を肩に乗せ、闇の中に消えて行った。その姿を見届けたミン・チヒョンは、上唇を歪ませ、ぞっとするような笑みを湛えて駕籠の中に入った。

＊＊＊

庭で大きなたらいに水を入れながら、ヒャンは先ほどからずっと小言を言っている。マンドゥクだかマンジュウだか、あの男がいた時も一日五百枚がやっとだったのに、五日で五千枚などどう作れというのだ。

「どんな困難な時にも必ず道は拓けると言うじゃない。諦めずに方法を考えてみましょ？」

師任堂《サイムダン》は手の甲で額の汗を拭いながらヒャンを宥め、励ました。

「その方法を考えてるうちに、五日なんてあっという間に過ぎちゃいますよ！」

ヒャンは忙しく手を動かしながら、器用に口を動かした。

「文句を言う暇があったら、顔料の準備でもなさい」

口ではそう言ったものの、師任堂《サイムダン》とて内心は心配だらけだった。女二人で五千枚もの紙を作るのがどれほど大変か、誰より師任堂《サイムダン》がよくわかっている。

「マンドゥクの奴、捕まえたらただじゃ置かないんだから！」

ヒャンは顔料を取りに行く時も口を尖らせた。

「できれば戻って来て欲しいくらいだわ。今は猫の手も借りたい時だもの……」

師任堂《サイムダン》の口から初めて溜息が漏れた。

「人を雇うかしありませんよ。二人ではとても無理です」

ヒャンは乾燥させた花をたっぷり乗せた笊を縁台に降ろし、強張った肩を揉んだ。

「余裕があればとっくに雇っているわ。灰汁《あく》はどれくらい残ってる？」

師任堂《サイムダン》は腰を伸ばして座ると、乾いた花を集めながら聞いた。

「数日分は残ってます。灰汁《あく》を作るのもようやく慣れてきました」

「灰汁《あく》だけでもあってよかったわ」

師任堂《サイムダン》は力のない声で呟くように言った。

「母上！」

不意に飛び込んできた娘のメチャンの声に、師任堂《サイムダン》は振り向いた。日差しが差し込む林の合間から、子どもたちが駆けて来るのが見えた。

「どんなに簡単な作業も、みんなで力を合わせればもっと簡単にできると教わりました」

メチャンが明るく笑って言った。長男のソンは、勇ましい表情で手に提げた包みを縁台に置いた。ヒャンが包みを開けると、中から麦の握り飯が出てきた。不恰好だが、母を思う子どもたちの気持ちが伝わって、師任堂《サイムダン》の目が涙にうるんだ。辛かった一日が報われたような気がした。ヒャンも嬉しいのだろう、大きな笑顔で子どもたちの顔を見ている。と、その時、茂みの中から誰かが物凄い勢いで駆け出して、麦の握り飯を丸ごと抱えて一目散に逃げて行った。あっという間の出来事に、初めは今、目の前で何が起きたのかわからず、皆ぽかんとした表情だった。

「泥棒！」

最初に叫んだのはヒャンだった。ヒャンは何度も泥棒と叫びながら、後を追いかけ始めた。

「追いかけろ！」

ソンがヒャンの後を追い、続いてヒョルリョンも駆け出した。

「みんな待って！」

師任堂《サイムダン》はメチャンに末っ子のウを預け、ソンとヒョルリョンを追いかけた。

麦の握り飯を盗んだのは九歳の男の子だった。伸び放題の髪に服は穴だらけ、何も履いていない足は傷だらけだった。一日にもひどく貧しい暮らしをしているのがわかる。ソンとヒョルリョンに押さえられて動けなくなっても、男の子は握り飯を離そうとしない。

「どうして盗んだの？」

師任堂《サイムダン》は子どもたちに手を放すように言い、ゆっくりと男の子に近づいた。

「お腹がぺこぺこだったんだ」

目を真っ赤にして、男の子は噛みつくように言った。

「だからって盗むかよ！」

「この泥棒！」

ソンとヒョルリョンが、飛びかかる勢いで言った。

「じいちゃんが病気なんだ。三日も何も食べていないんだ」

男の子の目から、大粒の涙がぽろぽろと零れ落ちた。師任堂《サイムダン》は短く溜息を吐き、男の子の前にしゃがむと、手拭で涙を拭いてやった。不意に、二十年前、雲平寺《ウンピョンサ》で出会った言葉を話せない女の子の姿が浮かんだ。

もしあの時、お腹を空かせたあの子に食べ物を渡さなければ、女の子は無残な殺され方をせずに済んだだろうか……。だが師任堂《サイムダン》は二十年前と同じく、目の前で腹を空かせて泣いている男の子を、見て見ぬふりすることができなかった。

師任堂《サイムダン》は男の子に、おじいさんの所へ案内するように言った。少し迷っていたが、男の子はくるりと背を向け、あっという間に林道へ走って行った。師任堂《サイムダン》にヒャン、そしてソンとヒョルリョンもその後に続いた。

林の中の小道をしばらく歩いて行くと、洞窟が現れた。男の子を追って洞窟の中に入ると、奥にぼろを纏《まと》った流民たちがいた。二十人余りいる流民は、老人から若い男女まで、誰もが一様に悲惨な姿をしている。腐った筵《むしろ》の上に横たわる者たちや、腹を空かせて息継ぎもできぬほど泣きじゃくる子どもたち、擦り切れた服を纏い倒れる者たち……。

「信じられない……この人たちは一体？」

ヒャンは目を丸くして洞窟の中を見回した。ソンとヒョルリョンも目の前の光景に驚愕し、後退りした。

「流民たちよ」

師任堂《サイムダン》は落ち着いた声音で言った。悲劇は繰り返されていたのだ。二十年前も今も、飢え死にする人は後を絶たない。

「ヒャン、釜と麦を持って来て。ソン、ヒャンを手伝って」

胸の中に込み上げる義憤を抑えながら、師任堂《サイムダン》は言った。

「お嬢様？」

ヒャンは耳を疑った。

「家にある麦を全部持って来て」

「全部ですか？」

「そう、全部」

「それはなりません！　私たちも満足に食べられていないのに！」

見かねたソンが怒って言った。

「今、目の前で人が飢え死にしようとしているのよ」

師任堂《サイムダン》は厳しい目で息子を見つめた。ソンは口を尖らせ、先に家に向かったヒャンを追いかけた。

「どうしたの？」

師任堂《サイムダン》は立ち尽くすヒョルリョンに近寄った。

「母上、あの人たちはなぜ、これほどまで苦しい状況に置かれているのですか？　なぜこんなことが起きるのです？」

「難しいわね……」

ヒョルリョンはひどく心配そうに流民たちを見ながら聞いた。

この子はどこまで自分に似ているのだろう。師任堂《サイムダン》はまるで二十年前の自分を見ているようだった。

「母上にもわからないことがあるのですか？」

ヒョルリョンは信じられないといった顔をしている。

「もちろんよ。その答えを知る人がいたら、私も聞いてみたいわ。少なくとも飢えて死ななければならない人がいなくなるように、世の中を変えることはできないかと……」

「私が大人になったら、その答えを見つけられるでしょうか」

「見つけられたらいいわね」

流民たちの姿に胸が痛み、師任堂《サイムダン》は思った。生まれながらに与えられた身分は変えられなくとも、命ある限り生き続けなければならない。だが、この人たちはなぜ置かれた環境に屈して死を待つことしかできないのか。なぜ行動を起こさない？　富と権力が偏った世の中を覆すことはできなくても、山へ行って葛の蔓でも採れば、飢えを凌ぐことはできるはずだ。それなのに、この人たちにはそれすらできない。世の中は変えられなくても、人生は変えられる。人生は変えられるのだ、自分の力で！

師任堂《サイムダン》は何か決心したように頷いた。流民たちを見つめるその目に、もはや迷いはなかった。

＊＊＊

師任堂《サイムダン》は子どもたちとヒャンの手を借り、洞窟の前に台所を作り始めた。石を縦に置いて竈を作り、その上に釜を乗せて麦の粥を作る。香ばしいにおいに、流民たちが一人また一人と洞窟の外へ這うようにして出てきた。他所者を見る流民たちの目には、敵愾心が浮かんでいる。だが、空腹を刺激するにおいには抗えず、警戒しつつも麦の粥に飛びついた。師任堂《サイムダン》は粥を掻き込む流民たちを黙って見守った。空いた器が空の釜の中に堪っていく。

「ここの長《おさ》は、どなたですか？」

ヒャンとソン、ヒョルリョンが器を片付ける間、師任堂《サイムダン》は年若い流民に近づいて尋ねた。

「両班《ヤンバン》の奥方が、うちの大将に何の用だい」

鎖骨が浮かぶほど痩せた男が、木の枝を楊枝代わりにくわえながら、硬い表情で師任堂《サイムダン》を見返した。

「折り入って、お話があるのです」

「俺に何の用だ」

不意に、師任堂《サイムダン》の背後から別の男の声がした。振り向くと、大きながたいにぎょろっとした目をした男が、無遠慮に師任堂《サイムダン》に近づいて持っていた袋を投げつけた。袋の口が開き、中から葛の根が飛び出し、地面に転がった。

「誰だ、あんたら」

大将と名乗る男は、師任堂《サイムダン》たちを威嚇するように睨みつけた。

「お話があります」

師任堂《サイムダン》は毅然とした態度で落ち着いて言った。大将は、自分を見ても恐れない女人が不思議なようである。

「人手が要ります」

師任堂《サイムダン》が言い終わるが早いか、粥を食べ終えた流民たちがざわめいた。たった麦粥一杯で働かせようというのかと、気に入らない様子だ。

「始まりは麦の粥一杯でも、これから皆さんと私が力を合わせれば、麦ご飯にも、それ以上のものにもなります」

師任堂《サイムダン》は真剣だった。

「私と一緒に、紙作りをしませんか？」

大将の目をひたと見据え、師任堂《サイムダン》は声に力を込めた。

「ふん！　何のために？　こんな水みてえな麦の粥一杯でそんなことを言われても、信じられねえな。あんたについて行けば、一生飢えずに食っていけるってのか？」

大将は嫌味たっぷりに言い返した。

「正直、それはお約束できません。私たち家族の食い扶持《ぶち》になるかもわからない状況で、皆さんの生活を保証するなんてとても言えません。でも、これだけはお約束します。これから私と私の家族、そして皆さんと、飢える時はともに飢え、食べる時はともに食べます、と」

師任堂《サイムダン》の腹は決まっていた。

「俺たちに両班《ヤンバン》の、それも女の言うことを聞けというのか？」

大将はかっとなって声を荒げた。

「女は何もわかっていないと決めてかかるのはやめてください。私は力の限りやるつもりです。皆さんが朝起きる前に起き、誰よりも早く工房に行きます。皆さんがあっと驚くような仕事をしてみせます。どうか見ていてください。儲けは人数分、等しく分配すると証文も書きます」

儲けという言葉に、流民たちは耳をそばだてた。

「おい、あの両班《ヤンバン》の女、今、俺たちに等しく金を分けるって言ったのか？」

「ふざけたことをぬかしやがって！　偉い奴らが約束を守るのを見たことあるか？」

「そうよ！　両班《ヤンバン》が何を言ったって信じるものですか」

流民たちは葛の根を噛みながら口々にそう言った。

「母上は絶対に嘘などつきませぬ！」

それまで後ろで黙って話を聞いていたヒョルリョンが、前に進み出て大声で言った。ソンやメチャン、それに末っ子のウまで母を庇った。一点の疑いもなく、自分の母を信じ切っている。そんな子どもたちの澄んだ目に、流民たちの心は秋の枯葉のように揺れ始めた。

師任堂《サイムダン》は袖から紙と筆、そして墨を出して地面に広げて座ると、条件を書き出した。

「あなたのお名前は？」

必要な条件を書き終えてから、師任堂《サイムダン》は大将に名を尋ねた。

「聞いてどうする！」

大将はいきなり立った。師任堂《サイムダン》は何も言わず、そのぎょろっとした目をじっと見つめた。大将は敵わないと思ったのか、「ファン・ガプセ」と名乗った。師任堂《サイムダン》は頷き、証文に大将の名前を記した。

「紙作りにより得られた利益は、関わったすべての者に等しく分配する。ファン・ガプセ以下、全員と公平に収益を分けることとする」

大将は証文の内容を流民たちに読んで聞かせながらも、師任堂《サイムダン》への警戒心を解いてはいなかった。

証文の内容を聞いた流民たちは、一人、二人と師任堂《サイムダン》の前に進み出て、自分の名前を伝えた。

最後に師任堂《サイムダン》の前に立ったのは、麦の握り飯を盗んだあの男の子だった。顔が見えないほど深く俯き、自分の名前を言った。

「カン・セドル……」

師任堂《サイムダン》は優しくセドルの頭を撫で、紙に名前を記した。

「これが、おいらの名前……」

セドルは自分の名前を見て、目に涙を浮かべた。

「自分の名前の横に、書き判をしてね」

師任堂《サイムダン》は不憫に思い、セドルを見つめた。

「書き判……？」

「お前と私が約束を交わした証よ。どんな印でもいいから、お前の名前の横に書いて」

そう言われ、セドルは師任堂《サイムダン》に書いてもらった自分の名前の横に、震える手で見よう見真似で自分の名を書いた。文字というより、まるで絵を描いているようだ。

「よく書けたわね」

師任堂《サイムダン》は感心してセドルを褒め、お祖父さんはどこかと尋ねた。セドルは師任堂《サイムダン》を祖父の所へ案内した。

二人は洞窟の奥深くへと入って行った。しばらくして、セドルは奥に寄りかかり、苦しそうに咳をする老人の前にしゃがんだ。

「おいらの、じいちゃん」

セドルは発作を起こして激しく咳をする老人の背中を撫でながら言った。赤黒い顔に白髪交じりの老人は、胸元を押さえ、体を揺らして咳き込んでいる。あまりの激しい咳に、肌がはだけ、うなじが露になった。咳き込む度に盛り上がる首元の青筋が、うなじから延びる長い傷跡を余計に目立たせた。

「大分お悪いようね」

師任堂《サイムダン》は心配そうに言った。

「怪我の跡がしょっちゅうずきずきして、熱が出るって……じいちゃんの名前はパルボンです。カン・パルボン」

「カン・パルボン……」

師任堂《サイムダン》は紙にカン・パルボンと書いた。その時、ようやく咳が治まったパルボンが、師任堂《サイムダン》を見上げた。洞窟の中に、一筋の光が差し込んだ。光はまるで筆で円を描くように、師任堂《サイムダン》の周りを取り囲んだ。

「雲平寺《ウンピョンサ》の……観音菩薩様！」

パルボンの目の奥が揺れた。そして、光に包まれた師任堂《サイムダン》に痩せて骨ばった手を伸ばした。

「雲平寺《ウンピョンサ》……？」

師任堂《サイムダン》はその場に固まり、まじまじとパルボンを見据えた。顔が火照り、体中が震えた。血が逆流し、心臓は激しい音を立てている。

「雲平寺《ウンピョンサ》をご存知なのですか？　雲平寺《ウンピョンサ》の観音菩薩の絵を、見たことがあるのですか？」

師任堂《サイムダン》は激しく波打つ胸の内をようやく抑えながら、パルボンに聞いた。途端に師任堂《サイムダン》に降り注いでいた光が消え、パルボンははっと我に返った。手を下ろし、師任堂《サイムダン》から顔をそむけた。

「パルボンさん、私を見てください！」

師任堂《サイムダン》はパルボンの腕をつかんだ。

「何も知らねえ！　聞き間違えだ」

パルボンは師任堂《サイムダン》の手を払うと、筵《むしろ》を被り背を向けて横になってしまった。洞窟の外から、もうすぐ日が暮れる、早く行こうというソンの声が聞こえてきた。師任堂《サイムダン》はパルボンの後ろ姿を釈然としない顔で見つめ、洞窟を出た。

十六

ギョムは馬の背に跨ったまま、目を細めて灰色の雲を見上げた。風は柔らかいが、頬が裂けそうなほど冷たい。季節は巡り、初冬を迎えた。今日は雪だろうか。秋のうちにミン・チヒョンの調査を終えたかったが、ミン・チヒョンを取り囲む黒い影は予想以上に濃く、深く、一筋縄では行かなかった。

ギョムにミン・チヒョンの不正の証拠を渡した紙問屋の店主は、その直後に消息を絶った。ギョムは甥のフに頼んで方々で店主の行方を調べさせたが、行き先を知る者は誰もいなかった。既に始末されていると考えるのが妥当だろう。

ギョムは手綱を握る手に力を込めた。

広い平野を疾走し、やがて漢陽《ハニャン》を抜けて北坪村《プクピョンチョン》に差しかかった。ミン・チヒョンの調査はしばし中断して、先にフィウムダンと師任堂《サイムダン》の間に何があったのか突き止めようと考えたギョムは、フとともに早朝から馬に跨り雲平寺《ウンピョンサ》へ向かった。

師任堂《サイムダン》を魅了したあの美しい雲平寺《ウンピョンサ》は、跡形もなく失われていた。ギョムは伸び放題の茂みの中に立ち、荒涼として寂しさの漂う雲平寺《ウンピョンサ》跡を眺めた。一体、ここで何があったのだ？　虚しさが胸に広がり、溜息を吐いた時、フが一人の老人を連れて駆け寄ってきた。

「叔父上！　この人参採りの爺さんがあの日、雲平寺《ウンピョンサ》で生き残った者を治療したことがあるそうです！」

慌てて戻ってきたフは、咳込みながら言った。それを聞いて、ギョムはあの日の出来事を詳しく話すよう老人に詰め寄った。

「へえ、あの日、雲平寺《ウンピョンサ》で大きな火事が起きているのを、向こうの山で見たんでさ。急いで行ってみると、寺は一面、灰になっていました。辺りには死体の山が……恐ろしい……あんな地獄を見たのは初めてです」

人参採りの老人は、思い出すのも恐ろしいと、皺だらけの顔を一層しかめて身を震わせた。

「死体の山？」

ギョムは老人を凝視した。

「へえ、優に百人はあったと思います。和尚に流民たちとその子どもたち、それから紙を作っていた者たちも」

「紙を作っていた者たちだと？」

「あの頃の雲平寺《ウンピョンサ》には、紙作りの職人が大勢いたんでさ」

「紙か……誰がそんな酷いことをしたのか、知っているか？」

「一時は平昌《ピョンチャン》の県令をしていた者の仕業だという噂が流れもしましたが、本当のところはわかりません。直接見たわけじゃありませんから」

「平昌《ピョンチャン》の県令か。官吏でありながらなぜ人殺しなど」

「二十年も昔のことですが、今でも時々、夢にうなされるんです。あの日……死体を見すぎました」

老人はまた身震いした。

「先ほど、生き残った者がいたと言ったが、間違いないか？」

「へえ、首に大きな傷を負った男が苦しそうに、辛うじて息をしていたんです。家に連れ帰って薬草を塗り、幾日も看病してやりましたが、そいつはある日、忽然と姿を消したんです」

「名前は？　その男の名前は聞かなかったのか？」

「わかりません、口を閉じたまま、何を聞いても答えませんでした。雲平寺《ウンピョンサ》で紙作りをしていた人ということも、女房から聞いて知ったくらいで。首に大きな傷を負っていましたが、他には何も」

「その後、男について何か聞いたことはないか？」

「住む場所も、寺も追われた流民ですからね、行方を捜すなんてとても。また別の流民の群れに紛れて、今も何処かを点々としているんじゃないですか」

「流民の群れか……」

思いがけない手がかりである。ギョムは老人に数両の金を渡し、形ばかりの礼を言った。老人は何度か頭を下げると、また山へ戻って行った。これ以上の情報は得られそうにないと踏んだギョムは、フとともに雲平寺《ウンピョンサ》を後にした。

漢陽《ハニャン》へ戻った翌日、ギョムは承政院にいた。そこで二十年前の平昌《ピョンチャン》の県令がミン・チヒョンだったことを突き止めた。田舎役人だったミン・チヒョンが吏曹参議《イジョチャムイ》に抜擢された裏に領議政がいたという事実もわかった。この二人の仲にどんな秘密があるのか。領議政はなぜ縁者でもないミン・

チヒョンの後ろ盾を二十年も務めているのか。ギョムには見当もつかなかった。

＊＊＊

ギョムは紙問屋の店主が戻っているかも知れないという一抹の期待を胸に、市場に向かった。急に冷え込みが厳しくなったせいか、通りを行き交う人々の衣服が前より厚くなっている。冷たい風が吹き、人々は身を縮めた。紙問屋を挟んで角の裏路地に差しかかった時、紙問屋の前に荷車が止まったのが見えた。荷車には色紙が山ほど積まれている。その後ろを頭から布を被って歩いて来るのは師任堂《サイムダン》に違いない。ふと、五日前に見た証文が脳裏に浮かんだ。ギョムは師任堂《サイムダン》が驚かないよう、物陰に身を隠した。

「もし、どなたかいらっしゃいませんか？」

師任堂《サイムダン》はきょろきょろと紙問屋の店主を探している。

「御用ですか？」

店の奥から聞き慣れない男の声がした。

「ご注文の色紙をお持ちしました。店主の方はいらっしゃいませんか？」

師任堂《サイムダン》の声に緊張が漂う。

「店主は俺だが、誰が注文したって？」

「先日こちらでお会いした……色紙を五千枚、注文されたではありませんか」

「ふむ……証文は？」

「こちらに」

師任堂《サイムダン》は袖の中から証文を取り出して見せた。

「これは俺の書き判じゃない。注文した覚えもない」

新しい店主と名乗る男は、つっけんどんにそう言った。ギョムは見ているだけで怒りが込み上げ、このまま飛び出して男の胸倉をつかみたい心境だったが、何とか堪えた。

「帰ってくれ！　この忙しい時に、店の前にこんな物を置かれちゃ迷惑だ」

男は箒で掃くふりをして師任堂《サイムダン》を外へ追い出した。

「よく見てください！　これです。五日間、寝ずに作った色紙です。他の色紙とは色彩そのものが違います」

荷車から色紙を一枚取って見せながら、必死に訴える師任堂《サイムダン》の姿に、ギョムは胸が張り裂ける思いだった。

「忙しいんだ！　とっとと帰ってくれ」

男が怒鳴った。

「よく見てください！　どちらの色が良く見えますか？　私たちはこれほどの質の色紙を五千枚も作りました。それも五日で！　漢陽《ハニャン》で一番の紙のみを扱う店と聞きました。ならば、一目にも格段の違いがわかるほど上質の色紙を買い取らないのは、おかしいじゃありませんか！」

師任堂《サイムダン》は粘り強く店主に食い下がった。

「うるさい！　知らんもんは知らん！　とにかく今日は駄目だ。明の使臣がお見えになるんでこっちも朝からてんてこ舞いなんだよ。さあ帰った、帰った！」

断るのも疲れたのか、新しい店主は店の裏へと引っ込んでしまった。

「こんなに沢山の色紙を、どうしろと言うのです！　もう一度、ちゃんと見てください！」

師任堂《サイムダン》は固く閉ざされた戸に向かってすがる思いで叫んだ。ヒャンは今にも倒れそうにふらつく師任堂《サイムダン》を支えた。

ギョムは拳で塀を叩き、やり場のない怒りをぶつけた。

「このまま帰る訳にはいかないわ」

師任堂《サイムダン》の声が聞こえてきた。

「じゃあどうするんです？　もらってくれないものを……」

ヒャンは泣きべそをかきながら言った。

「何十人もの流民たちと交わした約束よ。あの人たちの命が懸かった紙なの」

師任堂《サイムダン》の言葉に、ギョムは息を呑んだ。何十人もの流民？　まさか、あの荒れくれ者の流民たちを束ねて紙を作ったというのか？　不意に、雲平寺《ウンピョンサ》で聞いた老人の話が脳裏を過ぎった。生き残った男は雲平寺《ウンピョンサ》で紙を作っていたと言っていた。雲平寺《ウンピョンサ》……流民……紙……師任堂《サイムダン》！

「私たちの命も懸かってます！　このまま帰ったら、あの恐ろしい大将に何をされるか」

ヒャンは想像しただけで悪寒がして、深く息を吐いた。

「だからこそ、手をこまねいて待っている訳にはいかないわ。どんなやり方でも、目的を果たすまでよ。紙問屋がもらってくれないのなら、自分たちで売ればいいんだわ！」

「お嬢様？　一体、何を……」

師任堂《サイムダン》の発した言葉に、ヒャンはもちろん、物陰に隠れて見守っていたギョムも耳を疑った。重労働では飽き足りず、今度は自分たちで売ればいいと言い出した。ギョムは気が遠くなるようだった。

師任堂《サイムダン》はヒャンとともに荷車を引き、人が集まる大通りに出た。ギョムはその後ろを忍び足でついて行く。本当ならすぐにでも出て行って手を貸してやりたかったが、師任堂《サイムダン》が拒むことくらい心得ている。大通りに場所を移した師任堂《サイムダン》は、地面に布を敷き、その上に色紙を丁寧に重ね置いた。

「色紙は要りませんか？　日と風に紅花をさらし、灰汁《あく》に何十回も浸して作った色紙です。見てやってください。色紙は要りませんか？」

師任堂《サイムダン》の澄んだ声が市場中に響き渡った。

「色紙は要らんかね！　そこの若いご新造さんの頬より紅く、明の絹より質のいい色紙だよ！」

続けてヒャンも大声で客を呼んだ。二人の前を、人々は横目で通りすぎて行く。

「深い紅、梔子《クチナシ》色、青色、褐色、杏色、萌葱色、どんな色も揃っています！　他所の色紙とは違います！　どうぞご覧ください！」

と、その時、どこからか怪しい男たちが現れて、色紙の山を足蹴にした。

師任堂《サイムダン》は、あ！　と声をあげて後ろに倒れた。

「お嬢様！」

ヒャンは血相を変えて師任堂《サイムダン》に駆け寄った。柄の悪い男たちは、手当たり次第に色紙の山をひっくり返し、蹴り散らかして暴れ出した。

「あなたたち、何をするのです！」

師任堂《サイムダン》とヒャンは必死で紙を守ろうとした。

「誰の許しを得てここで商売をしてるんだ！」

男は師任堂《サイムダン》を押し退けた。その途端、ギョムの中でぷつりと糸が切れ、男たちを目がけて恐ろしい勢いで突進した。男の脇腹に蹴りを入れて突き飛ばし、別の男の首の後ろに一撃を食らわす。

「一体どこの者たちだ！　白昼堂々、か弱い女に暴力を振るうとは、この俺が断じて許さん！」

ギョムは大声を張った。

「旦那は引っ込んでておくんなせえ。お偉い方のようですが、手加減はしませんぜ」

脇腹に強烈な蹴りを食らった男が立ち上がり、手の平を叩きながら凄んだ。

「番所へ突き出されたいようだな」

ギョムは咆哮する虎のような声で言った。

「大人しく言うことを聞いた方が身のためだぜ、両班《ヤンバン》の旦那よ！」

男は白刃をぎらつかせた。すると、他の男たちも一斉に刃物を抜いた。師任堂《サイムダン》は恐怖のあまり顔色を変え、悲鳴をあげた。ギョムは師任堂《サイムダン》とヒャンを後ろに下がらせると、刀を握る男たちの前に立ちはだかった。男たちは切っ先をギョムに向けたまま、ゆっくりとにじり寄る。

「出てくるなよ」

師任堂《サイムダン》とヒャンにそう言うと、ギョムは袖の中から扇を出して広げた。四十本の扇の骨に漆塗りを施した螺鈿扇だ。王族の証である。それを目にした男たちは途端に狼狽し、後退りし始めた。その時、遠くから男たちに合図を送る者がいた。気配に気づきギョムが振り向くと、そこには見覚えのある顔があった。誰かはすぐに思い出された。ミン・チヒョンの屋敷でフィウムダンとすれ違った際、東屋に茶を運んできた下人である。次の瞬間、男たちは一斉に刀を納めると、蜘蛛の子を散らすように去って行った。

「大事はないか？」

男たちがいなくなると、ギョムはようやく息を整え、師任堂《サイムダン》に向き直った。

「師任堂《サイムダン》！」

その時、古い上衣を羽織った男が、あたふたと駆け寄って師任堂《サイムダン》を抱き起こそうとした。師任堂《サイムダン》の夫、イ・ウォンスである。ギョムの顔色が一変して暗くなった。

「何を見てる！　見世物じゃない、あっちへ行け！」

ウォンスは師任堂《サイムダン》を抱き抱えたまま、野次馬に向かって声を荒げた。その剣幕に圧され、ギョムは野次馬の中に身を引いた。

「紙を……紙を持って帰らないと」

師任堂《サイムダン》はウォンスの手を振り払おうとした。

「そんなのどうでもいいじゃないか！　紙なんて構ってないで、早く帰ろう、立てるか？」

ウォンスは半ば叱りつけるように言った。それでも師任堂《サイムダン》は蹴散らされた紙を拾い集めようとしている。

「やめろと言うのに！」

ついにはウォンスが怒り出し、師任堂《サイムダン》の腕をつかんで強引に連れ帰ろうとした。ギョムは離れた所に立ち、師任堂《サイムダン》の後ろ姿を呆然と見送ることしかできなかった。生涯にただ一人、惚れた女が目の前で苦しんでいる。だがその体は、俺ではない他の男が支えている。不意に師任堂《サイムダン》が振り向いて、二人の目が合った。赤くなった目には今にも零れ出しそうなほど涙を溜めている。そこには恥ずかしさと有難さと申し訳なさとが入り混じっていた。視線を重ねたわずかの間、これもいつかすぎた歳月として記憶されるのだろうか。師任堂《サイムダン》が再び前を向き、後ろ姿になっても、ギョムは目を逸らさなかった。

「その男とは……それでも幸せか？」

ギョムは嘆くように独りごち、遠ざかる師任堂《サイムダン》とその夫の姿をいつまでも見つめていた。

＊＊＊

いよいよ冬になった。朝から切るような音を立てて北風が吹き、比翼堂の庭も凍てついている。ギョムは朝早くから蓮池のほとりの東屋に座り、冷たい風に吹かれていた。足元には昨日、市場で拾い集めた師任堂《サイムダン》の色紙が、山のように積まれている。足跡のついた、駄目になった色紙を見ていると、胸が焼かれていくようだった。

この紙一枚一枚を作るために、五日も寝ずに働いた師任堂《サイムダン》を思うと、可哀そうでならなかった。

この気持ちが愛なのか同情なのかは、ギョム自身にもわからない。ただ師任堂《サイムダン》を思うと、胸の奥底から抑え切れない感情があふれ出す。それを抑えるには、俺の理性はあまりに無力だ。ギョムは目の前の色紙を一枚手に取って広げた。側の画具入れから筆を取り出す。激しさと、愛しさと、寂しさで捩れる感情を筆先に込める。春の新芽のように鮮やかな黄緑色の色紙の上に、濃厚な緑の芭蕉が現れた。描き終えると、ギョムはその絵を東屋の壁に飾った。

「今日の課題はこの色紙だ。色紙に絵を描くも良し、詩を書くも良し、貼り絵でも構わん。何でも思う通りに使ってみろ」

ギョムは絵師たちに向かって大きな声で言った。先ほど描いた芭蕉の絵に目を奪われていた絵師たちは、我も我もと色紙に手を伸ばした。

紫の紙の上に麗らかな山水が息づき、桃色の紙の上には流麗な草書で刺繍をするように詩が綴られていく。朱色の紙には梅の花が垂れ下がり、空色の紙には思わず触れたくなるような木蓮の花が咲いた。

冬の日差しが照らす午後になると、比翼堂の東屋の垂木は色鮮やかな色紙で飾られた。絵や詩に彩られた色紙を、風が揺らしていく。

「色紙そのものの良さが、作品を際立たせています。そうは思いませんか、叔父上」

甥のフが、飾られた色紙の作品を見ながら感嘆を漏らした。

「なるほど！　どうりでその辺で売られている色紙とは絶妙に色合いが違うと思うた」

ギョムはすかさず合いの手を入れた。

「この醸し出される高級感！」

フは声を大きくした。

「これほどの代物をどこで手に入れた？」

「あの山の上に新しくできた製紙工房がありまして……」

ギョムとフのやり取りにじっと耳をそばだてていた絵師たちは、今にも山の上に飛んで行きそうな顔をしている。笑いが込み上げてくるのをぐっと堪え、ギョムは悠々と東屋を下りた。

＊＊＊

その頃、師任堂《サイムダン》は人里離れた製紙工房で、怒った流民たちに取り囲まれていた。流民たちは紙問屋に色紙を買い取ってもらえなかったという師任堂《サイムダン》の話を信じなかった。他の両班《ヤンバン》たちと同じように、自分たちを騙したのだと鎌を持ち出す者もいる。大将は殺気に満ちた目で、女の一人や二人埋めることくらいどうってことないとにじり寄り、今すぐ手間賃を払えと迫った。

「いくら事情を話したところで、今は言い訳にしか聞こえないでしょう……」

殺すことも厭わないという目で睨む流民たちに向かって、師任堂《サイムダン》は膝をついた。

「何の真似だ！」

「口だけじゃなく、人を唆す演技もお手の物だ。二度も騙されるか！」

大将を筆頭に師任堂《サイムダン》を取り囲む流民たちが次々に怒声を浴びせた。

「今、私にできるのはこれしかありません。信じてついて来てくださった皆さんにできるのは、こうして謝ることだけです」

師任堂《サイムダン》の心が通じたのだろうか。一部の流民たちの顔から殺気が消えた。だが大将の怒りは収まらず、縄を持って来いと声を張り上げた。と、その時、絹の服を着た両班《ヤンバン》の男たちが群れをなしてこちらへ向かってきた。

「製紙工房はこちらですか？」

「ここで色紙を売っているのですか？」

「こちらの工房で、他に類を見ない美しい色紙が作られていると聞き、こうして皆で訪ねて来ました」

突然現れた絵師たちを見て、師任堂《サイムダン》や流民たちは目を丸くした。

「そ、そうです！」

状況を察し、ヒャンは駆け足で工房に入ると、中から色紙を抱えて出てきた。流民たちも一人、二人と鎌を放り、ヒャンを手伝った。

「二千枚でも三千枚でも、いくらでも承れます！」

ジャンセという名の若者が、手際よく色紙を並べていく。絵師たちは夢中で色紙を選んでいる。師任堂《サイムダン》は色紙を売り買いする流民と絵師たちの姿を呆然と眺めた。絶体絶命の危機を救ってくれたのは誰か。天か、それとも人だろうか。たとえ誰であれ、冷え切った心を暖めてくれた相手に、膝をついて礼を言いたかった。

その夜、師任堂《サイムダン》の製紙工房の軒先に灯りが灯され、流民たちが長い列を作った。師任堂《サイムダン》は手元に証文を置き、一人一人の名前を呼んだ。

「シン・ジャンセ！」

「はい」

ジャンセは頭を掻きながら照れくさそうに前へ進み出た。

「ご苦労様でした」

師任堂《サイムダン》は心を込めて賃金を渡した。

「俺は原料を棒で叩いただけなのに」

手間賃をもらったジャンセは、はにかみながら言った。

「それが一番大事ですよ、紙作りには」

師任堂《サイムダン》は明るい笑顔で言った。

「俺だって汚れを取り除いたぞ」

「灰汁《あく》で煮たのは俺だ、偉そうに言うな！」

順番待ちをする者たちの声も、どこか浮かれている。

「今回は安く売ったので利益は多くありません。これからもっと頑張りましょう、みんなで！」

師任堂《サイムダン》は嬉しそうに笑って言った。

すべての流民に手間賃を渡し終えた師任堂《サイムダン》は、立ち上がって辺りを見渡した。遠く、木の下にはつの悪そうな顔で立つ大将が見えた。師任堂《サイムダン》は笊に残った金を持って大将に近づいた。

「ご苦労様でした」

「俺は要らねえ、他の奴らにやってくれ」

気まずいのか、大将は師任堂《サイムダン》を避けて行ってしまった。硬く閉ざされた心を開くには、どれくらい時間がかかるだろう。師任堂《サイムダン》はやるせない思いで溜息を吐き、嬉しそうに笑う流民たちの方を向いた。

「こんなふうにでもお返しできるなら、これ以上に有難いことはありません……私があなたたちを守ります。だから……どうかその笑顔が、これからも続きますように」

師任堂《サイムダン》の囁く声が届いたのか、夜空の星たちが瞬いた。

＊＊＊

王宮と見紛うほど立派なミン・チヒョンの屋敷の裏庭にも、星は明るかった。フィウムダンは提灯を手に従う下女とともに、込み上げる怒りを抑えようと夜風に当たっていた。比翼堂の絵師たちが師任堂《サイムダン》の色紙をすべて買い取ったという知らせを受け、腸《はらわた》が煮えくり返っているところだった。誰がそう仕向けたかは容易に察しがついた。

どうして師任堂《サイムダン》なの！　いっそ他の女を選んでくれたら、顔も知らない女と夫婦になっていてくれたら、ここまで苦しまずに済んだのに！　ギョムが惚れた女が、あの師任堂《サイムダン》でさえなければ！

師任堂《サイムダン》に対する憎しみが、どこから湧いて来るのか、自分でもわからなかった。ただ、これだけはわかる。最後に虚しさしか残らないとしても、目の前から師任堂《サイムダン》が消えない限り、この因縁は終わらない。

夜空の星を見上げ、改めてそう思った時、下男が駆け寄って来て旦那様がお呼びですと伝えた。

ミン・チヒョンの部屋の前まで来たフィウムダンは、服の裾を整えてから戸を開けた。開けた途端、ミン・チヒョンの殺気立った目に射貫かれた。いや、本当は殺気立ってなどいないのかも知れない。ミン・チヒョンが何気なく向ける視線にも、フィウムダンは常に怯えているからだ。

ミン・チヒョンの前に居住まいを正して座ったフィウムダンは、さっそく明の使臣から届いた知らせを伝えた。明の使臣は先日納めたばかりの高麗紙について、質感がひどく荒くて、書物を刷ったところ文字がすぐに色褪せてしまった、金をかけてでも上質な高麗紙を作って欲しいと言ってきた。そのためフィウムダンは、明の要望に応えられるよう、質を高めるための方法を探していると言って話を終えた。

「苦労をかけたな。お前のおかげで、私も顔が立つ」

ミン・チヒョンは上唇を歪めて笑いながら労を労った。

「それが私の役目です」

フィウムダンは堅苦しいほど丁寧に頭を下げた。

「そこで、今日は褒美を用意した」

「褒美……にございますか？」

フィウムダンは目を丸くした。

「開けてみろ」

ミン・チヒョンは床に置かれた箱を顎で指した。フィウムダンもそちらを向いた。箱のことは部屋に入った時から気になっていた。フィウムダンは緊張した手つきで箱を開けた。

箱を開けると、フィウムダンは悲鳴をあげて弾かれるように後ろへ下がった。中に入っていたのは、切り落とされた人の指だった。黒い爪を見るに、紙問屋の店主の指に違いなかった。これは警告だ。失態を犯せば、その代償は死。それはお前も例外ではないという警告。

「見覚えがあろう？」

ミン・チヒョンは下卑た笑いを浮かべて言った。

「旦那様……！」

フィウムダンは身を激しく震わせ、床に額を擦りつけて平伏した。

「人事が万事……最近、商いの切り盛りが甘くなっていやしないか？」

「も……申し訳ございません……」

「申し訳、ないと？」

「信じてください。二度と、もう二度と！」

「お前のことは信じておる。だが、口先だけの約束ならやめておけ。良いな？」

フィウムダンは肝に銘じると何度も繰り返してから立ち上がった。脚に力が入らず、今にも倒れそうになりながら、奥歯を噛み締め、気力を振り絞って部屋を出た。冷気の漂う廊下に出るや、フィウムダンは体から一気に力が抜けてその場に座り込んでしまった。

この二十年、ミン・チヒョンの妻として一度も失態を犯したことはなかった。やれと言われたことはすべてやった。手となり足となり、どんな扱いを受けても我慢した。だがその見返りが、切り落とされた指を入れた箱だ。悔しい。虚しい。恨めしい。侘しい。声にならない苦しみは白い息となり、暗闇の中に音もなく散った。

＊＊＊

荒れ狂う冬の風に、部屋の中の灯りまで揺れている。ミン・チヒョンはその灯りを、飲み込まんばかりの執念を込めて見つめていた。先ほどフィウムダンが開けた箱の中には、紙問屋の店主の指が入ったままだ。ミン・チヒョンは箱を引き寄せ、切り落とされた指をつまんだ。指を見つめるその目はまるで、飢えた獣のそれのようだった。フィウムダンより先に警告を与えたのは、実は領議政だった。怯え、震え上がる領議政の老いた顔を思い浮かべるだけで、口元が歪む。

領議政との関係は、ミン・チヒョンが平昌《ピョンチャン》の県令に身を置いていた二十年前に遡る。領議政の息子、デギュが関東八景の遊覧に訪れるという知らせを受け、なりふり構わずもてなしを買って出た。山海の珍味に酒を用意し、景色も水も良いことで知られる雲平寺《ウンピョンサ》へと向かった。だがそこで、思わぬ幸運が訪れた。泥酔した領議政の息子が殺人を犯したのだ。これを好餌に、ミン・チヒョンはデギュと取引をした。デギュはその後、半分気が触れたようになり、二十年経った今も正気を取り戻せていない。その間、デギュの父である領議政の笠の紐をつかみ、吏曹参議《イジョチャムイ》の座に上り詰めた。

領議政が強大な後ろ盾となる代わりに、息子の尻拭いを引き受けてきた。二十年に渡り、そういう関係を保ってきたのである。

だが先日、領議政の裏切りが思わぬ形で発覚した。急に人が抜けたからと、江原《カンウォン》のお目付け役に推挙されたのだ。以前、平昌《ピョンチャン》の県令を務めた経験があるため江原道《カンウォンド》の事情に明るいばかりか、正三品から従二品に出世するのだから、決して悪い話ではないというのがその理由だった。左議政からその話を伝え聞いた時は、その足で叩き斬ってやろうかと思った。

「江原のお目付け役に？　領議政が私を左遷しようとしているということですか？」

「幸い王様は決定を見送られたが、領議政にあそこまで推されては、王様としてもやはり……」

左議政はいかにも心配そうな口ぶりで語尾を濁した。

「ふざけたことを！　まずは内侍府の尚膳《サンソン》様にお会いせねば」

寝耳に水の話だった。左議政は目を見開き、「尚膳《サンソン》様に？」と驚いていた。

「もうすぐ、先月の倍の量の進上品が王様の帑《かねぐら》に納められます。私がいなくなれば、王様もその周囲も、どれほど困ることになるか、とくと思い知ることになりましょう」

「やはり、ミン殿には敵わん」

その日、左議政には開城紅参と明の使臣から貰った陶磁器をはじめ、値の張る物を贈った。権力の味を知って久しい者ほど賂に弱いことをよく心得ている。

左議政に会った翌日、ちょうどデギュの元を訪ねようと考えていた矢先のことである。天の計らいか、奴がまたも厄介な事件を起こしたという知らせが入った。寺で開いた宴席で、年若い妓女を手にかけたというのだ。すべてを後回しにして、ミン・チヒョンは一目散に現場に駆けつけた。

「遅いではないか！」

顔を見るや駆け寄ってきたデギュは、ミン・チヒョンの足に縋って泣き出した。ミン・チヒョンは顔をしかめながらも、返り血でべっとり貼りついたデギュの髪を撫でた。周りには正体を失くした両班《ヤンバン》のどら息子たちが寝転がり、その傍らに、胸に剣が刺さったまま血だらけになって死んでいる年若い妓女が転がっていた。

「あの娘が……雲平寺《ウンピョンサ》から生き返った……」

「しっ！　そんな娘はおらぬ！」

幻覚に捕らわれ、譫言を繰り返すデギュをなだめた。

「あ……あの時の娘が……生きていたのだ！」

デギュは震える手で死んだ妓女を指した。

「雲平寺《ウンピョンサ》のあの娘はもういない」

ミン・チヒョンはデギュの頬をぴしゃりと叩いた。

「本当に……おらぬのか？」

「そうだ、このまま私の背後に大人しく隠れていればな」

ミン・チヒョンは薄ら笑いを浮かべ、ごろごろと喉を絡ませ低い声でそう言って立ち上がった。できそこ損ないの息子が二度目の殺人を犯したと知ったら、果たして領議政はどういう顔をするのか、楽しみでならなかった。ミン・チヒョンは喜々として供の者たちを呼んだ。

手下の者たちも慣れたものだ。デギュをはじめ、自力では起き上がれないほど泥酔した男らを駕籠に乗せ、酒席の痕跡を一つ残らず消した。片付けが終わると、手下の一人が大きな袋を担いで来た。袋の口を開けると、中から紙問屋の店主の死体が出てきた。首に縄をかけられた死体は、そのまま天井に吊るされた。

あるのは首を吊った死体と、刀に刺された死体のみ。

「領議政様の子息はここには来なかった。あの男が女を殺した後、自ら首を吊り自害したのだ。良いな?」

そう言ってミン・チヒョンが金を渡すと、寺の男は震えながら頷いた。これで良い。その足で、ミン・チヒョンはデギュを連れ、領議政の屋敷に向かった。

「お、お前!」

息子が帰ったと聞いて出てきた領議政は、血まみれの息子の姿を見て、顔面が蒼白になった。

「父上!」

デギュは泣きついた。

「一体、その姿は何だ……今度は何をした?」

「荒立ててはなりませぬ。ことがことだけに、人目についてはは厄介な問題に……いや、もちろん大したことではありませぬ。ただ、領議政様にもしものことがあってはと、夜更けに無礼を承知で訪ねて参った次第。人を論うことに目がない者たちに囲まれておりますゆえ」

ミン・チヒョンは目をぎらつかせて二人の間に割り込んだ。領議政は苦虫を噛み潰したような顔で息子を一瞥し、自分の部屋に戻った。その後を、ミン・チヒョンが勝者の笑いを浮かべてついて行く。

「今度は何だ」

苦しそうに息を吐き、領議政が尋ねた。

「些細な手違いが、そうですね？」

よろめきながら座るデギュに、ミン・チヒョンは顔を向けた。

「あれは確かに、雲平寺《ウンピョンサ》のあの娘だったんだ。そうしたら、気づいたら刀を……」

デギュは悔しそうに言い訳をした。

「まだ言うか！」

刀と聞くなり、領議政はこれ以上聞く必要はないとばかりに、書卓の上の本をつかんだ。

「穏便に始末をつけました。どうかご安心を」

ミン・チヒョンはいかにも止めに入るように言った。

「ふう……」

領議政は老顔一面に皺を作り、怒りを抑えるように深い息を吐いた。しばらく何かを決めかねるような様子を見せていたミン・チヒョンが、持参した箱を領議政の前に差し出した。蓋を開けるや、領議政は目を剥き、座ったまま仰け反った。ミン・チヒョンは自分の目がぎらつくのがわかった。これでしばらくは死んだように大人しくしているだろう。やるべきことは済んだ。箱を持って立ち上がり、服についた埃を払ってからミン・チヒョンは領議政の部屋を後にした。

この指の役目は終わった。ミン・チヒョンは持っていた指を箱の中に投げ入れた。弱みのある人間は何と扱い易いことよ。フィウムダンにしても、領議政にしても、そしてその息子デギュにしてもそうだ。だがイ・ギョムだけは違う。どれほど叩いても、埃一つ、塵一つ出てこない。食えない奴だが、一つだけ、己卯士禍《キミョサファ》に巻き込まれた申命和《シンミョンファ》の娘と恋仲にあったということだけは気に入った。その過去を利用して、うまい罠を仕掛けられないか――。

冷たい隙間風に揺れる蝋の火を見ながら、ミン・チヒョンは策を練り始めた。

＊＊＊

夜のうちに雪が降った。屋根の垂木も、庭も、痩せた木の枝も凍った蓮池も、ギョムは比翼堂に降りた冬をしばらく眺めていたが、思い立ったように外へ出た。寿進坊《スジンバン》を抜け、中部学堂へと向かう。教授官の机の前に座り、書物を読んでいた白仁傑《ペクインゴル》は、ギョムに気づくなり、明るい顔をした。何が忙しいのか、授業のない日はめったに顔を見せないので、余計に嬉しいようだった。二人は久しぶりに茶をすすって談笑した。だが突然、ギョムが押し黙った。仁傑《インゴル》は空いた湯呑に茶を注ぎ、訳をうかがうような目でギョムを見つめた。

「一介の田舎県令に過ぎなかったミン・チヒョンが朝廷の官吏に出世した裏に、ある寺の大火事が関係していると聞いたが……」

出し抜けにそう言うギョムに、仁傑《インゴル》は当惑して茶をこぼした。

「何か知っているんだな？　そうなんだな？」

ギョムは顔を近づけ、仁傑《インゴル》に迫った。仁傑《インゴル》は返事を避けるように濡れた机を拭いた。

「教えてくれ！　俺も聞いた話があるから確かめているんだ。火事が起きた寺で……」

「危ない質問だ」

仁傑《インゴル》はギョムの言葉を遮った。

「そんなことを聞きたいんじゃない！　教えてくれ、知っていることを全部！」

仁傑《インゴル》は何かを隠している。ギョムは確信を持って食い下がった。

「過ぎたことは忘れろ。どの道、引き返すことなどできやしない。もし手を出せば、何人もの人間が危険に晒される。たとえお前であっても」

どうやら仁傑《インゴル》は、ギョムと師任堂《サイムダン》の関係を知っているようだ。

「それでもいい、知りたいんだ！　いや、知らなきゃいけないんだ！」

食い下がるギョムに、仁傑《インゴル》は観念したように重い口を開いた。

「寺で起きた虐殺と火事……その発端は一遍の詩と思われる」

「詩？」

「己卯士禍《キミョサファ》が起きる前夜、内々の会合が行われた。保守派と対立した急進的な儒学者らが怒って退出したのだが、ある時、王様がその儒学者たちに密かに詩を贈ったという噂が広まった。寺で流民たちが虐殺された、ちょうどその頃だ。詩を賜った儒学者たちは全員殺されたのだが、その中に、申命和《シンミョンファ》先生も含まれていた」

「申命和《シンミョンファ》先生だと？」

「お前が恋い慕う申《シン》氏夫人のお父上であり、俺にとっては尊敬してやまない兄のようなお方だ」

「一体、どういう詩だったのだ？」

「己卯士禍《キミョサファ》で罪に問われた者たちを懐かしむ内容だったというが……あくまでも噂だ、本当のところはわからない。正に死人に口なしだよ」

仁傑《インゴル》の声には悔しさがにじんでいた。それを聞いたギョムは、血が逆流するような感覚に襲われた。二十年前、師任堂《サイムダン》が他の男の元へ嫁ぐ直前の出来事が走馬灯のように脳裏を駆け巡る。

「何かあるのは間違いない」

ギョムは拳を握って立ち上がり、部屋を飛び出した。

「おい、ギョム！　宜城君《イソングン》！」

仁傑《インゴル》もすぐに後を追った。だが、雪の積もった庭には既にギョムの姿はなく、足跡だけが残っていた。無念の死を遂げた者たちの呪いだろうか……己卯士禍《キミョサファ》の火種は、消えていなかったのか？

仁傑《インゴル》は白い息を吐いて嘆いた。


馬が白い雪原を駆け抜けて行く。

身を抉るような冷たい風を切りながら馬を刳《く》るギョムの脳裏に、二十年前の出来事が流れていく。

あの時、一体何が起きていたのだ？　調べれば調べるほど辻褄が合っていく。だが、まだ知り得ていない何かがある。ギョムは手綱を握る手に力を込めた。
走れ。死ぬまで走れ。死んでも走り続けろ。必ず明らかにしてみせる。この手で必ず！

下巻につづく

師任堂《サイムダン》、色の日記 上

初版発行　2017年 9月15日

著者　パク・ウンリョン、ソン・ヒョンギョン
翻訳　李明華

発行　株式会社新書館
〒113-0024　東京都文京区西片2-19-18
tel 03-3811-2631
(営業)〒174-0043　東京都板橋区坂下1-22-14
tel 03-5970-3840 fax 03-5970-3847
http://www.shinshokan.co.jp/
印刷・製本　中央精版印刷株式会社

ISBN978-4-403-22116-3 Printed in Japan